모래의 여자

砂の女

SUNA NO ONNA
by Kobo Abe

세계문학전집 55

모래의 여자

砂の女

아베 코보

김난주 옮김

민음사

차례

벌이 없으면, 도망치는 재미도 없다.

1장

1

8월 어느 날, 한 남자가 행방불명되었다. 휴가를 이용해 기차를 타면 반나절 정도 걸리는 해안으로 떠난 채 소식이 끊긴 것이다. 수색 신청서도 신문 광고도 모두 헛수고였다.

물론 이런 실종 사건이 그리 드문 것은 아니다. 통계상 연 수백 건에 달하는 실종 신고서가 접수되나 발견될 확률은 의외로 적다고 한다. 살인이나 사고로 실종됐다면 확실한 증거가 남아 있을 것이고, 납치 같은 경우라도 관계자에게는 일단 그 동기가 명시되는 법이다. 그러나 어떤 경우에도 속하지 않는 실종은 단서 잡기가 몹시 힘들다. 가령 그런 경우를 순수한 도망이라고 한다면, 대다수의 실종이 그 순수한 도망에 해당될 것이다.

그 역시 단서가 없다는 점에서 예외가 아니었다. 행선지가 어딘지는 대충 짐작할 수 있으나, 그 지방에서 그럴 법한 변사체가 발견되었다는 보고는 전혀 없었고, 직업상 납치될 만한 비밀과 관련되었다고 생각하기도 어렵다. 또 평상시 도망을 넌지시 암시하는 언행도 전혀 없었다고 한다.

당연한 일이지만 처음에는 모두들 은밀한 남녀 관계 때문이라고 상상했다. 그러나 남자의 아내로부터 그의 여행 목적이 곤충 채집이었다는 얘기를 듣고 담당 경관과 직장 동료들은 뒤통수를 얻어맞은 듯한 기분이 들었다. 과연 채집 병도 채집 망도 사랑의 도피행을 위한 도구로는 그리 적합하지 않았다. 그런 데다 화구 박스 같은 나무 상자와 물통을 양 어깨에 십자로 멘, 언뜻 보면 산악인 같은 차림새의 남자가 S역에서 내린 것을 기억하고 있는 역무원의 증언으로, 그에게 동행이 한 사람도 없었다는 것이 확인되는 바람에 그 억측은 근거가 빈약해지고 말았다.

세상살이에 넌더리가 나 자살했을지도 모른다는 가능성도 피력되었다. 그 가능성을 제기한 사람은 정신 분석에 빠져 있는 그의 직장 동료였다. 어엿한 어른이 된 지금 새삼스럽게 곤충 채집 같은 아무 도움도 안 되는 일에 열중할 수 있다는 것 자체가 정신적인 결함을 나타내는 증거라는 것이다. 어른뿐만 아니라 곤충 채집에 유난히 몰두하는 경향을 보이는 아이는 대부분 오이디푸스 콤플렉스가 강해서, 충족되지 않는 욕구를 보충하려고 절대 도망칠 염려가 없는 곤충의 사체에 열심히 핀을 꽂고 싶어 한다는 것이다. 그런데 하물며 어른이 되어서도 그런 행위를 계속한다는 것은 증상이 심해졌다는 증거가 아닐 수 없다. 곤충 채집가가 흔히 소유욕이 왕성하거나 극단적으로 배타적이거나 도벽이 있거나 남색에 빠지는 경향이 있는 것도 결코 우연은 아니다. 그리고 그런 성향에서 자살까지는 불과 한 걸음에 지나지 않는다. 실제로 채집 마니아 중에는 채집 자체보다 채집 병 속의 청산가리에 매료되어 헤어 나오지 못하는 사람도 있다고 한다. …… 그리고 그 남자가 우리에게 자기의 취미에 대해 한 번도 털어놓으려 하지 않은 것은, 그 역시 자기의 취미를 떳떳하지 못한 것이라 자각하고 있었다는 증거가 아니겠는가?

그러나 그 논리적인 추리도, 시체가 발견되지 않은 탓에 논외가 되고 말았다.

이렇게 하여 아무도 그가 실종된 진정한 이유를 모르는 채 칠 년이 지나, 민법 제30조에 의해 끝내 사망으로 인정되고 말았다.

2

어느 8월의 오후, 커다란 나무 상자와 물통을 양쪽 어깨에 엇갈려 멘 한 남자가 S역에 내렸다. 그는 등산이라도 할 것처럼 바짓부리를 양말 속에 쑤셔 넣고 쥐색 피케 모자를 쓴다.

하지만 그 주변에 오를 만한 산은 없다. 개찰구에서 기차표를 받아 든 역무원은 자기도 모르게 수상쩍다는 눈길로 그의 뒷모습을 바라보았다. 남자는 망설이는 기색 없이 역 앞에 서 있는 버스에 올라 제일 안쪽 자리에 앉았다. 그 버스는 산과는 정반대 방향으로 가는 버스였다.

남자는 버스를 타고 종점까지 갔다. 버스에서 내리니 지형의 기복이 몹시 심한 고장이었다. 낮은 지대는 조각조각 나뉜 논이고 그 사이에 야트막한 감나무 밭이 섬처럼 드문드문 자리하고 있었다. 남자는 마을을 그대로 지나 해변을 향해 점차 하얗고 건조해지는 길을 걸어갔다.

마침내 인가가 끊기고, 사방은 듬성듬성한 소나무 숲으로 바뀌었다. 땅도 발바닥에 달라붙을 것처럼 고운 모래땅이었다. 군데군데 메마른 들풀이 움푹 파인 모래에 그림자를 드리우고 있고, 가다 보면 반 평 정도 되는 보잘것없는 가지 밭이 무슨 실수처럼 나타나곤 했지만, 사람은 그림자조차 찾아볼 수 없었다. 드디어 저기가 목적지인 바다인가 보다. 틀림없다.

남자는 그제야 걸음을 멈추었다. 사방을 둘러보면서 윗도리 소매로 땀을 닦았다. 천천히 나무 상자의 뚜껑을 열고 한데 묶은 막대기 다발을 꺼냈다. 조립하자 채집망이 되었다. 자루 끝으로 풀숲을 헤치면서 다시 걷기 시작했다. 모래 위에서 소금 냄새가 진동했다.

그러나 아무리 걸어도 바다는 보이지 않았다. 모래땅의 기복이 심해서 앞이 제대로 보이지 않는 탓인지, 비슷한 풍경만 하염없이 이어졌다. 그러다 갑자기 시야가 트이면서 조그만 마을이 나타났다. 높은 망루를 중심으로 작은 돌로 눌러놓은 너와 지붕이 모여 있는 가난하고, 특별할 것 하나 없는 촌락이었다. 물론 그중 몇 채는 검은 기와 지붕이었고 연분홍색 양철 지붕도 있었다. 양철 지붕은 마을에서 유일한 네거리 모퉁이에 있는 것으로 보아 어업 조합 건물인 듯했다.

그 너머에, 목적지인 바다도 사구도 있을 것이다. 그러나 그 마을은 의외로 넓었다. 흙이 푸슬푸슬 드러난 곳도 있었지만 대부분은 하얗게 마른 모래땅이었다. 그런데도 땅콩과 감자 밭이 있고, 소금 냄새에 섞여 가축 냄새도 났다. 모래와 점토로 회반죽처럼 단단하게 조성된 길바닥에는 깨진 조개껍데기 하얀 산을 이루고 있었다.

남자가 그 길을 지나가자, 어업 조합 앞 공터에서 놀던 아이들도, 기우뚱한 툇마루에 앉아 그물을 손질하던 노인도, 한 채밖에 없는 잡화점 앞에 모여 있던 머리숱이 적은 아낙네들도 순간적으로 손길을 멈추고 의심쩍다는 시선을 던졌다. 그러나 남자는 전혀 신경 쓰지 않았다. 그의 관심사는 오로지 모래와 곤충뿐이었다.

의외인 것은 마을의 넓이만이 아니었다. 길이 점차 오르막을 이루고 있었다. 전혀 예상치 못한 일이었다. 바다를 향하고 있는 이상 길은 당연히 내리막이어야 하지 않는가. 지도를 잘못 본 것일까? 마침 지나가는 젊은 아가씨에게 말을 걸어 본다. 아가씨는 서둘러 눈길을 돌리고, 마치 아무 소리도 듣지 못했다는 듯 시치미를 떼고 지나가 버렸다. 할 수 없다. 아무튼 앞으로 가 보기로 한다. 모래의 색과 그물과 조개껍데기 산 등으로 보아 바다가 가깝다는 것만은 분명하니까. 위험을 예감하게 하는 것은 사실 하나도 없었다.

길은 점점 더 경사진 오르막이 되었고 모래도 점점 더 모래

다워졌다.

단, 기묘하게도 집이 서 있는 부분은 조금도 높아지지 않았다. 길만 높아질 뿐, 마을 자체는 여전히 평탄했다. 아니 길뿐만이 아니라 건물과 건물 사이에 있는 경계 부분도 길처럼 높아지고 있었다. 그러니까 보기에 따라서는 마을 전체가 오르막을 형성하고 있는데 건물만 평지에 남아 있는 것 같기도 하다. 이런 인상은 앞으로 나아가면서 점점 더 심해졌고, 마침내 모든 집이 모래의 경사면을 파 내려간 웅덩이 속에 서 있는 것처럼 보였다. 더구나 모래의 경사면이 지붕보다 높았다. 집들은 모래 웅덩이 속으로 점차 가라앉아 갔다.

경사가 갑자기 험해졌다. 이 부근은 지붕 꼭대기까지의 깊이가 암만 못 돼도 20미터는 될 것이다. 대체 어떤 생활을 하고 있는 것일까. 기이하다는 생각이 들어 깊은 구멍 하나를 들여다보려고 테두리를 따라 돌자, 갑자기 심한 바람이 불어와 숨이 막혔다. 그 바람에 시야가 트이면서, 거품을 일으키며 저 아래쪽 모래톱을 핥고 있는 파도가 보였다. 목적지인 사구의 정상에 서 있었던 것이다.

계절풍이 몰아치는 바다와 접한 부분은 사구의 정석대로 불룩 올라온 급경사를 이루고 있고, 잎이 얇은 볏과 식물이 다소나마 완만한 부분을 골라 가련하게 무리 지어 있었다. 마을을 돌아보니, 사구의 정상에 가까울수록 깊게 파인 커다란 구멍이 부락의 중심을 향해 층층이 줄지어 있어 마치 부서져 가는 벌집처럼 보였다. 사구에 마을이 겹쳐진 것이다. 아니면 마을에 사구가 겹쳐진 것이다. 어느 쪽이든 사람을 답답하고 불안하게 만드는 풍경이었다.

하지만 목적지인 사구에 도착했으니, 그것으로 족하다. 남자는 물통의 물을 한 입 마셨다. 그러고서 입안 가득 바람을 들이쉬자, 투명하게 보였던 그 바람이 입안에서 까끌거렸다.

남자의 목적은 모래땅에 사는 곤충을 채집하는 것이었다.

물론 모래땅에 사는 곤충은 몸집도 작고 색도 별로 눈에 띄지 않는다. 하지만 웬만한 마니아가 되면 나비나 잠자리쯤은 거들떠보지도 않는다. 그들 마니아들이 노리는 것은, 자기의 표본 상자를 화려하게 장식하는 일도 아니고 분류학적 관심도 아니고 물론 한방 약재를 찾는 것도 아니다. 곤충 채집에는 훨씬 더 소박하고 직접적인 기쁨이 있다. 새로운 종을 발견하는 것이다. 신종 하나만 발견하면, 긴 라틴어 학명과 함께 자기 이름이 곤충 도감에 기록되어 거의 반영구적으로 보존된다. 비록 곤충이란 형태를 빌려서이기는 하나 오래도록 사람들의 기억 속에 남을 수 있다면, 노력한 보람도 있는 셈이다.

그런 기회는 역시 변종에 많고, 눈에 잘 띄지 않는 아주 작은 곤충들에 많았다. 그래서 그도 오랜 기간, 사람들이 기피하는 파리목, 그것도 파리 종류에 주의를 기울여 왔다. 과연 파리 종족은 놀랄 만큼 풍부했다. 그러나 사람들의 생각이란 거의 대동소이한 법인지, 일본에서 팔필목(八匹目)이라고 하는 희귀종까지 거의 싹쓸이하고 말았다. 아무래도 파리의 생활 환경이 인간의 환경에 지나치게 가까운 탓인 듯하다.

차라리 처음부터 그 환경에 주목하고 시작했으면 좋았을

것이다. 변종이 많다는 것은 바꿔 말해 그만큼 적응을 잘한다는 뜻이 아니겠는가. 이 점을 발견하고 그는 춤을 출 듯 기뻐했다. 나도 제법인데. 적응력이 강하다는 것은 다른 곤충이 살지 못할 나쁜 환경에서도 살아남을 수 있다는 뜻이다. 예를 들어 모든 생물이 죽어 사라지는 사막 같은 곳에서도…….

이후 그는 모래땅에 관심을 보이기 시작했다. 그리고 머지않아 그 효과가 나타났다. 어느 날, 집 근처 강턱에서 딱정벌레목 길앞잡이과의 좀길앞잡이(*Cicinadela Japana*, Motschulsky) 비슷한 엷은 분홍색의 보잘것없는 곤충을 발견한 것이다. 물론 좀길앞잡이에 색이나 모양이 다른 변종이 많다는 것은 주지의 사실이다. 그러나 앞발의 모양쯤 되면 얘기는 달라진다. 딱정벌레목의 앞발은 종을 구분하는 데 중요한 기준이 되고, 앞발의 모양이 다르면 이미 종이 다르다는 것을 의미한다. 그런데 그의 눈에 포착된 곤충은 앞발 두 번째 마디가 보기 드문 특징을 갖고 있었다.

보통 길앞잡이과의 앞발은 검고, 그야말로 민첩해 보이리만큼 가느다랗다. 그런데 그놈의 앞발은 마치 두툼한 칼집이라도 덮어쓴 것처럼 뭉툭하고 누런색이 섞여 있었다. 물론 꽃가루가 묻어 있는 것인지도 몰랐다. 그렇다 해도 꽃가루를 묻히기 위한 어떤 장치(예를 들면 털 같은 것)가 있을 가능성도 충분히 생각해 볼 수 있다. 만약 그가 잘못 본 것이 아니라면 이는 대단한 발견이 될 일이었다.

그런데 안타깝게도 놓치고 말았다. 너무 흥분한 탓도 있었지만, 원래 길앞잡이란 놈은 혼을 쏙 빼놓을 만큼 정신없이 날아다닌다. 날아 도망쳐 놓고는 마치 잡아 보라는 듯 돌아보며 기다린다. 옳다 싶어서 다가가면 다시 날아 도망쳤다가 또 돌아서서 기다린다. 그렇게 애를 먹여 놓고는 마지막에는 숲속으로 유유히 사라져 버리는 식이다.

모래땅에 주목한 그의 식견이 틀리지는 않은 모양이었다. 사실 길앞잡이과는 대표적인 사막 곤충이다. 어떤 설에 의하면, 그렇게 기묘하게 나는 까닭은 노리고 있는 작은 동물을 집에서 꾀어내기 위해서라고 한다. 예를 들면 꾐에 빠진 쥐나 도마뱀 등이 사막에서 길을 잃고 기아와 피로로 쓰러지기를 기다려 그 사체를 먹이로 삼는다. 일본에서는 연서(戀書) 배달꾼이란 사뭇 우아한 별명이 있을 만큼 겉모습은 친절한 남자 같지만 실은 날카로운 턱을 가진 데다가 서로를 잡아먹는 것도 마다하지 않을 만큼 성질이 사납다는 것이다. 그 설의 진위는 차치하고, 그가 적어도 좀길앞잡이의 요염한 걸음걸이에 완전히 매료되었다는 사실만큼은 의심의 여지가 없었다.

그렇게 되면 그 좀길앞잡이가 존재할 수 있는 조건인 모래에 대한 관심도 자연히 높아질 수밖에 없다. 그는 모래에 관한 여러 가지 문헌을 훑기 시작했다. 조사해 보니 모래란 물질도 상당히 흥미로운 것이었다. 백과사전에서 모래를 찾아보니 이렇게 쓰여 있었다.

모래 암석 파편의 집합체. 때로 자철광, 주석, 그리고 간혹 사금을 포함하고 있다. 직경 1/16~2mm.

과연 명료한 정의다. 요컨대 모래란 부서진 암석 중에서 자갈과 점토의 중간에 있는 물질이다. 그러나 단순히 중간 물질이라는 것만으로는 완전한 설명이라고 하기 어렵다. 돌과 모래와 점토, 세 가지가 복잡하게 섞여 있는 흙 속에서 어째서 모래만 분리되어 독립된 사막과 모래땅이 될 수 있는지? 만약 단순히 중간 물질에 불과하다면, 풍화와 물의 침식 작용에 의해 암석 지대와 점토 지대 사이에 다음 단계로 옮겨지는 무수한 중간 형태가 형성되었을 것이다. 그런데 실제로 존재하는 것은 돌과 모래와 점토, 이렇게 분명하게 구분되는 세 가지 형태뿐이다. 더 기묘한 것은 에노시마 해변에 있는 모래든 고비 사막에 있는 모래든, 그 알갱이의 크기는 거의 다르지 않다는 점이다. 1/8mm 크기를 중심으로 거의 가우스의 오차 곡선에 가까운 커브를 그리며 분포되어 있다고 한다.

어떤 해설서는 풍화와 물의 침식 작용에 의해 분해된 흙이 아주 단순하게, 가벼운 것부터 먼저 날려 간 결과라고 설명해 놓았다. 그러나 그런 설명으로는 직경 1/8mm가 지니는 특별한 의미는 해명되지 않는다. 그 점에 대해 다른 지질학 서적에는 다음과 같은 설명이 덧붙어 있었다.

> 물이든 공기든 모든 흐름은 난류(亂流)를 일으킨다. 이 난류의 최소 파장이 사막에 있는 모래의 직경과 거의 비슷하다. 그 특성 때문에 흙 속에서 모래만 선별되어 흐름과 직각 방향으로 날아간다. 흙의 결합력이 약하면, 돌은 물론이요 점토도 날지 못할 미풍이 불어도 모래는 일단 날아올랐다가 다시 낙하하면

서 바람을 따라 이동하게 되는 것이다.

아무래도 모래의 특성은 오로지 유체 역학에 속하는 문제인 것 같았다.

거기에다 다음과 같은 정의를 덧붙이면……

……덧붙여, 암석 파편 중에서 유체에 의해 가장 멀리 이동될 수 있는 크기의 입자.

지상에 바람과 흐름이 있는 이상 모래땅의 형성은 불가피한지도 모르겠다. 바람이 불고 강이 흐르고 바다가 넘실거리는 한, 모래는 토양 속에서 끊임없이 생성되어 마치 살아 있는 생물처럼 장소를 가리지 않고 기어 다닐 것이다. 모래는 절대로 쉬지 않는다. 조용하게, 그러나 확실하게, 지표를 뒤덮고 멸망시킨다…….

유동하는 모래의 이미지는 그에게 뭐라 말할 수 없는 충격과 흥분을 불러일으켰다. 모래의 불모성은 흔히 말하듯 건조함에 있는 것이 아니라, 그 끊임없는 흐름으로 인해 어떤 생물도 일체 받아들이지 못하는 점에 있는 것 같았다. 일 년 내내 매달려 있기만을 강요하는 현실의 답답함에 비하면 이 얼마나 신선한가.

물론 모래는 생존에 적합하지 않다. 그렇다면 정착은 과연 생존에 절대적으로 불가결한 것인가. 정착을 부득불 고집하기 때문에 저 끔찍스런 경쟁이 시작되는 것은 아닐까? 만약 정착을 포기하고 모래의 유동에 몸을 맡긴다면 경쟁도 성립하지 않을 것이다. 실제로 사막에도 꽃은 피고 벌레와 짐승도 산다. 강한 적응력을 이용해 경쟁권 밖으로 벗어난 생물들이다. 예컨대 그의 길앞잡이과처럼…….

마음속으로 유동하는 모래의 이미지를 그리면서 그는 간혹 자기 자신이 유동을 시작한 듯한 착각에 빠지는 일도 있었다.

3

남자는 고개를 숙이고, 반달 모양으로 우뚝 솟아 성벽처럼 마을을 둘러싸고 있는 사구의 능선을 따라 걷기 시작했다. 먼 풍경에는 거의 신경을 쓰지 않았다. 곤충 채집가에게 필요한 덕목은 발치에서 반경 3미터 내에 온 신경을 집중하는 것이다. 가능한 한 태양을 등지지 않는 것도 필요한 주의 사항 중 하나다. 태양을 등지면 자기 그림자에 곤충들을 놀래는 결과를 낳는다. 그래서 채집 마니아의 이마와 콧잔등은 늘 새카맣게 타 있는 것이다.

남자는 일정한 걸음걸이로 천천히 앞으로 나아갔다. 한 걸음 내디딜 때마다 모래가 밀려 올라와 신발 위로 흘렀다. 적당한 습기만 있으면 하루 아침에라도 싹을 틔울 것처럼 군데군데 얕게 뿌리내린 잡초 외에 살아 있는 것이라고는 그림자 하나 없다. 이따금 인간의 땀 냄새를 맡고 귀갑 파리가 날아들 뿐. 그러나 이런 장소이기에 기대할 수도 있는 것이다. 특히 길앞잡이과는 군거를 싫어하기 때문에 극단적인 예로는 한 마리가 사방 1킬로미터를 자기 영역으로 차지하고 있는 경우도 있다고 한다. 끈질기게 걸어 보는 수밖에 없었다.

흠칫 멈춰 섰다. 풀뿌리께에서 무언가가 움직였다. 거미였다. 거미엔 관심 없다. 담배나 한 대 피우면서 한숨 돌리려고 주저앉았다. 바다에서는 쉴 새 없이 바람이 불어오고, 부서지는 하얀 파도는 저 아래 사구의 기슭을 깨물고 있다. 서쪽, 사구가 끝나는 곳에 암반을 드러낸 야트막한 언덕이 바다를 향해 튀어나와 있다. 그 위에서 태양이 날카로운 바늘 끝을 다발로 묶은 듯한 빛을 하늘 가득 흩뿌리고 있었다.

좀처럼 성냥에 불이 붙지 않았다. 열 개를 그었는데도 다 헛수고였다. 버린 성냥을 따라 모래의 물결이 시계의 초바늘 같은 속도로 이동하고 있다. 물결 하나를 목표로 정하고, 그 물결이 뒤축 끝에 다다랐을 때 일어났다. 바지 주름에서 모래가 흘러나왔다. 침을 뱉자 입안이 까끌거렸다.

아무리 그래도 그렇지, 곤충의 수가 너무 적은 것은 아닐까? 모래의 이동이 너무 빠른 탓인지도 모른다. 아니 낙담하기에는 아직 이르다. 이론이 가능성을 보장해 주고 있으니까.

사구의 능선이 평탄해지면서 바다의 반대쪽으로 튀어나온 부분이 있었다. 사냥감이 있을 법한 느낌에 이끌려 완만한 기슭을 내려가자, 군데군데 남아 있는, 발을 엮어 만든 모래 제방의 흔적 너머에 한층 낮은 대지가 있었다. 기계로 찍어 낸 것처럼 정확한 간격으로 새겨진 바람 무늬를 가로지르며 앞으로 나아가자, 갑자기 시야가 막히면서 깊은 구멍이 내려다보이는 벼랑 끝이 나오고 말았다.

그 구멍은 지름이 20미터 남짓한 일그러진 타원형이었다. 건너편은 비교적 완만하게 보이는데 이쪽은 거의 수직에 가깝게 느껴졌다. 두툼한 도자기의 아가리처럼, 부드러운 곡선이 발치에 닿아 있다. 조심조심 그 끝에 한쪽 다리를 올려놓고 들여다본다. 구멍 속은 주위의 밝음과는 대조적으로 벌써 땅거미가 지고 있었다.

어둠 속에, 조그만 집 한 채가 그 한쪽 끝을 비스듬히 모래벽에 기댄 것처럼 소리없이 서 있었다. 마치 굴 딱지 같다는 생각이 들었다.

어차피 모래의 법칙을 거스를 수도 없을 텐데…….

카메라를 들고 초점을 맞추려는데, 거의 동시에 발치의 모래가 사락사락 흐르기 시작했다. 깜짝 놀라 발을 꺼냈는데도 모래의 흐름은 잠시도 멈출 줄을 몰랐다. 이 얼마나 미묘하고 위험한 균형인가. 숨을 헉헉거리며 까끌까끌한 손바닥을 바지 옆자락에 몇 번이나 문질렀다.

귓전에서 헛기침하는 소리가 들렸다. 어느 사이엔가 마을 어부인 듯한 노인이 한 명 어깨가 닿을 듯 말 듯하게 서 있었다. 카메라와 구멍 속을 번갈아 보면서, 손질한 토끼 가죽 같은 뺨에 주름을 잔뜩 지으며 웃고 있다. 충혈된 눈가에 눈곱이 들러붙어 두꺼운 층을 이루고 있었다.

"무슨, 조사하러 나왔나?"

목소리가 바람에 흩날려, 휴대용 라디오처럼 깊이 없게 들렸다. 그러나 억양은 분명해서 딱히 알아듣기 어려울 정도는 아니었다.

"조사냐고요?"

남자는 낭패한 기색으로 렌즈를 손바닥으로 가리고, 상대방이 잘 볼 수 있도록 채집망을 고쳐 쥐면서 말했다.

"무슨 말씀을 하시는 건지 잘 모르겠지만…… 저는요, 그 곤충 채집을 하고 있습니다. 이런, 모래땅에 사는 곤충이 제 전문 분야거든요."

"뭣이라고?"

아무래도 상대방이 그의 말을 제대로 알아듣지 못한 것 같았다.

"곤, 충, 채, 집!"이라고 다시 한번 큰 소리로 반복했다.

"벌레요, 벌레! ……이렇게, 벌레를 잡는다고요!"

"벌레……?"

노인은 의심스럽다는 듯 눈을 내리깔고 침을 뱉었다. 아니 입에서 흘러나오는 대로 그냥 놔두었다고 하는 편이 정확할지도 모르겠다. 침이 바람에 흩날려 입술 끝에서 실처럼 날았다. 대체 뭐가 그리 염려되는 것일까?

"이 주변에서, 누가 무슨 조사라도 하고 있습니까?"

"아니, 조사만 아니면, 별 상관이야 없지만……."

"전, 아닙니다."

노인은 보일락 말락 고개를 끄덕이고는, 그대로 등을 돌리고 짚신을 신은 발끝을 차듯이 걸으며 슬렁슬렁 능선을 따라 되돌아갔다.

언제 나타났는지 50미터 정도 떨어진 곳에서 노인과 비슷한 차림의 남자 셋이 모래 바닥에 꼼짝 않고 주저앉아 노인을 기다리고 있는 것 같았다. 그중 한 명이 무릎 위에다 놓고 빙빙 돌리고 있는 것은 망원경이 아닌가. 노인이 가세하자 네 사람은 뭐라뭐라 의논을 시작했다. 번갈아 발치에 있는 모래를 휘젓는 듯한 몸짓이 보이기도 했고, 꽤나 격렬하게 말이 오가고 있는 듯했다.

내가 알 바가 아니라고 계속해 길앞잡이를 찾으려고 하는 참에 노인이 허둥지둥 다시 돌아와 말했다.

"그럼, 자네 정말 현청 사람 아니지?"

"현청……? 사람 잘못 보신 겁니다."

이제 그만하라는 식으로 거칠게 명함을 내밀자, 노인은 입술을 움찔거리면서 시간을 들여 명함을 읽었다.

"아하, 학교 선생님이로구먼……."

"현청이라니, 아무 관계 없습니다."

"흐음, 선생이시라……."

겨우 납득이 가는지, 눈꼬리 가득 주름을 퍼뜨리고는 명함을 떠받들듯 앞으로 들어올리고 되돌아간다. 그러자 나머지 세 사람도 안심이 되는지 엉덩이를 들고 자리에서 물러났다.

노인이 혼자서 다시 내 쪽으로 되돌아왔다.

"그런데 자네, 앞으로 어쩔 작정인가?"

"어쩌다뇨? 벌레를 찾는다고 했잖습니까."

"하지만 올라가는 버스는 벌써 끊겼을 텐데……."

"어디, 묵을 만한 데가 있을 테죠."

"묵다니, 이 마을에 말인가?"

노인의 얼굴이 피뜩 떨렸다.

"여기에 없으면, 옆 마을까지 걸어서 가지요."

"걸어……?"

"어차피, 서두를 이유도 없는데요, 뭐."

"아니지 아니야, 성가시게 그렇게 멀리까지 갈 필요 없지……"

그러더니 갑자기 참견쟁이 노인네처럼 주절주절 말을 늘어놓았다. "보시다시피, 가난한 마을이라서 그럴듯한 집 한 채 없지만, 자네만 좋다면야, 내가 그 정도 편의는 봐줄 수 있지."

딱히 악의가 있는 것 같지는 않았다. 그들은 그저 누군가(아마 조사하러 나올 예정인 현청의 공무원이나 뭐 그런 사람)를 경계하고 있을 뿐이다. 경계만 풀면 선량하기 짝이 없는 어민에 지나지 않는다.

"그렇게 해 주신다면, 그야 고맙지요……. 물론 사례는 하겠습니다……. 저는, 이런 민가 같은 곳에서 자는 것을 좋아해서요……."

4

느낌에, 바람이 잔잔해지면서 해가 기울었다. 남자는 모래에 새겨진 바람 무늬를 분간할 수 없을 때까지 사구 위를 걸었다.

수확다운 수확은 전혀 없었다.

메뚜기목의 여치류와 끝마디통통집게벌레.

매미목의 홍줄노린재와, 이름은 분명치 않지만 역시 노린재의 일종.

찾으려는 딱정벌레목으로는 바구미류와 거위벌레과류.

정작 중요한 길앞잡이과는 한 마리 구경조차 못했다. 그러나 오히려 그렇기에 내일의 전과가 기대되는 바이지만…….

피로가 눈속에서 희미한 빛의 점을 이루어 떠다니고 있다. 그때마다 자기도 모르게 걸음을 멈추고 어두운 모래 사면을 뚫어져라 쳐다본다. 움직이는 것이면 모두 좀길앞잡이로 보여 탈이었다.

약속한 대로 노인이 조합 사무실 앞에서 기다리고 있었다.

"아, 이거 죄송합니다."

"무슨, 자네 마음에 들어야 할 텐데……."

모임이라도 있는지 사무실 안쪽에 네다섯 명의 남자가 빙 둘러앉아 떠들썩하게 웃고 있었다. 현관 정면에 걸린 액자에는 '애향 정신'이라는 글자가 큼지막하게 쓰여 있었다. 노인이 뭐라고 말을 걸자, 웃음소리가 뚝 그쳤다. 노인은 재촉하듯 앞서 걸었다. 조개껍데기를 뿌린 길이 희붐한 어둠에 뽀얗게 떠 있었다.

노인이 그를 안내한 곳은, 마을 가장 바깥쪽 사구의 능선에 접한 구멍 가운데 하나였다.

능선 안쪽으로 나 있는 좁은 길을 걷다가 오른쪽으로 돌아 조금 더 걸어간 곳에서, 노인은 어둠 속에 몸을 구부리고 손뼉을 치면서 크게 소리를 질렀다.

"어이, 할멈!"

발아래 펼쳐져 있는 어둠 속에서 등잔불이 흔들리고, 대답 소리가 들렸다.

"여기 여기…… 그 가마니 옆에 사다리가 있으니까……."

과연 사다리를 사용하지 않고서야 이 모래 벼랑을 어찌 감당하랴. 지붕 높이의 거의 세 배에 가깝다. 사다리를 사용한다 해도 내려가기가 그리 쉽지 않을 것 같았다. 낮에 보았을 때는 경사가 더 완만했던 것으로 기억하는데, 지금은 거의 수직에 가까워 보인다. 새끼줄로 만든 사다리는 덜컥 겁이 날 만큼 들쭉날쭉해서 자칫 균형을 잃으면 도중에 꼬일 듯하다. 마치 천연의 요새 속에 살고 있는 것 같다.

"어려워 말고, 편히 쉬시우……."

노인은 아래로 내려가지 않고 그 자리에서 돌아갔다. 줄줄이 흘러내리는 모래를 잔뜩 뒤집어쓴 남자는, 그래도 소년 시절로 돌아간 듯한 향수를 느끼지 않는 바도 아니었다. 그보다, 할멈이라고 하기에 어지간히 나이 먹은 여인네인 줄 알았는데, 등잔불을 들고 마중나온 여자는 서른 전후의 자그마한 몸집에 마음씨도 좋아 보였다. 화장을 했는지는 모르겠지만, 해변에 사는 여자치고는 보기 드물게 피부가 하얬다. 게다가 바지런히 움직이는 몸에서 배어 나오는, 미처 감추지 못한 기쁨이 무엇보다 고맙게 여겨졌다.

하기야 그런 일이나마 없다면 이 집은 참아 내기 어려운 판잣집이었다. 뭘로 보느냐고 홧김에 되돌아갔을지도 모른다. 벽은 너덜너덜 떨어져 나갔고, 장지문 대신 거적때기가 걸려 있고, 기둥은 뒤틀렸고, 온 창문에는 판자가 덧대어져 있고, 다다미는 썩어 문드러지기 일보 직전이라 위를 걸으면 젖은 스펀지를 밟는 듯한 소리가 났다. 그런 데다 불에 달구어진 모래가 내뿜는 것 같은 이상한 냄새가 사방에 꽉 차 있었다.

하지만 모든 것은 마음먹기에 달려 있다. 여자의 몸짓에 기분이 누그러져, 이런 밤을 보내는 것도 흔치 않은 경험이라고 자신을 설득했다. 더구나 잘하면 희귀한 곤충을 발견할지도 모른다. 곤충이 얼씨구나 하고 눌러살 만한 환경이었다.

예감은 적중했다. 여자가 권해서 봉당에 있는 화롯가에 앉는 순간, 주변에서 후드득후드득 떨어지는 빗방울 같은 소리가 났다. 이 떼였다. 그러나 그 정도 일로 놀랄 그가 아니었다. 곤충 채집가는 늘 준비를 갖추고 다닌다. 옷 안에다 DDT를 뿌리고, 노출된 부분에는 자기 전에 방충 크림을 바르면 된다.

"식사 준비를 할 테니까, 그동안……."

여자는 등잔불을 든 채 엉거주춤 일어나면서 말했다.

"어둡겠지만 잠시 참고 계세요."

"등잔이 하나밖에 없습니까?"

"네, 아쉽게도……."

미안하다는 듯 웃자 여자의 왼쪽 뺨에 보조개가 생겼다. 눈초리만 빼놓으면 그런대로 애교 있는 얼굴이라고 생각한다. 그러나 그 눈초리도 아마 눈병 탓이리라. 아무리 화장을 해도 벌겋게 부어오른 눈가는 숨길 수 없다. 자기 전에 잊지 말고 안약을 넣어 주어야겠군…….

"그보다, 우선 목욕을 좀 하고 싶은데……."

"목욕……?"

"목욕탕, 없습니까?"

"미안하지만, 내일모레 하세요."

"내일모레? 내일모레는, 나 없습니다."

자기도 모르게 큰 소리를 내며 웃는다.

"그러세요……."

여자는 얼굴을 돌리고, 일그러진 표정을 지었다. 실망한 것이리라. 참, 시골 사람들은 꾸밈이 없군. 그는 몸이 근질거리는 듯한 기분에 열심히 입술을 핥았다.

"목욕탕이 없으면, 물이라도 끼얹으면 됩니다. 온몸이 모래투성이라서 말이죠."

"물도, 죄송하지만, 양동이 하나 정도밖에 없어서요……. 우물까지 하도 멀어서……."

너무 미안해하는 것 같아 더 이상 말하지 않기로 한다. 그보다 잠시 후, 물을 끼얹어 봐야 아무 소용이 없다는 것을 몸서리쳐질 만큼 여실히 알게 되었다.

여자가 밥상을 들고 왔다. 반찬은 생선 조림에 조갯국이었다. 그야말로 갯마을의 식사다워 거기까지는 좋았는데, 여자가 밥을 먹기 시작하는 그의 머리 위에 우산을 받쳐 들었다.

"우산은, 뭐하려고요……?"

이 지방의 독특한 풍습일까?

"아아, 안 그러면 모래가 들어가서요, 밥 속에……."

"왜요?"

놀라서 천장을 올려다보았지만, 딱히 구멍이 뚫려 있는 것도 아니었다.

"모래가 말이죠……."

여자도 천장으로 얼굴을 쳐들면서 말했다.

"뿌리거든요. 사방에서…… 하루만 청소를 안 해도, 한 치나 쌓여요."

"지붕이 망가졌습니까?"

"아니에요, 새로 얹은 지붕도, 모래가 솔솔 파고 들어와요……. 정말, 끔찍해요, 나무 먹는 벌레보다 성질이 나쁘다니까요."

"나무 먹는 벌레?"

"나무에다 구멍을 뚫어 놓는 벌레요."

"그건, 흰개미겠죠."

"아니요, 요만하고, 껍질이 딱딱한……."

"아아, 그렇다면 톱하늘소."

"톱하늘소?"

"빨갛고, 수염이 길지 않습니까?"

"아니요, 청동색에, 쌀알 같은 모양인데……."

"그래요, 그렇다면, 긴고목벌레 종류일 것 같군요."

"그냥 놔두면, 이만한 기둥 같은 것도 금방 푸슬푸슬하게 썩어 버린다니까요."

"벌레가 그런단 말입니까?"

"아니요, 모래가요……."

"어떻게요?"

"어디선가 흘러 들어와서, 풍향이 안 좋은 날에는, 아침 저녁으로 지붕에 올라가서 모래를 치워 내지 않으면, 지붕이 버터 내지 못할 정도로 쌓여요."

"그야, 지붕에 모래가 쌓이면 곤란하겠죠……. 그렇다고 모래 때문에 기둥이 썩는다는 것은 좀 이상하지 않습니까?"

"아니요, 정말 썩어요."

"하지만, 모래란 것은 물기가 전혀 없지 않습니까."

"그런데도 썩는다니까요……. 모래에 묻힌 채로 그냥 놔두면, 금방 산 신발도 반달도 채 못 가, 녹아 버린다고 할 정도니까요."

"도대체 무슨 소린지 모르겠군."

"목재도 썩지만, 모래가 같이 썩어요…… 모래에 묻힌 집의 천장을 뜯어 보았더니, 안에서 오이도 키울 수 있을 만큼 비옥한 흙이 나왔다고……."

"설마!"

남자는 입을 비틀고 거칠게 말을 받았다. 자기 안에 있는 모래의 이미지가 여자의 무지에 모욕당한 듯한 기분이 들었던 것이다.

"난, 이래 봬도 모래에 대해서는 웬만큼 알고 있는데 말이죠, 모래란 말입니다, 이렇게, 일 년 365일 움직이는 겁니다…… 그러니까, 유동이 바로 모래의 생명이란 말이죠…… 절대로 한곳에 머물지 않는…… 물 속에서도 공기 속에서도, 자유자재로 움직이는…… 그래서, 살아 있는 생물은 보통 모래 속에서 살아남지 못하는 거라고요…… 세균도 마찬가지죠…… 아아, 그러니까, 즉 청결의 대명사 같은 것이란 말입니다. 방부제 역할은 하겠지만, 썩게 하다니, 말도 안 돼요……

그런데 하물며, 부인, 모래 자체가 썩다니요…… 그리고 무엇보다, 모래란 어엿한 광물이란 말입니다."

여자는 몸을 바짝 긴장하고 입을 꾹 다물었다. 여자가 들고 있는 우산 속에서, 남자도 말없이 서둘러 밥을 먹었다. 우산 표면에는 손가락으로 글자를 쓸 수 있을 만큼 모래가 쌓여 갔다.

그건 그렇고, 이 눅눅함은 참을 수가 없다. 물론 모래가 눅눅한 것은 아니다. 그의 몸이 눅눅하고 끈끈한 것이다. 지붕 위에서 바람이 불고 있었다. 담배를 꺼내려고 하자, 주머니 속도 모래투성이였다. 불을 붙이기도 전인데, 담배의 씁쓰름한 맛이 느껴지는 것 같았다.

채집 병 속에서 곤충을 꺼낸다. 딱딱하게 굳기 전에 핀을 꽂아 다리 모양이라도 제대로 갖춰 놓자. 밖에서 여자가 설거지하는 소리가 들린다. ……이 집에 다른 사람은 살지 않는 것인가.

집 안으로 들어오자 여자는 말없이 방구석에다 이부자리를 펴기 시작했다. 여기다 내가 잘 자리를 펴면, 여자는 대체 어디서 잔단 말인가? 그렇다면 저 거적때기 너머도 방이라는 얘기다. 달리 방이 있을 것 같지 않았다. 한데, 안쪽에 있는 방에서 주인이 자고, 손님이 입구 쪽 방에서 잔다는 것도 묘하다. 혹시 저 방에 몸져누운 병자라도 있는 것일까? ……그럴지도 모르겠다. 그렇게 생각하는 편이 훨씬 자연스럽다. 혼자 사는 여자가 굳이 길 가는 여행자를 묵게 할 이유가 없다.

"누구, 다른 사람은?"

"다른 사람이냐니요……?"

"다른 식구……."

"아아, 저 혼자예요."

여자도 의식하고 있었는지, 갑자기 어색한 웃음소리를 내면서, "정말이지, 모래 때문에 이불까지 눅눅해져서……."라고 말했다.

"그렇다면, 바깥양반은?"

"예, 작년에 큰 바람을 만나는 바람에……."

여자는 다 깐 이불 끝을 톡톡 두드렸다가 폈다가, 하지 않아도 좋을 동작으로 말을 얼버무렸다.

"이 동네는, 한번 큰 바람이 불었다 하면…… 모래가 콸콸 폭포처럼 흘러서, 멍하니 있다 보면, 하룻밤 사이에 열 자고 스무 자고 쌓인답니다……."

"스무 자라면, 6미터나 쌓인다는 말입니까……."

"그런 때는, 아무리 쓸어 내도, 도저히 당해 낼 수가 없어요. 그런데 닭장이 위험하다면서, 중학교에 다니는 딸과 같이 뛰어나갔는데, 저는 저대로 집 주변을 살피느라 가 볼 수도 없고…… 그러고는, 아침이 되어서, 바람이 잔 후에 나가 보았더니, 닭장이고 뭐고, 흔적도 없었어요……."

"묻혀 버렸단 말입니까?"

"네, 아주 깨끗하게……."

"거 참 안됐군요…… 끔찍하군요, 모래라는 게…… 참으로, 끔찍……."

갑자기 등잔의 불꽃이 가물가물 작아졌다.

"모래예요."

여자가 엎드려 몸을 뻗고는, 웃으면서 등잔불의 심지를 손가락으로 톡톡 쳤다. 금방 다시 불꽃이 밝아졌다. 여자는 엎드린 자세로 불꽃을 쳐다보면서, 여전히 어색한 미소를 띠고 있다. 아무래도 일부러 보조개를 보이려는 것 같아, 남자는 자기도 모르게 긴장한다. 한 가족의 죽음을 얘기한 직후라서 더욱 음란하게 여겨졌다.

5

"어이, 통하고 부삽, 하나씩 더 가져왔어!"

확성기에다 대고 얘기하는 것인지도 모르겠다. 거리감에 비해 확실한 목소리가 긴장을 깨뜨렸다. 이어 무슨 양철 제품 같은 것이 부딪치면서 내려오는 소리가 났다. 여자가 몸을 일으키는 것으로 답했다.

왠지 꺼림칙하고 짜증스러웠다.

"뭐야, 역시 다른 사람이 있는 것 아닙니까!"

"왜 그런 이상한 말씀을……."

누가 간지럽히기라도 한 것처럼 여자가 몸을 비튼다.

"하지만, 지금 분명히 '하나씩 더' 하고 말했잖아요."

"아아, 그건…… 손님을 말하는 거예요."

"나? 내가 왜 부삽을……?"

"상관없는 일이에요, 신경 쓰지 마세요…… 정말이지, 저 사람들, 성가시게 군다니까……."

"뭘, 잘못 생각하고 있는 건가?"

그러나 여자는 그 말에는 대답하지 않고, 빙그르르 무릎을 돌려 봉당으로 내려섰다.

"손님, 등잔불 계속 쓰시렵니까?"

"그야 있으면 물론 좋지만…… 그쪽에서, 필요한가?"

"아니요, 저는 어차피 익숙한 일이니까……."

모내기를 할 때 사용하는 밀짚모자 같은 것을 쓰고 여자는 미끄러지듯 어둠 속으로 나갔다.

남자는 고개를 갸우뚱하고 새 담배에 불을 붙인다. 뭔가 석연치 않은 기분이었다. 일어나, 거적때기 안을 슬쩍 들여다보았다. 분명 방이기는 한데 이부자리는 펴져 있지 않았다. 이부자리 대신, 모래가 완만한 커브를 그리면서 벽 너머에서 떨어져 내리고 있었다. 자기도 모르게 움찔 놀라, 우뚝 서고 만다. 이 집은 이미 죽어 가고 있다……. 끊임없이 흐르는 모래의 촉수가 내장의 거의 절반을 파먹었다……. 평균 1/8mm란 것 외에는 형태조차 제대로 갖고 있지 않은 모래……. 그러나 이 무형의 파괴력에 대항할 수 있는 것은 무엇 하나 없다……. 어쩌면, 형태를 갖고 있지 않다는 것이야말로, 힘의 절대적인 표현이 아닐까…….

그러다 금방 현실로 돌아왔다. 이 방을 사용할 수 없다면, 여자는 대체 어디서 잘 생각일까? 판자벽 너머에서 여자가 열심히 움직이는 기척이 느껴진다. 손목시계의 바늘은 8시 8분을 가리키고 있다. 이런 시간에 무슨 볼일이 있다는 것일까?

물을 찾으려고 봉당에 내려갔다. 물 항아리 속, 거의 바닥이 드러난 물이 뻘건 기를 띠고 있다. 그나마 입속에서 까끌거리는 모래를 견디는 것보다는 나았다. 남은 물로 얼굴을 씻고 목덜미를 닦아 내자 기분이 꽤 상쾌해졌다.

봉당으로 써늘한 바람이 흘렀다. 아무래도 밖이 좀 더 시원할 듯했다. 모래에 묻혀 잘 움직이지 않는 미닫이문을 열고 밖으로 나간다. 길에서 불어오는 바람이 아까보다 한결 시원했다. 그 바람을 타고 삼륜차의 엔진 소리 비슷한 소리가 들려왔다. 귀를 기울이자, 사람들이 웅성거리는 소리도 들리고, 그래서인지 낮보다 활기가 느껴졌다. 아니면 그냥 바닷소리인가. 하늘에는 별이 빼곡하게 박혀 있었다.

등잔불을 보았는지 여자가 뒤를 돌아보았다. 여자는 노련하게 부삽질을 하며 석유통에 모래를 퍼 담고 있었다. 그 너머로 검은 모래 벽이 덮칠 듯 우뚝 서 있었다. 아마 저 위가, 낮에 곤충을 찾기 위해 걸어다닌 곳이리라. 석유통 두 개가 모래로 꽉 차자 여자가 양손에 통을 들고 이쪽으로 걸어왔다. 스쳐 지나갈 때 눈을 약간 치켜뜨고 "모래가 말이죠……"라고 코맹맹이 소리로 말했다. 여자는 뒷길, 사다리가 걸려 있던 곳 부근에 모래를 쏟아부었다. 수건 끝으로 땀을 닦는다. 사방이 날라다 놓은 모래로 높은 산을 이루고 있었다.

"모래 치우는 겁니까?"

"아무리 쓸고 치워도, 끝이 없어요……."

돌아오면서 스칠 때는 빈 손가락으로 간지럽히듯 그의 옆구리를 찔렀다. 그는 놀라 뒤로 물러서면서, 까딱하면 등잔불을 떨어뜨릴 뻔했다. 이대로 등잔불을 들고 있어야 하는가, 아니면 땅에 내려놓고 맞받아 주어야 하는가, 갑자기 뜻하지 않은 선택에 몰려 고민했다. 결국 현상을 유지하자는 쪽이 이겨, 등잔불을 손에 든 채 자기 자신도 의미 모를 희미한 미소를 짓고 여자 쪽으로 어색하게 걸어갔다. 여자는 다시 부삽질을 하고 있었다. 다가가자 여자의 그림자가 모래 벽면 가득 퍼졌다.

"안 돼요."

등을 보인 채 헉헉거리는 목소리로, "삼태기가 올 때까지 여섯 통은 날라야……."

남자의 표정이 굳어졌다. 애써 가다듬은 기분을 다시 헤집어 놓은 것 같아 불쾌했다. 그러나 그의 의지와는 무관하게, 혈관 속에서 무언가가 제멋대로 부풀어 오른다. 마치 피부에 들러붙은 모래가 혈관으로 스며 들어가 안쪽에서 그의 감정을 깎아 내는 것 같았다.

"그럼 나도 거들어 볼까."

"괜찮아요…… 아무리 그래도 그렇지 첫날부터 어떻게, 미안해서……."

"첫날부터? 아직도 그런 이상한 소리를…… 내가 여기 머무는 것은 오늘 밤뿐이라고요."

"그런가요……."

"나 그렇게 한가한 사람이 아니니까…… 자, 그 부삽 좀 이리 줘 봐요."

"손님 부삽은, 저기에 있는데요……."

과연 입구 옆 처마 밑에 부삽 하나와 손잡이가 달린 석유통이 두 개 따로 놓여 있었다. 아까, 하나씩 더, 라면서 길 위에서 떨어뜨린 것이 틀림없다. 너무도 착착 앞뒤가 맞아떨어져, 꿰뚫어 보고 있는 듯한 느낌이었다. 그렇지만 대체 무엇을 꿰뚫어 보았는지는 그도 알 수 없었다. 아무튼 사람을 너무 얕보는 게 아닌가 싶은 생각이 들었고, 기분이 나쁘기도 했다. 굵직한 옹이투성이 잡목으로 만든 부삽 손잡이는 손때로 까맣게 빛났다. 일을 거들 마음은 이미 사라지고 없었다.

"어머, 삼태기가 벌써 옆에 왔어요."

그의 망설임을 미처 알아차리지 못했는지 여자의 목소리는 들떠 있었다. 그리고 지금까지 없던 신뢰감마저 담겨 있었다. 그러고 보니 아까부터 느껴지던 사람들의 기척이 바로 근처까지 와 있었다. 박자를 맞추어 내지르는 짧은 구령 소리가 몇 번인가 반복되고는 잠시 웃음소리가 섞인 낮은 중얼거림이 이어지고, 또다시 구령 소리가 이어졌다. 그 노동의 리듬이 그의 기분을 가볍게 띄워 주었다. 이렇게 소박한 세계에서, 하룻밤 묵고 가는 손님이 삽질 좀 한들 대수로운 일은 아닐 것이다. 오히려 주춤거리고 망설이는 쪽이 더 이상하다. 뒤꿈치로 모래를 파, 쓰러지지 않도록 등잔불을 내려놓았다.

"어디든, 아무튼 모래를 파면 되는 거죠?"

"아무 데나 파면 되는 게 아니고……."

"그럼, 이 부근?"

"가능한 한 벼랑에서 똑바로, 파 내려가는 식으로 하세요."

"다들 이런 시간에 모래를 퍼냅니까?"

"밤에 하는 편이, 모래가 축축해서 일하기 쉬우니까요…… 모래가 건조하면, 위에서……"

여자는 그렇게 말하고는 하늘을 올려다보면서 말했다.

"언제 어디서, 우수수 쏟아져 내릴지 모르니까……."

올려다보니, 과연 벼랑 가에 쌓인 눈처럼 모래가 불룩 튀어나와 있었다.

"저런, 위험하잖습니까!"

"괜찮아요."

애교에 가까운 웃음소리를 내면서, "봐요, 안개가 피어오르잖아요."

"안개……?"

말을 듣고 보니, 언제부터 그랬는지 하늘의 별이 얼룩얼룩 번져 보였다. 뒤엉킨 막 같은 것이 하늘과 모래 벽의 경계 언저리에서 불규칙하게 뭉글뭉글 피어오르면서 방향 없는 이동을 시작했다.

"모래도, 벌써 물기를 듬뿍 머금고 있으니까요…… 소금기가 있는 모래는 물기를 머금으면 풀처럼 굳어 버리거든요……."

"설마……."

"썰물 때 바닷물이 빠져나가면 해변으로 전차도 안심하고 지나갈 수 있어요."

"그런 건가……."

"정말이에요…… 그래서, 밤사이에, 저 툭 튀어나온 모래가 점점 커져서…… 풍향이 안 좋은 날에는, 정말, 이렇게 버섯처럼 축 늘어지는 거예요…… 그러다 오후가 돼서 건조해지면, 한꺼번에 우르르 하고…… 까딱 잘못 맞으면, 가느다란 기둥 같은 건, 흔적도 없이 사라져 버려요"

여자의 화제는 범위가 좁다. 그러나, 일단 자기 생활권 내로 들어오면 사람이 달라 보일 정도로 순식간에 활기를 띤다. 그것은 어쩌면 여자의 마음에 닿을 수 있는 통로이기도 할 것이다. 그렇다고 딱히 그 통로에 매력을 느낀 것은 아니지만, 여자의 말은 헐렁헐렁한 바지 밑에 숨겨진 육체를 느끼게 할 만큼 들떠 있었다.

마침내 남자도, 끝이 구부러진 부삽으로 발치에 있는 모래를 힘껏 퍼내기 시작했다.

6

두 번째 석유통을 나르고 나자, 목소리가 들리고 길 위에서 칸델라 불빛이 흔들렸다.

여자가 퉁명스럽게,

"삼태기다! 손님, 이쪽은 됐으니까, 저쪽을 거들어 주세요!"

라고 말했다.

그제야 사다리 위에 묻혀 있던 가마니의 용도를 이해했다. 거기에다 로프를 걸어 삼태기를 오르내리는 것이다. 삼태기 담당은 네 명씩, 전부 두세 팀쯤 되는 듯했다. 젊은 사람들로 짜여 있는지, 일이 척척 진행된다. 한 팀의 삼태기가 가득 차면 벌써 다음 삼태기가 기다리고 있는 식이다. 여섯 번 만에, 산처럼 쌓여 있던 모래가 편평해졌다.

"힘들겠군, 저 사람들도."

셔츠 소매로 땀을 닦으면서 말하는 남자의 말투는 호의적이었다. 거들고 있는 그에게 뭐라 비아냥거리는 소리 한마디 하지 않고 열심히 일에 열중하는 청년들의 모습에 호감을 느낀 것이다.

"맞아요…… 우리 마을 사람들은 모두 애향 정신이 투철하니까요……."

"무슨 정신?"

"우리 고장을 사랑하는 정신이요."

"그거 바람직하군!"

남자가 웃자, 여자도 웃었다. 그러나 웃은 이유를 자기 자신도 잘 모르는 것 같았다.

멀리서, 삼륜차 달리는 소리가 들렸다.

"자, 잠시 숨 좀 돌릴까……."

"안 돼요, 한 바퀴 돌면 또 금방 삼태기가 올 텐데……."

"어때서요, 나머지는 내일 또……."

여자의 말을 무시하고 먼저 일어나 봉당 쪽으로 걸어가는데, 여자는 전혀 따라올 기색이 없었다.

"그럴 수는 없어요. 집 주위만이라도 빙 둘러 치워 두지 않으면……."

"빙 둘러?"

"집이 무너지면 어쩌라고요…… 모래는, 어디서건 흘러내리는데……."

"그러노라면 아침까지 걸릴 텐데."

그러자 여자는 누가 집적거려 도망치기라도 하는 것처럼

몸을 뒤틀며 급하게 떡어갔다. 아무래도 벼랑 아래서 다시 일을 시작할 모양이다. 그는 마치 길앞잡이과의 수법 같다고 생각한다.

그렇다는 것을 알고서야, 어찌 그 수법에 놀아나겠는가.

"참 내, 어이가 없군. 매일 밤이 이런 식인가요?"

"모래는 쉬지 않으니까요…… 삼태기도 삼륜차도, 밤새 일해요."

"그야 그렇겠지만……."

물론 틀림없는 말이다. 모래는 절대로 쉬지 않는다. 남자는 몹시 당황스럽다. 작다 싶어서 별생각 없이 밟은 뱀의 꼬리가 뜻밖에 커서, 정신을 차리고 보니 뱀의 머리가 자기 목덜미에 있더라는 식의 당혹감이다.

"그렇지만, 어디 이래서야 오로지 모래를 치우기 위해서 살고 있는 것이나 다름없는 꼴이잖나!"

"야반도주를 할 수도 없는 노릇이잖아요"

남자는 점점 더 갈팡질팡한다. 생활의 속내까지 관계할 생각은 없었다.

"왜 못 해! 간단하잖아…… 마음만 먹으면 얼마든지 할 수 있지!"

"그렇지가 않아요……."

여자는 삽질을 하는 동작에 맞추어 숨을 쉬면서 넌지시 말했다.

"이 마을이 그럭저럭 유지되는 것도, 우리가 이렇게 열심히 모래를 퍼내는 덕분이니까요…… 우리가 그냥 내버려 두면,

열흘도 못 가서 완전히 모래에 묻혀서…… 그다음에는, 뒷집이 똑같은 일을 당하게 돼요."

"이거야 원, 황송스러운 미담이군…… 그래서, 저 삼태기꾼들도 그렇게 열심이란 말이지."

"그야, 구청에서 일당을 받기는 하지만……."

"그럴 돈이 있으면, 왜 제대로 된 사방림(砂防林)를 만들지 않는 거요?"

"계산해 보았더니, 역시 이렇게 하는 방법이 싸게 먹히는 모양이에요……."

"이렇게 하는 방법? ……방법이라고!"

갑자기 화가 치밀어 올랐다. 여자를 구속하고 있는 것에도 화가 났고, 얽매여 있는 여자에게도 화가 났다.

"이렇게까지 고생을 하면서 왜 이런 곳에 눌어붙어 살지 않으면 안 되는 거요? 도무지 이유를 모르겠군…… 모래란, 그렇게 만만한 것이 아니라고! 이런 식으로 모래를 거역할 수 있다고 생각했다면 큰 오산이지. 어이가 없어서! 이런 짓은 못 하겠어, 못 해…… 나 참, 동정의 여지가 없군!"

석유통을 내던지고 그 위에 부삽을 내던지고는 여자의 표정도 살피지 않고 방으로 돌아와 버렸다.

잠이 오지 않았다. 여자의 기척에 귀를 바짝 곤두세우며, 그렇게 허풍스럽게 큰소리를 친 것도 결국은 여자를 붙잡아 두고 있는 것에 대한 질투였고, 여자가 일을 내팽개치고 이부자리로 기어들어 오기를 은근히 채근하는 마음이 있어서가 아니었을까 싶어 다소 양심의 가책이 느껴지기도 했다. 사실 그의 격앙된 감정은 여자의 어리석음에 대한 단순한 분노 차원이 아닌 듯했다. 뭔가 좀 다른, 정체를 알 수 없는 것이었다. 이부자리는 점점 더 눅눅해지고, 모래는 점점 더 피부에 달라붙는다. 너무도 부당하고, 너무도 괴이하다. 그렇다고 부삽을 내던지고 온 자신을 책망할 필요는 없을 것이다. 그런 책임까지 져야 할 이유는 없다. 그렇지 않아도 져야 할 책임이 넘쳐 날 정도다. 이렇게 모래와 곤충에 이끌려 이런 곳까지 찾아온 것도, 결국은 그런 책임의 성가심과 무의미함으로부터 잠시나마 탈출하기 위함이었으니…….

좀처럼 잠이 오지 않았다.

여자는 쉬지 않고 움직이는 모양이다. 삼태기가 몇 번이나 다가오고, 그리고 멀어져 갔다. 이러고 있으면 내일 하루에 지장이 있다. 내일은 동이 트는 동시에 일어나 온종일 보람 있게 지낼 계획이다. 잠을 자려 애를 쓰면 쓸수록 오히려 정신이 멀쩡해진다. 눈이 따끔거리기 시작한다. 눈을 깜박거려 눈물을 짜내도, 끊임없이 흘러내리는 모래는 감당하기 어려울 것 같다. 수건을 펼쳐 얼굴을 감쌌다. 숨쉬기가 힘들지만 그나마 이러고 있는 편이 낫다.

무슨 다른 생각을 하자. 눈을 감자 숨쉬듯 흐르는 몇 줄기 긴 선이 떠오른다. 사구에서 움직이는 바람 무늬다. 반나절을 줄곧 보고 있었으니, 망막에 각인되고 말았다. 그 모래의 흐름이 과거, 번영했던 도시와 대제국마저 멸망시키고 삼켜 버린 적이 있다. 로마 제국의, 사브라타였던가……. 그리고, 주성(酒聖) 오마르 카이얌이 노래한, 뭐라고 하는 마을도……. 거기에는 옷 가게가 있었고 정육점이 있었고 잡화점이 있었고, 그런 건물들 사이로 절대로 움직이지 않는 길이 그물망처럼 얽혀 있었고, 그 길을 하나 바꾸려면 관청을 둘러싸고 몇 년에 걸친 투쟁을 벌이지 않으면 안 되었다……. 어느 누구 하나, 그 부동을 의심조차 하지 않았던, 역사 깊은 마을……. 그러나 그런 모든 것들도 직경 1/8mm의 유동하는 모래의 법칙은 끝내 이겨 내지 못했다.

모래…….

모래 쪽에서 생각하면 형태가 있는 모든 것이 허망하다. 확실한 것은 오로지 모든 형태를 부정하는 모래의 유동뿐이다. 그러나 판자벽 하나 건너 저편에서는 여전히 모래를 퍼내는 여자의 움직임이 계속되고 있다. 저렇게 연약한 여자의 팔로 대체 뭘 할 수 있다는 말인가. 거의 물을 휘저어 집을 지으려는 것이나 다름없지 않은가. 물 위에는 물의 성질에 따라 배를 띄워야 마땅하다.

그런 생각은 여자가 모래를 긁어내는 소리의 기묘하고도 강제적인 압박감에서 그를 해방시켜 주었다. 물에 배를 띄울 수 있다면 모래에도 배를 띄울 수 있을 것이다. 집이란 고정관념에서 자유로울 수 있다면 모래와의 덧없는 투쟁에 힘을 소모할 필요도 없다. 모래에 띄운 자유의 배…… 유동하는 집, 형태 없는 마을과 도시…….

물론 모래는 액체가 아니다. 따라서 부력을 기대할 수 없다. 가령 모래보다 비중이 가벼운 코르크 마개 같은 것도 그냥 놔두면 저절로 가라앉아 버린다. 모래에 띄울 수 있는 배는 전혀 다른 성질을 갖고 있어야 한다. 예를 들면, 흔들리는 물통 같은 형태의 집……. 살짝 돌기만 해도, 뒤집어쓴 모래를 떨구어 내고 다시 표면으로 기어오르는……. 하기야 집 전체가 쉬지 않고 회전한다면 거기에 살고 있는 인간이 불안정해서 견딜 수 없다……. 그러니까 지혜를 짜서 통을 이중으로 만든다……. 안쪽에 있는 통은 축을 중심으로 바닥이 항상 중력의 방향을 향하도록 하면 된다……. 안쪽 통을 고정시킨 채 바깥쪽만 돌게 하는 것이다……. 대형 시계의 진자처럼, 움직이는 집……. 요람 같은 집……. 사막의 배…….

그리고 그런 배들이 모여 형성된, 쉬지 않고 움직이는 집, 마을, 도시…….

어느 틈엔가 꾸벅꾸벅 졸고 있었다.

7

녹슨 그네를 흔드는 듯한 닭 울음소리에 눈을 떴다. 갑작스럽고, 짜증스러웠다. 막 아침이 밝은 것 같은 느낌인데, 시곗바늘은 벌써 11시 16분을 가리키고 있었다. 그러고 보니 광선의 색이 한낮의 것이다. 어두컴컴한 이유는 이곳이 구멍 속이라 햇빛이 아직 닿지 않기 때문일 것이다.

서둘러 일어난다. 쌓인 모래가 얼굴, 가슴, 머리에서 주르륵 떨어진다. 입술과 코 언저리에는 땀에 엉긴 모래가 들러붙어 있다. 손등으로 비벼 떨어내면서, 조심조심 눈을 깜박거린다. 화끈거리고 까끌까끌한 눈두덩 속에서 눈물이 끊임없이 흘러내린다. 그러나 눈곱에 엉겨 붙은 모래를 씻어 내기에 눈물만으로는 부족했다.

물을 찾아 봉당에 있는 물 항아리 쪽으로 걷는다. 화로 너머에서 새근새근 잠자고 있는 여자에 화들짝 놀란다. 남자는 눈두덩이 아픈 것도 잊고 숨을 죽였다.

여자는 알몸이었다.

눈물로 탁해진 시야 속에, 여자가 그림자처럼 떠올랐다. 아무것도 깔지 않은 다다미 위에 똑바로 누워, 얼굴을 제외한 온몸을 고스란히 드러내 놓고, 잘록하고 팽팽한 하복부에 왼손을 가볍게 올려놓고 있다. 사람들이 흔히 가리는 부분은 그렇게 고스란히 드러내 놓고 있는데, 반대로 아무 거리낌 없이 드러내 놓는 얼굴만 수건으로 가리고 있다. 물론 눈과 호흡기를 모래로부터 보호하기 위해서일 테지만 그 대조가 나체의 의미를 한층 부각시키고 있는 것 같았다.

게다가 그 표면이, 자잘한 모래의 피막으로 완전히 덮여 있다. 세부는 가려지고 여자다운 곡선만 과장된 여자의 몸이 마치 모래로 도금한 조각상처럼 보였다. 갑자기 혓바닥 뒤에서 끈적끈적한 타액이 솟는다. 그러나 그 타액을 삼킬 수는 없다. 입술과 이 사이에 고여 있는 모래가 그 타액을 빨아들여 입안 가득 퍼진다. 봉당에다 침을 뱉었다. 하지만 아무리 침을 뱉어도 입안의 까끌거림은 조금도 나아지지 않았다. 뱉어 낼 침이 없는데도 모래는 여전히 남아 있었다. 마치 이 사이에서 새로운 모래가 만들어지는 것만 같았다.

다행히 물 항아리에는 물이 가득 채워져 있었다. 입을 헹구고 얼굴을 씻자 되살아난 것처럼 기분이 상쾌했다. 그때만큼 물의 불가사의함을 절실하게 느낀 적이 없다. 모래와 마찬가지로 광물이면서, 그 어떤 생물보다 부드럽게 몸에 스며든다. 투명하고 단순한 무기물……. 천천히 목구멍으로 넘기면서, 돌을 씹는 짐승을 상상한다…….

다시 여자 쪽을 돌아보았다. 그러나 더 이상 가까이 다가갈 마음은 없었다. 모래로 뒤덮인 여자는 시각적이기는 해도 촉각적이라고는 하기 어렵다.

날이 밝고 보니, 어젯밤의 흥분과 짜증이 마치 거짓말 같았다. 물론 당분간 좋은 얘깃거리가 될 것이다. 남자는 이미 추억이 된 것을 새삼 확인하는 눈길로 주위를 다시 돌아보고는 서둘러 짐을 꾸렸다. 셔츠도 바지도, 모래가 파고들어 묵직했다. 하지만 그런 것까지 일일이 신경 쓸 수는 없다. 옷에서 모래를 깨끗이 떨어내기는 머리칼에서 비듬을 털어 내는 것 이상으로 어려운 일이다.

신발도 모래 속에 묻혀 있었다.

여자에게 뭐라 한마디 해야 하나? …… 그러나 여자를 깨우는 것은 그녀에게는 오히려 수치스러운 일일 수도 있다. 그렇다면 방값은 어쩌나? ……나가는 길에 조합 사무실에 들러서, 어제 이 집을 소개해 준 노인에게 대신 건네주면 되겠지.

발소리를 죽이고, 밖으로 나갔다.

모래 벽 위에 걸쳐 있는, 끓어오르는 수은 같은 태양이 구멍 속을 바짝바짝 태우고 있었다. 그 갑작스런 밝음에 서둘러 눈을 감았지만, 다음 순간에는 그 밝음도 잊고 그저 멍하니 정면에 솟아 있는 모래 벽을 응시했을 뿐이다.

믿을 수 없었다. 어젯밤 사다리가 있던 자리에, 새끼줄 사다리가 없었다.

절반쯤 모래에 묻혀 있기는 하나 가마니는 아직 그 자리에 있었다. 장소를 잘못 기억하고 있는 것이 아니다. 혹시 사다리만 모래에 묻혀 버린 것일까? …… 달려들듯 뛰어가 모래 속에 팔을 처박고 휘저어 본다. 모래는 아무 저항 없이 무너져 흘러내렸다. 그러나 바늘을 찾고 있는 것이 아니니, 한 번 시도해서 없으면 몇 번을 찾아도 마찬가지다……. 기어오르는 불안을 억누르면서 남자는 얼빠진 표정으로 다시금 경사가 급한 모래 벽을 바라본다.

어디 기어오를 만한 곳은 없을까? 집 주위를 두세 번 돌아보았다. 지붕에 올라갈 수 있다면 바다와 접해 있는 북쪽이 그나마 거리가 가깝지만, 그래도 10미터 이상이나 되고 다른 쪽보다 경사도 유난히 심하다. 그런 데다 묵직하게 튀어나와 있는 모래 차양이 위태위태해 보였다.

비교적 경사가 완만하게 보인 곳은 원추의 안쪽 면 같은 곡선을 그리는 서쪽 벽이었다. 대충 어림짐작을 해보니 50도, 잘하면 45도 정도가 될지도 모르겠다. 조심조심 첫발을 내디뎌 확인해 본다. 한 걸음 내밀자, 반걸음 무너졌다. 아무튼 노력하면 올라갈 수 있을 것 같았다.

대여섯 걸음까지는 그럭저럭 마음먹은 대로 나아갔다. 그러나 그다음부터 발이 모래 속에 푹푹 빠지기 시작했다. 앞으로 나아가고 있는 것인지 어쩐 것인지 채 가늠도 못 하고 있는데 무릎까지 모래에 빠져 몸을 움직일 수 없게 되었다. 그다음부터는 엎드려서 어떻게든 올라가려 해 보았다. 열기에 달궈진 모래가 손바닥을 태웠다. 온몸에서 땀이 뿜어 나오고 그 땀에 모래가 뒤엉켜 눈도 뜰 수 없다. 끝내 다리 근육이 푸들푸들 경련을 일으키고, 더 이상 움직일 수 없었다.

잠시 쉴 요량으로 숨을 가다듬고 눈을 슬쩍 떠 보니, 놀랍게도 5미터도 올라와 있지 않았다. 꽤나 올라왔는 줄 알았는데, 대체 뭘 위해서 몸부림을 쳤던가? 더구나 밑에서 올려다볼 때보다 경사가 두 배는 심해 보였다. 그리고 그 위의 광경은 더욱 혹독했다. 그 자신은 기어올랐다고 생각하는데, 아무래도 모래 벽 속에 파고드는 노력을 한 모양이다. 얼굴 바로 위에서 모래 차양이 앞길을 가로막고 있었다.

어디 해 보자는 식으로 힘을 내 머리 위에 있는 모래로 손을 뻗는 순간, 갑자기 모래의 압력이 없어졌다. 모래에서 떨려나와 구멍 속으로 굴러 떨어졌다. 왼쪽 어깨에서 나무젓가락을 가르는 듯한 소리가 났다. 그러나 통증은 별로 없었다. 상처를 어루만지기라도 하듯 자잘한 모래가 무심하게 모래 벽의 표면을 사락사락 흘러 떨어지다가 잠시 후에 멈췄다. 미미한 상처였다.

겁을 내기에는 아직 이르다.

소리라도 꽥 지르고 싶은 것을 꾹 참고, 천천히 오두막으로 돌아왔다. 여자는 아직도 손가락 하나 까딱하지 않고 자고 있었다. 처음에는 살며시, 그러다 점차 큰 소리로 여자를 부른다. 여자는 대답 대신에, 시끄럽다는 듯 몸을 뒤척일 뿐이다.

여자의 몸에서 모래가 흘러내려, 어깨와 팔과 옆구리와 허리의 일부가 드러났다. 하지만 그런 데다 정신을 팔고 있을 때가 아니었다. 다가서면서 얼굴을 덮은 수건을 걷어 냈다. 얼굴은 온통 얼룩얼룩했지만 모래에 덮여 있는 몸에 비하면 으스스할 정도로 생생했다. 어젯밤 등잔불 빛에 비친 피부색이 유난히 하얗게 보인 것은 역시 화장 때문인 듯했다. 그 하얀 것이 부슬부슬 떨어지고 있다. 마치 튀김옷에 계란을 사용하지 않은 싸구려 돈가스 같은 느낌이다. 어쩌면 그것은 진짜 밀가루였는지도 모르겠다.

여자가 겨우, 부시다는 듯 눈을 가늘게 떴다. 그 어깨를 붙잡고 흔들면서, 남자는 애원했다.

"어이, 사다리가 없어! 어디로 올라가면 되지! 사다리가 없으면 올라갈 수가 없잖아!"

여자는 당황한 몸짓으로 수건을 집더니, 두세 번 얼굴에 묻은 모래를 털어 내고 빙그르르 등을 돌려 엎드렸다. 부끄럽다는 뜻인가. 하지만 너무도 상황에 어울리지 않는 몸짓이었다. 남자는 봇물이라도 터진 듯 악을 썼다.

"이게 무슨 짓이야! 난 시간이 없다고! 빨리 사다리 안 내놓고 뭐하는 거야! 어디다 숨긴 거야, 어! 장난질 그만하고, 빨리 꺼내 놔!"

그런데도 상대방은 아무 대답이 없었다. 똑같은 자세로, 그저 고개를 좌우로 흔들 뿐이었다.

갑자기 남자의 몸이 경직되었다. 초점을 잃은 시선은 공허

하고, 호흡도 경련을 일으키며 거의 멈췄다. 자기가 얼마나 무의미한 질문을 하고 있는지, 불현듯 깨달은 것이다. 그렇지, 그건 새끼줄로 만든 사다리였다……. 새끼줄 사다리는 스스로 설 힘이 없다……. 손에 쥐여 준다 한들, 밑에서 걸 수는 없다. 그렇다면 여자가 아니라 다른 누군가가 사다리를 걷어 가 버렸다는 뜻이 아닌가……. 모래로 얼룩진 턱수염이 갑자기 비참하고 거슬리기 시작했다.

그렇다면 여자의 저 몸짓과 침묵은 터무니없는 의미를 갖는다. 새끼줄 사다리가 여자의 양해하에 철거되었다는 것을 승인하고 있음이 명백하다. 설마 하고 생각하면서도 내심 가장 불안해하던 일이 적중하고 말았다. 여자는 틀림없는 공범이다. 따라서 저 자세도, 수치심 따위의 헛갈리는 것이 아니라 어떤 처벌이든 달게 받겠다는 죄인 또는 산 제물의 자세다. 보기 좋게 술책에 걸려든 것이다. 함정에 갇히고 만 것이다. 멍청하게 길앞잡이의 꼬임에 빠져, 도망칠 곳 하나 없는 사막 한가운데로 끌려 나온 굶주린 새앙쥐처럼.

문으로 뛰어가 다시 한번 밖을 보았다. 바람이 불고 있었다. 태양은 거의 구멍 바로 위에 있고, 뜨거운 모래에서 젖은 네거필름에서처럼 아지랑이가 피어오르고 있었다. 그리고 모래벽은 더욱 높이, 그의 근육과 관절에 저항의 무의미함을 가르치듯 엄숙한 얼굴로 솟아 있었다. 열기가 살을 찔렀다. 갑자기 기온이 올라가고 있었다.

갑자기, 미친 듯 소리를 지른다. 뭐라 말하면 좋을지 몰라, 의미도 없는 말을 내뱉는다. 그저 있는 힘을 다해 고함을 지른다. 그렇게 하면 이 악몽이 놀라서 눈을 번쩍 뜨고, 뜻하지 않은 실수에 벌벌 떨면서 그를 모래 구멍 속에서 꺼내 줄지도 모른다는 듯이. 그러나 튀어나온 목소리는 가냘프고 맥이 없었다. 게다가 도중에 모래에 빨려 들고 바람에 흩날려, 어디에 닿을지 허망하기만 하다.

느닷없이 끔찍한 울림이 번지면서 그의 입을 막았다. 어젯밤 그녀가 말한 대로 물기를 잃은 북쪽 모래 차양이 무너져 내린 것이다. 강압적으로 비틀리기라도 한 것처럼, 집 전체가 가련한 비명을 질렀다. 그다음엔 고통스럽다는 듯 처마와 벽 사이사이로 회색 피를 흘리기 시작한다. 남자는 침이 가득 고인 입을 벌리고, 부들부들 떨기 시작한다. 마치 산산히 부서진 것이 자기 자신이라도 되듯…….

그러나 아무리 그래도 그렇지, 있을 수 없는 일이다. 너무도 상식을 벗어난 일이다. 번듯한 호적도 있고 직업도 있으며 세금도 꼬박꼬박 내는 데다 의료 보험증까지 갖고 있는 한 인간을, 마치 새앙쥐나 곤충처럼 덫을 놓아 잡는다는 것이 과연 허용될 수 있는 일인가. 믿을 수 없다. 틀림없이 무슨 오해다, 오해가 있는 것이다. 오해라고밖에 달리 생각할 여지가 없다.

우선, 이런 짓을 해 봐야 아무 도움될 일이 없지 않은가. 난 말이나 소가 아니니 의지를 무시하고 억지로 일을 시킬 수도 없다. 노동력으로서 아무 가치가 없다면 나를 모래 벽 속에 가두어 봐야 아무 의미도 없을 것이다. 여자 역시 아무 쓸모없는 식객을 떠안은 셈이 된다.

그러나…… 왠지 확신할 수 없었다……. 조여들듯 그를 둘러싸고 있는 모래 벽을 보고 있노라면, 아까 기어오르려다 떠밀려 났던 비참한 실패가 떠오르고 만다……. 몸부림만 칠 뿐이지 아무 효과도 없다는, 전신을 마비시키는 무력감……. 이곳은 이미 모래에 침식되어 일상적인 약속 따위는 전혀 통용되지 않는 특별한 세계인지도 모른다……. 의심하려 들면 의심할 거리는 얼마든지 있다……. 가령 그를 위해서 새 석유통과 부삽을 준비한 것이 사실이라면, 모르는 사이에 새끼줄 사다리를 걷어 간 것도 사실이고, 또 여자가 한마디 변명도 안 하고 소름 끼칠 정도로 솔직하게 산 제물처럼 침묵을 관철하고 있는 것도 사태의 위험성을 반증하는 사실이 아닐까. 그러고 보니 어젯밤 그가 오래도록 머물게 될 것이라고 전제한 듯한 그녀의 말투도 실은 잘못이 아니었는지 모른다.

이어 소규모 모래사태가 있었다.

남자는 안절부절못하고 오두막으로 다시 들어갔다. 여전히 엎드려 있는 여자 옆으로 똑바로 걸어가, 반동을 주어 오른팔을 쳐들었다. 눈에서도 출구 없는 감정이 이글이글 날뛰고 있었다. 그러다 갑자기 맥이 빠진 사람처럼, 애써 쳐든 팔을 도중에 내리고 만다. 알몸의 여자를 손바닥으로 갈기면 과연 기분은 후련할 것이다. 그러나 그렇게 되어서야 상대방이 계획한 각본대로 움직이고 마는 꼴이 아닌가. 상대방도 그렇게 되기를 기다리고 있는 것이다. 벌이란, 죗값을 치르도록 인정하는 행위나 다름없으니까.

여자를 등지고, 낙담하듯 귀틀 끝에 주저앉아 머리를 움켜쥐었다. 소리 죽여 신음하기 시작한다. 고인 침을 삼키려다 목구멍이 거부해 어쩔 줄을 모른다. 목구멍의 점막은 모래의 맛과 냄새에 유난히 민감한지 시간이 그만큼 흘렀는데도 좀처럼 적응해 주지 않는다. 침은 거품투성이 갈색 덩어리가 되어 입술 끝으로 밀려 나왔다. 침을 뱉자 까끌거리는 모래의 감촉이 더욱 심하게 느껴진다. 모래를 뱉어 내려고 혀끝으로 입술 뒤를 구석구석 핥으면서 침을 내뱉는데, 끝이 없다. 끝내는 입속이 바짝 마르고 염증이라도 생긴 것처럼 따끔거렸다.

이러고 있어 봐야 아무 소용 없다. 아무튼 여자에게, 좀 더 자세한 사정을 설명해 보라고 얘기하자. 사태를 확실하게 파악하면 대책도 떠오를 것이다. 아무 대책도 없는 경우란 있을 수 없다. 이렇게 어처구니없는 일이, 어떻게 있을 수 있단 말인가……. 그러나 무슨 말을 해도, 여자가 아무 대답도 안 한다면 어떻게 하나……. 그것이야말로 가장 두려운 대답이었다. 게다가 그럴 가능성은 충분하다. 여자의 저 완고한 침묵……, 무릎을 꿇고 엎드린, 완전히 무방비한 산 제물의 자세…….

알몸으로 엎드려 있는 여자의 뒷모습은 음탕하기 그지없어 거의 동물처럼 보였다. 자궁을 움켜잡고 뒤집기라도 할 수 있을 것 같다. 하지만 그런 생각을 한 순간 심한 굴욕감에 숨이 막혔다. 머지않아, 여자를 괴롭히는 형리로 둔갑할 자신의 모습이 군데군데 모래가 묻어 있는 여자의 엉덩이 위로 떠오른 듯한 기분이 들었던 것이다. 알고 있다……. 언젠가는 그렇게 된다……. 그리고 그날, 너는 발언권을 잃게 된다…….

불쑥 찌르는 듯한 통증이 아랫배를 할퀴었다. 방광이 터져 나갈 듯한 팽창감에 귓속까지 윙윙거렸다.

8

소변을 본 남자는 짙은 공기 속에 얼빠진 사람처럼 서 있다. 그렇다고 시간의 흐름에 어떤 기대를 걸고 있는 것은 아니다. 다만 그 오두막으로 돌아갈 결심만큼은 도무지 서지 않았다. 여자 곁에 있는 것이 얼마나 위험한 일인지, 떨어져서 생각하니 한층 더 분명해진다. 아니 문제는 그 여자가 아니라, 그 엎드린 자세일 것이다. 그토록 음탕한 자세는 지금까지 본 적이 없다. 절대로 돌아가서는 안 된다. 사연이야 어떻든, 그 자세는 너무 위험하다.

의사태 발작(擬死態發作)이란 말이 있다. 어떤 유의 곤충이나 거미가 불의의 습격을 받았을 때 보이는 마비 상태다. 일그러진 화면. 미친 인간에게 관제탑을 점거당한 비행장. 겨울잠을 자는 개구리에게 겨울이 존재하지 않는 것처럼, 가능하면 자신의 정지가 세계의 움직임까지 정지시켜 버렸다고 믿고 싶었다.

하지만 그렇게 생각하기에는 햇빛이 너무도 강렬했다. 남자는 몸을 바짝 웅크리고, 빛의 화살에서 몸을 떼어 내려는 듯 셔츠깃을 잡고 있는 힘을 다해 쥐어뜯는다. 위에서부터 세 개, 단추가 뜯겨 나갔다. 몸에 붙어 있는 모래를 손바닥으로 비벼 떨어내면서, 모래는 마른 것이 아니라 오히려 닥치는 대로 물건을 썩게 만들 정도로 흡습성이 강한 것이라고 했던 여자의 말을 새삼 떠올렸다. 셔츠를 뜯어 낸 김에 허리띠를 느슨하게 풀고 바지 속에 공기를 집어넣는다. 그렇게 요란을 떨 정도는 아니었던 모양이다. 불쾌감은 찾아왔을 때와 비슷한 속도로 멀어져 갔다. 모래의 흡습성은 공기를 만나는 순간 그 마력을 잃어버리는 듯하다.

그 순간, 중대한 착각을 하고 있었음을 깨달았다. 여자의 알몸에 관한 나의 해석은 지나치게 일방적이었던 것 같다. 그를 함정에 빠뜨리려는 속셈이 없었다고는 할 수 없지만, 그것은 어쩌면 생활상의 필요에서 오는 아주 일상적인 습관이었는지도 모른다. 여자가 잠든 것은 거의 날이 밝은 다음이었다. 수면 중에는 특히 땀이 많이 난다. 한낮에, 그것도 살을 태우는 듯한 모래 항아리 속에서 자야 한다면, 알몸으로 자는 것이 오히려 당연한 일 아닐까. 만약 같은 조건에 놓인다면 나 역시 알몸을 선택할 것이 틀림없다.

그렇게 생각하니 시원스럽게 부는 바람이 피부에서 눈 깜짝할 사이에 모래와 땀을 분리시킨 것처럼, 그의 격앙된 기분 역시 단박에 풀어 주었다. 지나친 생각으로 떨고 있어 봐야 좋은 일은 없다. 몇 겹이나 되는 쇠창살과 콘크리트 벽을 뚫고 도망친 남자도 있다. 문이 잠겨 있는지 확인도 하지 않고서 잠금쇠만 보고 겁먹을 필요는 없다……. 남자는 천천히, 끈적끈적 달라붙는 듯한 걸음걸이로 오두막을 향해 돌아선다……. 침착하게, 이번에야말로 필요한 사항을 모두 알아내자……. 아까처럼 흥분해서 소리만 꽥꽥 질러서야 여자가 입을 다물어 버리는 것도 무리가 아니다……. 게다가 그 침묵도 어쩌면 알몸으로 자는 모습을 보인 부주의함을 부끄러워한 것에 불과한지도 모른다.

9

뜨거운 모래에 노출돼 있던 눈에 오두막 안은 몹시 어둠침침하고 써늘하고 눅눅한 느낌이었다. 그러나 곧바로 착각이었다는 것을 알게 된다. 바깥과는 다른 곰팡내 나는 열기가 차 있었다.

여자가 그 자리에 없었다. 순간 흠칫 놀란다. 수수께끼 놀음은 이제 진력이 난다. 아니, 수수께끼 따위는 있지도 않았다. 여자는 거기에 있었다. 개수대 옆 물 항아리 앞에서 고개 숙인 채 등을 보이고 서 있었다.

이미 몸단장도 끝나 있었다. 기모노에 맞춰 차려입은 엷은 녹색 몸뻬의 색조에서는 박하향이 든 고약 같은 냄새마저 느껴졌다. 이렇게 되면 의심의 여지는 없다. 역시 생각이 지나쳤다. 이렇듯 비정상적인 환경에 수면 부족까지 겹치면 망상이 다소 활개를 칠만도 하다.

여자는 물 항아리의 아가리에 한 손을 대고 들여다보듯 하면서 다른 손의 손가락으로 물의 표면을 천천히 휘젓는 동작을 되풀이하고 있었다. 남자는 모래와 땀으로 묵직해진 셔츠를 휘휘 돌려 손목에 감았다.

돌아본 여자의 얼굴이 경계의 빛으로 굳어 있었다. 평생 그런 표정으로 지내 왔으리라 여겨질 만큼 애원하는 빛이 역력했다. 남자는 가능한 한 아무 일 없었다는 듯 대처하려 했다.

"야, 이거 몹시 덥군……. 이렇게 더워서야, 어디 셔츠를 입고 있을 수 있겠나."

그런데도 여자는 여전히 수상쩍다는 듯, 치켜뜬 눈에 애원의 빛이 가시지 않았다. 그리고 겁을 먹어서인지 작위적인 웃음으로 띄엄띄엄 말했다.

"네…… 정말…… 옷을 입은 채로 땀을 흘리면, 단번에, 모래 부스럼이 생기니까요……."

"모래 부스럼?"

"네…… 피부가 썩어서, 불에 덴 자리처럼, 물컹물컹해져요."

"허어, 물컹물컹이라…… 습기 때문에 피부가 짓무르는 것이로군."

"네, 그래서……."

여자도 간신히 긴장이 풀렸는지 혀가 가볍게 돌아가기 시작했다.

"저는 땀이 날 만하면, 가능한 한 옷을 벗고 맨몸으로 있어요…… 어차피, 이렇게 살고 있으니까, 다른 사람의 눈을 의식할 필요도 없고……."

"으음…… 그럼, 미안하지만, 이 셔츠를 좀 빨아 줬으면 하는데?"

"그러죠, 내일이면 드럼통으로 물을 배급해 줄 테니까……."

"내일? 내일은 곤란한데……."

남자는 키득키득 웃는다. 실로 멋들어지게 얘기를 본론으로 이끌었다.

"그건 그렇고, 몇 시나 돼야 위로 올라갈 수 있습니까? 이거야 참…… 나같이 직장에 몸담고 있는 사람은 일정이 반나절만 어긋나도 손해가 막심해서 말이죠…… 1분도 헛되이 쓰고 싶지 않은데…… 좀길앞잡이라고, 지면을 통통 날듯이 걸어 다니는 벌레…… 이런 모래땅에 많은데, 혹시 모릅니까? 이번 휴가 중에, 그놈의 신종을 어떻게든 채집하려고 하는데…….”

여자가 희미하게 입술을 움직였다. 말은 아니었다. 좀길앞잡이라는 낯선 이름을 중얼거린 것인지도 모른다. 그러나 남자는 여자의 마음이 다시 닫혀 가는 것을 제 손바닥 보듯 잘 알 수 있었다. 남자는 자기도 모르게 매달리듯 말했다.

“저, 마을 사람들에게 연락을 취할 방법은 없겠습니까? ……아 참, 그렇지, 석유통을 두드려 보면 어떨까요?”

역시 여자는 대답하지 않는다. 물로 가라앉는 돌 같은 빠르기로, 예의 수동적인 침묵으로 돌아가 버린 것이다.

“왜 그럽니까, 네? ……왜 아무 말이 없어?”

또다시 격앙되어 소리를 지르고 싶은 것을 꾹 참고 말했다.

“도무지 영문을 모르겠군…… 무슨 착오가 있었다면, 그래도 좋습니다…… 이미 지난 일을 가지고 이러니저러니 얘기해 봐야 아무 소용이 없을 테니까요. 그렇게 입을 꾹 다물어 버리는 것이 가장 안 좋아요. 그런 아이들이 흔히 있는데, 난 늘 이렇게 말해 줍니다…… 자기를 꾸짖는 척하지만 실은 가장 비겁한 태도라고 말입니다…… 변명이든 뭐든 할 말이 있으면, 빨리빨리 좀 해 봐!”

“하지만…….”

여자는 자기 팔꿈치를 쳐다보면서, 그러나 뜻밖에도 또렷한 목소리로 말했다.

“이미, 알고 있잖아요.”

"알고 있다고?"

충격을 감출 수 없었다.

"네…… 이미 알고 있는 것 같아서……."

"알긴 뭘 알아!"

남자는 끝내 소리를 지르고 만다.

"어떻게 안단 말이야! 아무 말도 안 하는데, 어떻게 알아!"

"하지만, 정말, 여자 혼자 몸으로는 힘들어요, 이곳 생활……."

"그게 나하고 무슨 상관이란 말입니까?"

"네…… 정말, 몹쓸 짓을 했다고, 생각해요……."

"몹쓸 짓이라고……?"

마음만 급해져, 오히려 혀가 꼬이고 만다.

"그러니까, 다들 한통속이었다는 말이야? 덫에다 미끼를 집어넣고…… 개나 고양이처럼, 여자만 있으면, 금방 달려들 줄 알고……."

"네, 이제 점점 북풍이 부는 계절이 다가오니까, 모래 바람도 걱정이 되고……."

빠끔 열린 나무문으로 눈길을 주면서 말하는, 그 억양 없는 차분한 말투에는 어리석을 정도의 확신이 담겨 있었다.

"무슨 말도 안 되는 소리야! 몰상식에도 정도가 있지! 이거야 불법 감금이나 다름없잖아…… 완벽한 범죄 행위라고…… 이런 억지를 부리지 않아도, 일당이 필요한 실업자는 얼마든지 있다고!"

"여기 사정을 밖에서 알게 되면, 곤란하지요……."

"그럼, 나는 괜찮다는 말이야? …… 말도 안 돼! …… 그야말로 얼토당토않은 착각이라고! 미안하게도 나는 집도 절도 없는 부랑자가 아니라고…… 세금도 내고, 주민 등록증도 있고…… 실종 신고가 접수돼서 수색이 시작되면, 보기 좋게 당할 테니까! 그래도 모르겠어, 그만한 일을…… 대체 뭐라고 변명할 거지? ……자, 책임자를 불러…… 이게 얼마나 얼빠진 짓인지, 내가 알아들을 수 있도록 얘기할 테니까!"

여자는 눈을 내리깔고 맥없는 한숨을 토했다. 그뿐, 어깨를 떨구고는 움쩍도 하려 들지 않는다. 마치 말도 안 되는 생트집을 잡힌 불쌍한 강아지처럼. 그 태도가 오히려 남자의 분노에 기름을 끼얹는 결과를 불렀다.

"뭘 꾸물꾸물 망설이고 있는 거야! ……잘 들어, 나만 문제가 아니야. 당신도, 마찬가지 피해자가 아니냐고! 그렇잖아, 당신은 이곳 생활이 바깥에 알려지면 곤란하다고 했어…… 그 말이 바로 여기 생활이 부당하다는 걸 당신 자신이 인정하고 있다는 증거가 아니냐고! 노예 취급을 받으면서 그렇게 대변자 같은 얼굴 하지 말라고! ……아무도 당신을 여기에다 가두어 놓을 권리는 없어! ……그러니까, 빨리 불러! 여기서 나가자고! 아하, 알겠군…… 겁이 나는 모양이지, 어? 멍청하기는! ……겁낼 일이 뭐가 있어! 내가 있잖아…… 난, 신문사에 다니는 친구도 있다고…… 사회 문제로 삼는 거야…… 왜 그러고 있어? 왜 아무 말이 없냐고? ……그렇게 쭈뼛거리지 말라잖아!"

잠시 후에, 위로하듯 여자가 툭 말을 뱉었다.

"식사 준비할까요?"

10

조용히 감자 껍질을 벗기기 시작하는 여자의 뒷모습을 곁눈질하면서 남자는 여자가 지은 밥을 순순히 받아들일 것인지 어쩔 것인지, 그 생각으로 머리가 가득했다.

물론 지금은 침착함과 냉정함이 필요한 때다……. 상대방의 의도가 확실해진 이상, 우왕좌왕하기보다는 현실을 직시하고, 실질적인 탈출 계획을 짜야 할 것이다……. 불법 행위를 규탄하는 것은 그다음에 해도 된다……. 단, 공복은 의욕을 앗아 간다. 정신 집중에 좋지 않다. 그렇기는 하나 현 상황을 거부할 작정이라면 식사를 포함한 모든 것을 철저하게 거부해야 하지 않는가. 화를 내면서 밥을 받아먹으면 우스꽝스러워진다. 개도 먹이를 입에 넣는 순간 꼬리를 내리고 만다.

그러나 서둘러서는 안 된다……. 상대방이 어느 정도 강한지 파악도 하지 않고서 그렇게까지 수동적이 될 필요는 없을 것이다……. 뭐 거저 은혜를 베풀어 달라는 것도 아니고……. 식비는 제대로 지불할 것이다……. 돈을 지불하는 이상 부담을 느낄 필요는 조금도 없다……. 공격이야말로 최고의 방어라고, 권투 해설자가 텔레비전에서 늘 말하지 않았던가.

그러자…… 허기를 참지 않을 수 있는 좋은 구실을 발견하고 안심한 탓인가……. 불현듯 시야가 트이면서 사고의 실마리가 풀렸다. 그래 봐야 상대는 모래다. 그렇고말고, 쇠창살을 부수라는 따위의 불가능한 일이 주어진 것도 아니다. 새끼줄 사다리를 걷어 갔다면, 나무 사다리를 만들면 된다. 모래 벽이 위태롭다면, 그것을 무너뜨려 경사를 줄이면 된다……. 조금만 머리를 굴리면 보다시피 방법은 얼마든지 있다. 너무 단순한 듯이 여겨지지만, 목적에 부합된다면 단순함이 최고다. 콜럼버스의 달걀 같은 예를 봐서도, 실로 명쾌한 해답은 어처구니없을 만큼 단순한 법이다. 다소의 성가심을 꺼리지만 않는다면…… 싸울 각오만 되어 있다면…… 아직은 모든 것이 끝난 것이 아니다.

감자 껍질을 다 벗긴 여자는 그것을 네모나게 썰어서, 잎사귀째 썬 무와 함께 아궁이 위에 있는 커다란 가마솥에 넣었다. 비닐 주머니에서 조심조심 성냥을 꺼내 불을 붙이고는 다시 단단히 싸서 고무줄로 묶었다. 씻은 쌀을 체에 받아 위에서 물을 졸졸 뿌린다. 모래를 씻어 내기 위함이리라. 가마솥에서 중얼거리듯 야채가 부글거리는 소리가 나고, 쌉싸름한 무 냄새가 풍기기 시작한다.

"손님, 물이 조금 남았는데 세수라도 하실래요?"

"아니…… 세수는 됐고, 좀 마시고 싶은데……."

"아, 마실 물은 따로 있어요."

여자는 개수대 밑에서, 역시 비닐에 둘둘 싸서 숨기듯 따로 놓아 둔 주전자를 꺼내면서 말했다.

"좀 미적지근하지만, 일단은 끓여서 소독을 했어요……."

"그건 그렇고, 항아리에도 물을 좀 남겨 두어야지, 나중에 설거지할 때 어쩌려고?"

"그릇은 모래로 비벼만 줘도 깨끗해져요."

그렇게 말하고, 여자는 창가에서 모래를 한줌 쥐어 그릇 안에 붓고는, 모래를 갈듯이 휙휙 돌렸다. 정말 깨끗해졌는지 어쩐지는 잘 모르겠지만, 그 정도로도 충분할 듯한 기분이 들었다. 적어도 그 모래는 그가 품어 온 모래의 이미지와 일치했다.

또 우산 아래서 밥을 먹었다. 감자 조림과 불에 슬쩍 구운 마른 생선……. 반찬에서는 모래 냄새가 났다. 우산을 천장에 걸면 여자도 같이 먹을 수 있지 않을까 하고 생각했지만, 굳이 그러자는 마음은 일지 않았다. 엽차는 색깔만 진했지 맛은 너무 엷었다.

그가 식사를 끝내자 여자는 개수대로 돌아가서, 머리에 비닐을 덮어쓰고 조용히 밥을 먹기 시작했다. 그 뒷모습이 벌레처럼 보였다. 앞으로도 이런 생활을 계속할 작정인가? ……밖에서 보면, 손바닥만 한 땅이겠지만, 구멍 바닥에 서서 보면, 눈에 보이는 것은, 그저 끝없는 모래와 하늘뿐이다……. 눈[眼] 속에 갇혀 버린 것처럼 단조로운 생활……. 이 안에서 여자는 타인으로부터 위로의 말 한마디 들은 기억도 없이 살아 왔으리라……. 어쩌면 내가 덫에 걸려 주어, 아가씨처럼 가슴 설레고 있는지도 모른다……. 너무도 비참하다…….

여자에게 뭐라 한마디 말을 걸고 싶은 유혹에 시달리며, 잠시 숨을 돌리려 담배에 불을 붙여 보았다. 역시 이곳에서는 비닐이 없어서는 안 될 생활 필수품인 모양이다. 성냥에는 간신히 불이 붙었는데, 담배는 전혀 제구실을 못 했다. 볼살이 어금니 사이로 파고들 정도로 힘껏 빨아들여야 겨우 담배 냄새가 느껴지는 정도다. 그 냄새에서도 기름기가 느껴져, 기분이 잡쳐 한숨 돌리기는커녕 말을 걸 마음마저 없어졌다.

밥그릇을 겹쳐 봉당에 내려놓고, 느릿느릿 그 위에 모래를 뿌리면서 여자가 힘겹게 말했다.

"손님…… 이제 곧 천장에 쌓여 있는 모래를 쓸어 내려야 하는데요……."

"모래를 쓸어 내려? 아아, 상관없습니다……"

남자는 별 신경 안 쓴다는 듯 말했다. 새삼스럽게 그런 일이 나와 무슨 상관이 있다는 말인가……. 대들보가 썩어 문드러지든, 지붕이 내려앉든 나와는 아무 관계 없다.

"방해가 된다면, 나가 있을까요?"

"죄송하네요……."

시치미 떼기는! 왜 곁눈질도 안 하는 거야! 속으로는 썩은 양파 씹는 기분이면서! ……그러나 여자는 습관화된 동작만이 지니는 저 무표정한 민첩함으로, 수건을 길게 접어 코와 입에 댄 다음 머리 뒤에 묶고는 빗자루와 판자를 옆구리에 끼고 문이 한 짝밖에 남지 않은 벽장 속으로 기어 올라간다.

"솔직하게 내 의견을 말하자면, 이런 집은 폭삭 무너지는 편이 속이 후련하지 않을까 싶은데!"

느닷없이 터져 나온 짜증스런 고함에 나 자신도 놀라고, 여자는 더욱 놀라는 표정으로 돌아보았다. 아하, 아직 완전히 벌레가 된 것은 아닌 모양이다…….

"아니 뭐, 부인한테만 화를 내고 있는 것은 아니고……. 이렇게 해서 한 사람의 인간에게 족쇄를 채울 수 있다고 생각한 그 배짱이 마음에 안 들어. 이해할 수 있겠지? 아니 못 해도 상관없고. 내 재미있는 얘기 하나 해 주지…… 예전에 내가 하숙 하던 집에서 별 볼일 없는 잡종 개를 한 마리 키우고 있었는데…… 얼마나 털이 많은지, 여름이 되어도 털갈이를 안 하는 거야…… 보기만 해도 숨이 막히고 답답해서 털을 싹 깎아 주기로 했어…… 그런데 털을 다 깎아 내고 막 버리려고 하자, 그 개가 무슨 생각을 했는지, 갑자기 비명을 지르면서 털 뭉치를 물고 자기 집으로 뛰어 들어가는 거야…… 털 뭉치가 자기 몸의 일부라도 되는 것처럼 생각되어, 헤어지기가 섭섭했던 거겠지."

슬쩍 여자의 표정을 살핀다. 그러나 여자는 벽장의 위칸에서 꾸부정하게 몸을 굽힌 부자연스러운 자세로 손끝 하나 까딱하지 않았다.

"뭐, 좋아…… 인간은 각자 타인에게는 통용되지 않는 신조라는 것을 갖고 있으니까…… 모래를 쓸어 내리든 뭘 하든, 멋대로 해 보시라고. 하지만 나는 절대로 참을 수 없어. 이제 신물이 난다고! 아무튼 나는 여기를 떠나겠어…… 허술히 보면 안 되지…… 마음만 먹으면, 여기서 도망치는 것쯤 문제없으니까 말이야…… 마침 담배도 떨어졌고……."

"담배는……."

어색하리만큼 얼빠진 순순함으로 그녀가 말했다.

"나중에, 물 배급받을 때……."

"담배? ……담배라고?"

남자는 어이가 없어 피식 웃고 만다.

"문제는 그런 게 아니야…… 털 뭉치라고, 털 뭉치…… 모르겠어? ……털 뭉치 때문에 강가에다 공들여 돌탑을 쌓아 봐야, 헛수고라는 뜻이야."

여자는 아무 말이 없었다. 대꾸도 하지 않거니와 변명하려는 기미도 없다. 잠시 기다려 남자의 말이 끝났음을 확인하고는, 마치 아무 일도 없었다는 듯 살금살금 몸을 움직여 하다만 일을 다시 시작한다. 벽장 위에 있는 천장을 옆으로 밀고, 쑥 끌어올린 상반신을 팔꿈치로 버티고는 위태롭게 발을 허둥대면서 기어오른다. 여기저기서 모래가 가느다란 실처럼 떨어지기 시작했다. 저 천장 위에 어쩌면 이상한 벌레가 살지도 모른다……. 모래와 썩은 목재……. 그러나, 이제 싫다, 비정상적인 것은 싫다!

마침내 천장 한 모퉁이에서 모래가 눈부시게 변화하는 몇 줄기 테이프가 되어 우스스 쏟아져 내렸다. 그 격렬한 흐름에 비해 아무 소리도 나지 않는 조용함이 뭐라 말할 수 없이 불가사의한 느낌을 주었다. 다다미 위에 점차 천장 판의 틈새와 옹이구멍의 위치와 크기를 그대로 옮겨놓은 듯한 모래산이 생긴다. 모래 냄새가 코를 찔렀다. 눈에도 스민다. 서둘러 밖으로 나왔다.

불을 뿜어내듯 환하고 갑작스러운 풍경에 뒤꿈치부터 녹아드는 듯한 기분이 들었다. 그러나 몸의 중심에는 도저히 녹아내리지 않는 얼음 기둥 같은 것이 남아 있었다. 역시 마음 어느 구석으로는 가책을 느끼고 있는 것이다. 짐승 같은 여자……. 어제도 내일도 없는, 점 같은 마음……. 타인을, 칠판 위의 분필 자국처럼 깨끗하게 지워 버릴 수 있다고 믿는 세계……. 현대의 일각에 이토록 야만적인 세계가 아직도 둥지를 틀고 있다니, 꿈에도 생각지 못했다. 그러나, 뭐 어떠랴……. 충격에서 헤어나, 간신히 여유를 되찾기 시작했다고 생각하면, 이 가책도 나쁘지는 않다.

하지만 우물쭈물하고 있을 수 없다. 가능하면 어두워지기 전에 끝내고 싶다. 눈을 가늘게 뜨고, 녹은 유리 같은 아지랑이 피막 속에서 꿈틀거리는 모래 벽을 가늠했다. 보면 볼수록 높아지는 것 같다. 그러나 완만한 경사를 급경사로 만드는 것처럼 자연을 거스르는 짓은 아니다. 급한 것을 완만하게 하려 할 뿐이다. 괜히 주춤거릴 필요 없다.

가장 확실한 방법은 물론 위에서부터 차근차근 긁어내는 것이다. 그 방법이 불가능하다면 밑에서부터 파내는 수밖에 없다. 일단 밑을 적당히 파낸 다음 위에서 무너져 내리기를 기다리고, 다시 밑을 파내고, 기다리고……. 그렇게 반복하다 보면 차츰 발치가 높아져 언젠가는 저 위에 도달할 것이다. 물론 도중에 모래의 흐름에 휩쓸려 떠내려갈 수도 있다. 그러나 아무리 떠내려간다 해도, 물과는 다르다. 모래에 떠내려가 실종되었다는 얘기는 아직 듣지 못했다.

부삽은 봉당 외벽에 석유통과 함께 나란히 세워져 있었다. 둥그렇게 닳은 날 끝이 도자기의 갈라진 틈새처럼 하얗게 빛났다.

한동안 모래를 파내기에 열중한다. 모래는 순종적이어서 일이 순조롭게 진행될 것 같았다. 모래에 파고드는 부삽 소리와 자신의 숨소리만이 시간을 새겼다. 그러나 마침내 피로를 느낀 팔이 무슨 경고처럼 욱신거리기 시작했다. 꽤 팠다고 생각했는데 성과는 조금도 보이지 않는다. 무너져 내리는 것은, 늘

파낸 모래 바로 위에 있는 미미한 부분뿐이다. 머릿속으로 그린 저 단순한 기하학적 과정과는 어딘가 몹시 어긋난다.

불안이 더 이상 증폭되기 전에 휴식을 취하며 구멍의 모형을 만들어 확인해 보기로 했다. 다행히 재료는 얼마든지 있었다. 처마 밑 그림자를 골라 50센티미터 정도 파 내려가 보았다. 그러나 어쩐 일인가, 측면의 경사가 머릿속으로 그린 각도와 일치하지 않는다. 고작해야 45도……. 입 벌린 사발 정도다. 바닥을 긁어내자, 사면을 따라 모래가 흘러내리는데 경사는 여전히 변함이 없다. 아무래도 모래에 안정 각도가 있는 모양이다. 입자의 무게와 저항이 적당한 균형을 이루고 있는 것이리라. 그렇다면 지금 그가 도전하려는 이 벽 역시, 그 정도의 경사일까?

아니, 그럴 리가 없다……. 착시 현상은 있을 수 없다……. 어떤 경사든 밑에서 보면 실제보다 완만하게 보이는 법이다.

그렇다면 양의 문제라고 생각해야 하나? 양이 다르면 자연히 압력도 달라질 것이다……. 압력이 다르면 무게와 저항의 균형에도 당연히 변화가 생길 것이다. 모래의 입자 구조에도 문제가 있을지 모른다. 같은 적토라도 자연적으로 드러난 적토와 인위적으로 쌓은 적토는 압력에 대한 저항이 전혀 다르다고 한다. 게다가 습도도 고려하지 않으면 안 될 것이다……. 즉, 모형과는 다른 법칙에 따라 움직이고 있는지도 모른다는 뜻이다.

하지만 그 실험이 전혀 쓸모없는 것은 아니었다. 벽의 경사가 과안정 상태에 있다는 사실을 안 것만 해도 대단한 수확이었다. 과안정 상태를 안정 상태로 낮추는 것은 일반적으로 그리 어렵지 않다.

과포화 용액은 살짝 흔들어만 주어도 금방 결정이 침전하면서 포화점으로 이행한다.

문득 사람의 기척이 느껴져 돌아보자, 어느 틈엔가 여자가 문 옆에 서서 가만히 이쪽을 살피고 있었다. 여자는 거북했는지 얼른 한쪽 다리를 뒤로 물리고 도움을 청하듯 흘긋 시선을 보냈다. 그 시선을 더듬어 가자 그가 등지고 있는 동쪽 벽 위에서도 머리통 세 개가 나란히 이쪽을 내려다보고 있었다. 수건을 푹 뒤집어쓴 데다 입 아래는 가려져 확실하지 않지만, 어제의 노인네와 남자들 같기도 했다. 남자는 순간적으로 긴장했다가 금방 정신을 가다듬고 그들을 무시한 채 일을 계속하려 했다. 그들이 보고 있음이 오히려 남자의 일손을 재촉했다.

땀이 코끝에서 뚝뚝 떨어지고 눈으로도 흘러든다. 닦을 틈이 없다면 눈을 감고서라도 부삽질을 할 일이다. 절대로 이 손을 쉬어서는 안 된다. 이 적확한 속도를 보면, 아무리 바보들이라도 자신의 경솔함을 알 수 있을 것이다.

시계를 보았다. 글자판에 낀 모래를 바짓자락으로 닦아 내니 아직 2시 10분이었다. 아까 보았을 때도 2시 10분이었다. 갑자기 속도에 대한 자신감이 없어진다. 달팽이 눈에는 태양의 움직임이 날아가는 야구공 같은 속도로 비칠지도 모른다. 부삽을 바꿔 쥐고 다시금 모래 벽을 향해 돌진했다.

갑자기 모래의 흐름이 거칠어졌다. 고무처럼 울림이 없는 둔탁한 소리가 푸스스 그의 가슴팍을 덮쳤다. 상황을 확인하려고 위를 올려다보았지만, 어느 쪽이 위인지 이미 가늠할 수 없었다. 엷은 우윳빛 빛이 허리를 꺾고 토해 낸 오물 주위를 그저 뿌옇게 더듬고 있었다.

2장

11

짤랑 짤랑 짤랑 짤랑
무슨 소리?
방울 소리

짤랑 짤랑 짤랑 짤랑
무슨 소리?
귀신 소리

여자가 중얼거리듯 노래하고 있다. 항아리 속 물때를 긁어내면서 똑같은 구절을 하염없이 반복하고 있다.

노래가 끝나자 그다음은 쌀을 씻는 소리다. 남자는 한숨을 푹 쉬고, 몸을 뒤척이며 기대감에 온몸을 긴장한 채 기다리고 있다……. 이제 잠시만 기다리면 대야에 물을 담아 그의 몸을 닦아 주러 올 것이다. 모래와 땀으로 짓무른 피부는 염증을 일으키기 일보 직전이었다. 물에 젖은 시원한 수건을 생각만 해도, 몸이 오싹하다.

모래에 얻어맞고 정신을 잃은 이후, 내내 누워 있다. 처음 이틀 동안은 39도에 가까운 고열과 계속되는 구토에 시달렸다. 그러나 그다음 날에는 열도 내렸고 식욕도 어느 정도 회복되었다. 원인은 아무래도 모래사태에 의한 상해이기보다 장시간 직사광선을 쬐면서 익숙하지 않은 일을 계속한 탓인 듯했다. 그러니까 대수로운 일은 아니었던 것이다.

그 덕분인가 회복도 빨랐다. 나흘째에는 하반신의 통증도 거의 없어졌다. 닷새째에는 기운이 없는 것을 제외하면 이렇다 할 자각 증상도 없었다. 그런데도 이렇게 이부자리를 떠나지 않고 중환자로 가장하고 있는 까닭은 물론 그 나름의 이유와 계획이 있어서다. 당연한 일이지만, 그는 아직도 탈출 계획을 포기하지 않았다.

"손님, 일어나셨어요?"

여자의 조심스러운 목소리가 들렸다. 가늘게 뜬 눈 사이로 몸뻬에 감춰진 둥그런 무릎을 엿보면서 신음으로 답한다. 울퉁불퉁 찌그러진 신주 대야 안에다 느릿느릿 수건을 짜내던 여자가 말했다.

"기분이 좀 어떠세요?"

"글쎄……."

"등, 닦을게요……."

힘을 쭉 빼고 온몸을 여자의 손에 맡겼는데도, 병이라는 구실 탓인가 그다지 신경이 쓰이지 않았다. 열병에 걸린 아이가 시원한 은종이에 싸이는 꿈을 꾸었다는, 그런 시를 읽은 적이 있었던가. 땀과 모래에 덮여 헉헉거리던 피부가 단박에 시원스런 숨을 되찾는다. 그렇게 소생한 피부 위로 여자의 체취가 미묘한 자극이 되어 흐른다.

그렇다고 여자를 완전히 용서한 것은 물론 아니다. 그것은 그것이고 이것은 이것이라고 구별하고 있을 뿐이다. 사흘 동안의 휴가는 벌써 다 지나 버렸다. 지금 와서 새삼스럽게 바둥거려 봐야 아무 소용이 없다. 모래 벽을 무너뜨려 경사를 줄이려고 했던 계획도 실패로 끝난 건 아니다. 준비가 부족했을 뿐이다. 일사병이란 예측할 수 없는 사태의 방해만 없었더라도 상당한 진척을 보았을 것이다. 다만 모래를 파내는 작업은 상상보다 훨씬 격한 노동이어서, 좀 더 효율적인 방법이 있다면 당연히 그 편이 좋을 것이란 생각에, 꾀병 작전을 펼치기로 한 것이다.

정신을 되찾았을 때 아직도 여자의 집에 누워 있다는 것을 안 남자는 몹시 기분이 언짢았다. 마을 사람들은 그를 위로하려는 마음 씀씀이 따위는 눈곱만큼도 갖고 있지 않은 듯했다. 그렇다면 이쪽에도 생각이 있다. 의사도 부르지 않고 대수롭지 않게 여기는 점을 역이용해 후회하도록 하는 것이다. 여자가 일하는 밤에는 잠을 푹 잔다. 대신 여자가 쉬어야 하는 낮에는 허풍스럽게 고통을 호소해서 수면을 방해한다.

“아픈가요?”

"아프지…… 아무래도, 척추 어디가 탈골된 것 같아……."

"주물러 볼까요?"

"무슨 소리야! 제대로 알지도 못하면서 엉뚱한 데를 주무르면 어쩌려고. 척추 신경은 생명 줄이나 다름없는데. 내가 죽으면 어쩔 거냐고! 곤란한 건 당신네들 쪽일 텐데. 의사를 불러, 의사를! 아, 아야…… 아, 죽겠다…… 얼른 손을 쓰지 않으면 늦을 수도 있다고!"

여자는 사태의 중압감을 이기지 못해 마침내 지치고 힘겨워질 것이다. 일의 능률은 저하되고 건물의 안전까지 위협받게 된다. 이는 마을 전체로서도 예삿일이 아니다. 노동력의 보충은커녕 얼토당토않은 방해꾼을 끌어들인 셈이 된다. 어서 빨리 몰아내지 않으면 그야말로 돌이킬 수 없는 사태가 발생한다.

그러나 이 계획도 생각만큼 순조롭게 진행되지는 않았다. 이곳에서는 낮보다 밤이 오히려 생기발랄하다. 벽 너머로 들려오는 부삽 소리…… 여자의 숨소리…… 삼태기를 나르는 남자들의 구령 소리…… 바람 소리에 섞여 웅웅거리는 삼륜차 소리…… 멀리서 개 짖는 소리……. 잠들려 애를 쓰면 쓸수록 신경이 날카로워지고, 눈이 말똥말똥해진다.

밤에 수면을 충분히 취하지 못하면 낮에는 꾸벅꾸벅 졸지 않을 수 없다. 그런 데다 이 계획이 실패하면 다른 방법이 또 있을 것이라는 여유가 그의 인내력을 어중간하게 만들어 버리는 듯하다. 그로부터 일주일……. 이미 실종 신고서가 제출되었을 시기다. 첫 사흘 동안은 휴가였다. 그러나 휴가가 끝났는데도 그는 출근을 못 하고 있다. 안 그래도 타인의 행동에 신경을 곤두세우는 동료들인데, 무단 결근을 간과할 리 없다. 아마도 그날 밤에 벌써 엉덩이가 근질거린 누군가가 그의 하숙집을 찾아갔을 것이다. 저녁 해를 받아 후끈거리는 살풍경한 방, 시큼한 냄새를 풍기며 주인의 부재를 알리고 있는 방. 방문객은 그 소굴에서 해방된 운 좋은 주인에게 본능적인 질투를 느낄지도 모른다. 그리고 그다음 날에는 질투와 비난이 섞인 험담이 찡그린 눈썹과 손가락질과 함께 입에서 입으로 오갈 것이다. 족히 그럴 만하다……. 그 역시 이번의 별스러운 휴가가 동료들에게 그런 영향을 끼칠 수 있기를 은근히 기대하지 않은 것도 아니니까……. 실제로 선생들만큼 질투의 화신에게 매달리는 존재도 드물다……. 학생들은 해마다 강물처럼 지금의 자기를 넘어 흘러가는데, 선생들만 그 흐름의 밑바닥 깊이 박혀 있는 돌멩이처럼 남아 있어야 한다. 그들에게 희망이란 타인에게 이야기하는 것이지 스스로 꿈꾸는 것은 아니다. 그들은 자기를 쓰레기 같은 존재라 여기고 고독한 자학 취미에 빠지든지 아니면 타인의 일탈을 고발하는, 의심 많은 도덕군자가 되어 버린다. 자유로운 행동을 동경하는 나머지 자유로운 행동을 증오하지 않을 수 없다……. 사고를 당한 것일까? ……아니 사고라면 무슨 연락이라도 있었을 것이다. 그렇다면, 자살? ……그럼 역시, 경찰이 개입하지 않을 수 없다는 말인가! ……설마, 그 멍청한 인간이. 자네, 잘난 척하면 안 되지. 멋대로 행방불명이 되다니, 쓸데없이 참견할 필요 없지……. 하지만 벌써 일주일이나 지났다……. 참 내, 귀찮게 하는군, 무슨 생각을 하고 있는 건지도, 도통 알 수가 있어야지…….

진심으로 걱정을 하고 있는지 어쩐지는 의심스럽지만, 적어도 구경꾼적인 호기심만큼은 계절이 지나도록 가지 끝에 매달려 있는 감처럼 빨갛게 익었을 것이다. 결국은 절차상, 교무 주임이 실종 신고서의 서식을 문의하러 경찰서를 찾게 될 것이다. 끓어오르는 호기심을 엄숙한 얼굴 뒤에 감추고……. '성명, 니키 준페이. 31세. 신장 1미터 58센티미터, 54킬로그램. 머리는 다소 벗겨졌고 올백, 포마드는 사용하지 않음. 시력은 우 0.8, 좌 1.0. 피부는 약간 가무잡잡하고 얼굴은 긴 편. 미간이 좁고 코가 낮음. 각진 턱과 왼쪽 귀밑에 점이 있는 것 외에는 이렇다 할 특징 없음. 혈액형은 AB. 혀가 꼬부라진 듯한 답답한 말투. 내성적이고 고집이 세지만 인간관계가 딱히 나쁜 편은 아님. 복장은 곤충 채집용 작업복. 위에 첨부한 정면 사진은 두 달 전에 촬영한 것임.'

하기야 마을 사람들도 이만큼 무리한 모험을 감행하고 있으니, 대비책은 일단 세우고 있을 것이다. 시골 경찰관 한두 명 포섭하는 것쯤 문제도 아니다. 어지간한 일로는 접근할 수 없도록, 그 정도 준비는 틀림없이 갖추고 있을 것이다. 그러나 어디까지나 그의 몸이 건강해 모래를 퍼내는 노동을 견딜 수 있는 경우에만 그런 연막 작전이 도움이 되고 또 필요한 것이다. 일주일 동안 누워만 있는 중환자를 위험을 무릅쓰면서까지 숨기고 있을 가치는 없다. 별 도움이 되지 않는다고 판단되면, 성가신 일이 벌어지기 전에 재빨리 손을 떼는 편이 현명할 것이다. 아직은 그나마 구실이 있다. 남자가 멋모르고 제 발로 뛰어들었다가 그 충격으로 망상에 사로잡힌 듯하다고 둘러대면, 책략에 넘어가 갇히고 말았다는 비현실적인 얘기보다는 훨씬 더 사리에 닿는 설명으로 받아들여질 것이다.

어디선가 소의 목에 양철 피리를 쑤셔 넣은 듯한 소리로 닭이 울었다. 그러나 모래 구멍 속에는 거리도 방향도 없다. 그저, 밖에는 아이들이 길가에서 돌차기를 하며 놀고 있어도 전혀 어색하지 않을 평소와 다름없는 세계가 있어, 때가 오면 또 여느 때와 다름없이 날이 밝는다는 것을 알리고 있었다. 그러고 보니 밥을 짓는 냄새에도 새벽빛이 섞여 있다.

그런데 몸을 닦는 여자의 손길이 지나치리만큼 정성스럽다. 젖은 수건으로 대충 닦아 낸 다음, 다시 꼭 짜서 나무토막 같은 수건으로 마치 유리창에 낀 때를 닦아 내듯 꼼꼼하게 닦는다. 아침이 왔다는 암시와 더불어, 그 리드미컬한 자극이 그를 수면으로 인도한다. 그는 더 이상 참기가 어려웠다.

"그건 그렇고……."

안쪽에서 비어져 나오려는 하품을 억지로 참으면서,

"오랜만에, 신문을 읽고 싶은데, 어떻게, 무슨 방법이 없을까?"

"글쎄요…… 나중에 물어보지요."

여자가 성의를 표하려고 하는 것은 잘 알 수 있었다. 조심스럽고 주춤거리는 말투에서 그의 기분을 해치지 않으려는 배려가 알알이 느껴진다. 그러나 그런 말투가 오히려 그를 짜증스럽게 만든다. 물어보지요라고? 나에게는 그들의 허가 없이는 신문을 읽을 권리도 없다는 말인가……. 남자는 소리를 지르면서, 여자의 손을 뿌리치고 대야를 확 뒤집어엎고 싶은 충동에 사로잡힌다.

그러나 지금 화를 내면 끝장이다. 중환자는 신문 따위로 흥분하지 않는다. 물론 신문은 읽고 싶다. 풍경이 없으면 그나마 풍경화라도 보고 싶은 것이 사람의 마음일 것이다. 그래서 풍경화는 자연 경관이 살벌한 지방에서 발달하고, 신문은 인간 관계가 소원한 산업 지대에서 발달한다고 어떤 책에서 읽은 적이 있다. 게다가 어쩌면 찾는 사람 광고란에 나와 있을지도 모르고, 잘하면 사회면 한구석에 실종 기사로 다루어져 있을지도 모른다. 하기야 그런 기사가 실린 신문을 그들이 옜다 하고 전해 줄 리는 없다. 아무튼 지금은 참는 것이 최고다.

물론 꾀병도 쉬운 것은 아니었다. 마치 너무 바짝 감아 튕겨 나갈 듯한 태엽을 손 안에 꽉 쥐고 있는 것 같다. 언제까지고 이런 일을 참고만 있는다는 것은 불가능하다. 일이 되어 가는 대로 그냥 나를 내맡겨서는 안 된다. 나란 존재가 그들에게 얼마나 무거운 짐인가를 철저하게 알려 주어야 한다. 오늘이야말로, 무슨 수를 써서든 그녀가 한잠도 자지 못하도록 하자!

'잠들지 마…… 자면 안 돼……!'

남자는 몸을 비틀면서 허풍스럽게 신음을 내질렀다.

12

여자가 받쳐 들고 있는 우산 아래서, 혀를 데어 가면서 해

초가 들어 있는 죽을 먹었다. 사발 속에 모래가 가라앉아 있었다.

그러나 기억은 거기까지다. 그다음은, 길고 긴, 숨막히는 꿈속으로 빠져든다. 꿈속에서 그는 오래도록 사용한 나무젓가락을 타고 어느 낯선 거리를 날고 있었다. 나무젓가락은 마치 스쿠터 같아, 타고 있는 기분이 그리 나쁘지는 않았으나 잠시만 긴장을 늦추어도 부양력(浮揚力)을 잃고 만다. 거리는 가까운 쪽이 벽돌색이고 멀어질수록 뿌연 녹색이다. 그 색의 대조에 왠지 불안을 조장하는 무언가가 있었다. 간신히 병영 같은 긴 목조 건물에 도착했다. 싸구려 비누 냄새가 떠다닌다. 질질 흘러내리려는 바지를 끌어올리면서 계단을 올라가자, 길쭉한 테이블 한 개가 놓여 있을 뿐인 휑한 방이 나왔다. 열 명쯤 되는 남녀가 그 테이블을 둘러싸고 무슨 게임에 열심인 듯하다. 정면에 있는 남자가 마침 카드를 차례차례 돌리는 중이었다. 다 돌리자 동시에 마지막 남은 한 장을 갑자기 그에게 던지며 큰 소리를 질렀다. 엉겁결에 받아 들고 보니, 그것은 카드가 아니라 편지였다. 편지는 물렁물렁, 촉감이 이상했다. 편지를 잡은 손끝에 힘을 주자, 안에서 피가 터져 나왔다. 비명을 지르며 잠에서 깨어났다.

더러운 안개 같은 것이 시야를 가리고 있었다. 몸을 움칠거리자, 바스락바스락 마른 종이 소리가 났다. 펼친 신문지가 얼굴에 덮여 있다. 제길, 또 자고 말았어! ……뿌리치자, 종이 표면에서 모래 피막이 흘러내렸다. 그 양으로 보아 상당한 시간이 흐른 것 같다. 벽의 틈새로 새어 드는 햇빛의 위치도, 거의 정오를 알리고 있었다. 그런데 이 냄새는 뭘까? 새 잉크 냄새? ……설마 하고 생각하면서, 황급히 날짜를 확인한다. 16일, 수요일……. 역시 오늘 신문이다! 믿을 수 없는 일이지만, 사실이었다. 그렇다면 여자는 그의 희망을 들어주었다는 말인가?

땀을 먹어 끈적끈적 달라붙는 요에 한쪽 무릎을 대고 상반신을 일으켰지만, 무수한 생각이 한꺼번에 소용돌이치기 시작해, 애써 구한 오늘 신문도 헛되이 글자만 더듬고 있을 뿐이다.

「미일합동위, 의제를 추가할 것인가?」

……대체 여자는 어떻게 이 신문을 입수했을까? 역시, 마을 사람들이 그에게 다소나마 부담을 느끼기 시작했다는 뜻일까? ……그렇다 해도, 지금까지의 예로 보아 아침 식사 후에는 외부와의 연락이 일체 두절되었는데. 그는 아직 모르는 어떤 방법으로 여자가 외부와 연락을 취하고 있다는 말인가, 아니면 자기 발로 밖에 나가서 사 왔나? 틀림없이 둘 중 하나다.

「교통마비, 근본적 대책을!」

아니, 잠깐……. 만약 여자가 밖으로 나갔다 왔다면…… 새끼줄 사다리 없이는 불가능하다. 어떤 방법으로 조달했는지는 알 수 없지만, 아무튼 새끼줄 사다리를 사용한 것만은 분명하다……. 그러리라 대충은 예상하고 있었다……. 탈출밖에 생각하지 않는 죄수라면 몰라도, 마을의 주민인 그녀가 출입의 자유마저 빼앗기고서 가만히 참고 있을 리가 없다……. 새끼줄 사다리를 철거한 것은 나를 가두기 위한 일시적인 조치에 불과했다……. 그렇다면, 이대로 방심하게 놔두면, 언젠가는 기회를 잡을 수…….

「양파에, 방사능 장애 치료의 유효 성분」

아무래도 나의 꾀병 작전에 뜻하지 않은 부록이 첨가된 것 같다. 행운은 누워서 기다리라고 한 옛사람들의 말이 백번 옳다……. 그런데 왠지 마음은 조금도 설레지 않는다. 뭔가 석연치 않은 점이 남아 있다. 저 속이 거북할 정도로 끔찍했던, 기괴한 꿈 탓일까? ……정말이지, 그 위험한(왜 위험한지 이유는 모르겠지만) 편지가 마음에 걸린다. 대체 뭘 암시하고 있는 것일까?

그러나 꿈 따위 일일이 신경 써 봐야 별 소용이 없다. 아무튼 시작한 일을 끝까지 해야 할 뿐이다.

여자는 평소에 하던 대로, 화로 건너 귀틀 끝에서 빛바랜 유카타를 덮어쓰고 가벼운 숨소리를 내며 잠들어 있다. 유카타 밑에서 여자는 무릎을 껴안듯 둥글게 몸을 구부리고 있다. 그날 이후, 알몸을 드러내 놓고 자는 일은 없어졌지만 유카타 속은 여전히 알몸이리라.

재빨리 사회면과 지방란을 훑는다. 물론 실종 기사도 사람 찾는 광고도 없었다. 그러나 예상한 일이어서 딱히 낙담도 하지 않는다. 살며시 일어나 봉당에 내려선다. 남자도 인견으로 만든 헐렁한 속바지를 입었을 뿐, 위는 알몸이다. 이런 차림이 지내기에 한결 수월하다. 속바지의 고무줄이 파고든 허리에 모래가 고여, 그곳만 벌겋게 부어올라 몹시 가려웠다.

문가에 서서 모래 벽을 올려다보았다. 빛이 눈에 스며 사방이 누렇게 불타기 시작했다. 사람 그림자도 새끼줄 사다리도, 물론 없다. 없는 것이 당연하다. 그저 만에 하나를 위해서 확인해 본 것뿐이다. 새끼줄 사다리를 내린 흔적도 없었다. 하기야 이렇게 바람이 부는데, 무슨 흔적이 5분을 견디랴. 문 바로 밖에서도 모래의 표면이 쉴 새 없이 바람에 휘날리고 있다.

돌아와 자리에 눕는다. 파리가 날아왔다. 조그맣고 연붉은 초파리다. 어디선가, 무언가가 썩고 있는지도 모르겠다. 베개 맡에 있는, 비닐로 둘둘 싼 주전자 물로 목을 축이고 여자에게 말을 걸었다.

"잠깐 좀 일어나 보지……"

여자는 몸을 털면서 벌떡 일어났다. 유카타가 흘러내려 가슴 아래까지 훤히 드러났다. 늘어진, 그러나 아직은 실팍한 유방에 정맥이 파랗게 흐르고 있다. 당황해 유카타를 끌어안으면서 허둥대는 시선, 아직 잠이 덜 깬 모양이다.

남자는 주저한다. 이때다 하고 우악스런 목소리로 새끼줄 사다리 건을 추궁해야 할 것인가? ……아니면, 신문을 갖다 줘서 고맙다는 인사부터 하고 넌지시 물어보는 정도로 그치는 편이 좋을까? 만약 상대방의 잠을 방해할 목적뿐이라면 당연히 공격적으로 나가는 편이 좋다. 트집 잡을 거리는 얼마든지 있다. 그러나 그렇게 하면 중환자로 가장하고 있는 작전에서 벗어나게 된다. 척추뼈가 탈골한 남자에게 걸맞는 방법이 아니다. 지금은, 이미 노동력으로 쓸모가 없다는 것을 그들에게 인식시키고, 어떻게든 경계심을 풀게 할 필요가 있다. 신문을 갖다줄 만큼 누그러진 그들의 마음을 한층 더 누그러뜨려, 저항을 못 하게 해야 하는 것이다.

그러나 보란 듯이 기대는 무너졌다.

"아니요, 뭐하러 밖에 나가겠어요. 벌써부터 부탁해 놓은 방부제를 농협 사람이 가져다주러 왔길래…… 그래서 한번 부탁해 보았지요…… 하지만 이곳에서 신문을 보는 집은 네다섯 집밖에 없으니까…… 일부러, 읍내까지 나가서 사다 줬어요……."

물론 우연의 일치가 있을 수 없는 것은 아니다. 하지만 이거야 마치, 보조 열쇠가 없는 우리에 갇힌 것이나 다름없지 않은가. 이 고장 사람들조차 유폐를 감수해야만 한다면, 이 모래벽의 험악함은 예삿일이 아니다. 남자는 오기가 나서 물고 늘어졌다.

"당신…… 여기 사는 사람이잖아? 개도 아니고…… 자유롭게 출입하는 정도는 별 큰일도 아니잖아! ……아니면, 혹시 부락 사람들에게 얼굴을 들 수 없는 그런 짓이라도 한 건가?"

여자는 화들짝 놀란 듯, 졸린 눈을 동그랗게 떴다. 내 눈이 부실 정도로 빨갛게 충혈된 눈이었다.

"아니에요, 얼굴을 들 수 없는 일이라니, 당치도 않아요!"

"그렇다면, 왜 그렇게 기가 죽어 있는 거지? 그럴 필요는 없잖아."

"하지만, 밖으로 나가 봐야, 딱히 할 일도 없고……."

"걸어 다니면 되잖아!"

"걸어 다녀요……?"

"그래, 걷는 거야…… 그냥 걸어 다니기만 해도 충분하잖아…… 내가 여기 오기 전까지는 당신도 마음대로 나다녔을 것 아니야?"

"하지만 볼일도 없는데 나다녀 봐야, 피로하기만 할 뿐이니까요……."

"무슨 그런 웃기는 소리를 하는 거야! 자기 마음을 열어 보라고, 모를 리가 없으니까! ……개도 우리 속에만 갇혀 있으면 미쳐 버린다고!"

"걸어 봤어요……."

여자는 불쑥, 껍데기를 닫은 조개처럼 억양 없는 목소리로 말했다.

"정말이지, 끔찍하도록 걸었어요…… 이곳에 올 때까지…… 애를 안고, 오래오래…… 이제, 걷는 데는 지쳤어요……."

남자는 허를 찔리고 말았다. 참으로 묘한 논리도 다 있다. 그런 식으로 나오면 그도 받아칠 자신이 없다.

그렇다……. 십몇 년 전, 저 폐허의 시절에는 모두가 하나같이 걷지 않아도 되는 자유를 찾아 광분했다. 그렇다고 지금, 걷지 않아도 되는 자유에 질렸다고 단언할 수 있을까? 실제로 너 역시 그런 환상을 상대로 한 귀신 놀이에 지친 나머지 이런 사구를 찾아오지 않았던가……. 모래…… 1/8mm의 한없는 유동……. 그것은 걷지 않아도 되는 자유에 매달려 있는 네거필름 속의 뒤집힌 자화상이다. 아무리 소풍을 동경하는 어린애라도 미아가 된 순간에는 엉엉 우는 법이다.

여자가 말투를 싹 바꿔 말했다.

"기분, 괜찮아요?"

돼지 같은 표정 짓지 마! 남자는 울화가 치밀어 여자를 억지로 덮쳐서라도 바닥을 기게 하고 싶었다. 그런 생각만 했는데도 피부가 바짝 말라붙은 풀을 벗겨 내는 듯한 소리를 내기 시작한다. 덮친다는 말에 피부가 제멋대로 연상한 모양이다. 느닷없이 여자가 배경에서 유리된, 윤곽뿐인 존재가 된다. 스무 살 남자는 생각만으로도 발기한다. 마흔 살 남자는 피부 표면으로 발기한다. 그러나 서른 살 남자에게는 윤곽만 남은 여자가 가장 위험하다……. 거의 자기 자신을 안듯 마음 편히 안을 수도 있을 것이다……. 그러나 여자 뒤에는 무수한 눈이 도사리고 있다……. 여자는 그런 시선의 실에 조종되는 꼭두각시에 지나지 않는다……. 여자를 안으면, 그다음은 네가 조종당할 차례다……. 척추뼈가 탈골됐다는 따위의 거짓말도 당장에 들통나고 만다. 이런 곳에서 지금까지의 내 생활이 중단되다니, 말이나 될 법한 일인가!

여자가 무릎을 꿇은 채 몸을 움직여 조금씩 다가왔다. 둥그런 무릎이 엉덩이 살에 닿는다. 잠자는 동안, 여자의 입과 코와 귀와 겨드랑이와 그 밖의 모든 구멍에서 발효된 미적지근한 물 같은 냄새가 사방을 짙게 물들이기 시작한다. 살금살금, 조심스럽게, 불 같은 손가락이 등뼈를 따라 위아래로 미끄러진다. 남자는 온몸에 힘을 준다.

갑자기 여자의 손가락이 남자의 옆구리로 미끄러졌다. 남자가 비명을 질렀다.

"간지러워!"

여자가 웃었다. 장난을 치는 것인지, 기가 죽은 것인지. 너무나 갑작스러워 판단하기 어려웠다. 대체 무슨 생각을 하고 있는 것인가? …… 일부러 그런 것인가, 자기도 모르게 손이 미끄러졌을 뿐인가? 방금 전까지만 해도 눈을 껌벅거리며 간신히 일어난 주제에……. 그러고 보니, 여기에 묵은 첫날 밤에도 지나가면서 옆구리를 꾹 누르고는 묘한 미소를 흘렸다……. 그 동작에 무슨 특별한 의미라도 부여하고 있는 것인가?

아니면, 그의 상태를 의심하고 꾀병인지 아닌지 확인하기 위해 슬쩍 속을 떠보려는 것인지도 모른다……. 가능성은 있다……. 정신 바짝 차리고 있어야겠다. 여자의 유혹은 결국 꿀의 달콤함을 가장한 육식 식물의 덫인지도 모른다. 폭행이라는 추문의 씨앗을 뿌려 놓고, 그다음에는 공갈이란 쇠사슬로 그의 손발을 옭아맨다…….

13

땀을 흘리며 밀랍처럼 녹아 있었다. 털구멍이 땀에 젖어 있었다. 시계가 멎어서 확실하지는 않지만 구멍 밖은 낮인지도 모른다. 그러나 깊이 20미터의 이 구멍 속은 벌써 저녁이다.

여자는 아직도 잠에 푹 빠져 있다. 꿈을 꾸고 있는지, 손발을 피득피득 떨고 있다. 지금부터 잠을 방해해 봐야 별 소용이 없다. 그 역시 잠을 푹 잔 상태다.

몸을 일으키고 바람을 맞는다. 자면서 몸을 뒤척거릴 때 얼굴을 덮은 수건이 떨어진 모양이다. 귀 뒤며 코 주변이며 입가에 긁어낼 수 있을 만큼이나 모래가 들러붙어 있었다. 안약을 넣고 수건 끝으로 누르고, 그렇게 몇 번을 반복하고야 겨우 눈을 뜰 수 있었다. 그러나 이 안약도 이제 이삼 일이면 끝이다. 안약 때문이라도 빨리 결판을 내야 한다. 철갑옷을 입고 자석 요에 누워 있는 것처럼 몸이 무거웠다. 초점을 맞추려 애쓰면서 문으로 비쳐 드는 엷은 햇살에 의지해 죽은 파리의 다리 같은 활자로 시선을 옮긴다.

낮 동안에 여자더러 읽어 달라고 했어야 했다. 그러면 여자의 잠을 방해할 수도 있고 일석이조의 효과를 얻었을 것이다. 그러나 안타깝게도 남자 쪽이 먼저 잠들고 말았다. 그렇게 마음을 다졌는데, 이 얼마나 얼간이 같은 짓인가.

덕분에 오늘 밤에도 불면을 한탄하게 될 것이다. 호흡에 맞추어 백에서부터 거꾸로 숫자를 세어 본다. 하숙집에서 학교까지 가는 길을 꼼꼼하게 더듬어 본다. 과(科)와 목으로 나누어, 알고 있는 모든 곤충의 이름을 열거해 본다. 아무 효과가 없다는 것을 알기에 더더욱 부아가 치민다. 저 위 구멍의 테두리를 스치고 지나가는 바람이 윙윙거리는 소리…… 눅눅한 모래의 층을 가르는 부삽 소리…… 개 짖는 소리…… 촛불처럼 흔들리는, 먼 자글거림…… 말초 신경을 향해 쉬지 않고 쏟아지는 모래 소리……. 그럼에도 꼼짝하지 않고 참아야 한다.

뭐 그럭저럭 참아 냈다고 하자. 그러나 시원한 군청색 빛이 구멍으로 쏟아져 들어오는 순간, 이번에는 반대로 젖은 해면 같은 잠과 격투를 벌어야 한다. 이 악순환의 고리를 끊지 않는 한, 시계뿐만 아니라 시간 자체마저 움직임을 멈출 우려가 있다.

신문 기사도 별 변화가 없었다. 어디에 일주일 간의 공백이 있었는지 거의 흔적조차 찾을 수 없었다. 신문이 외부와 통하는 창구라면, 그 창구의 유리창은 우윳빛인 모양이다.

「법인세 탈루, 시에 불똥」……「공업의 메카에 학원 도시를」……「잇따른 조업 중단, 노동조합 총평의회 전, 견해 발표」……「두 아이를 교살한 엄마 음독」……「속출하는 자동차 강도, 새로운 생활 양식이 새로운 범죄를 낳았다?」……「노상강도, 두 소녀를 찌르다」……「각성제에 잠식당한 청춘 군상들」……「도쿄 올림픽, 예산 옥신각신」……「주가에도 가을 바람」……「테너 색소폰의 명수, 블루 잭슨 방일」……「남아프리카 연방, 또 폭동, 사상자 280명」……「여자 섞인 도둑 학교, 수업료 없음, 테스트에 합격하면 졸업증」

없다고 곤란해질 일은 전혀 없다. 환상의 벽돌을 듬성듬성 쌓아 올린 환상의 탑이다. 하기야 없어서는 안 될 것들뿐이라면, 현실은 슬쩍 손도 댈 수 없는 위험한 유리 세공품이 되어 버린다……. 요컨대 일상이란 그런 것이다……. 그러니까 모두들 무의미하다는 것을 알면서도 자기 집에 컴퍼스의 중심을 두는 것이다.

그러고서, 불현듯 뜻하지 않은 기사에 눈길이 멈췄다.

14일 오전 8시경, 동아 건설에서 건축 중인 요코카와초 30의 동아 주택 건설지에서 작업 중이던 히노하라 산업 덤프카 운전사 다시로 츠토무 씨(28)가 무너져 내린 모래에 깔려 중태에 빠졌다. 근처 병원에 이송되었으나 곧 사망. 요코카와 서의 조사에 의하면 10미터나 되는 모래 산을 무너뜨리는 도중 아래쪽에 있는 모래를 과도하게 파낸 것이 원인으로 판명되었다.

아하…… 이 기사가 그들의 목적이었다는 말인가. 그냥 주문에 응해 준 것이 아니다. 기사에 빨간 매직으로 동그라미를 치지 않은 것만 해도 다행이다. 그러고 보니 블랙 잭이라는 무시무시한 것이 있다고 들은 것 같은데……. 가죽 주머니에 모래를 담은 것으로, 쇠나 납 막대기에 필적할 만큼 타격력을 갖고 있다고 한다……. 아무리 쉴 새 없이 움직인다고 하지만, 모래는 물과 다르다……. 물에서는 헤엄칠 수 있지만, 모래는 인간을 가두고 압살한다…….

사태를 너무 가볍게 본 것 같다.

14

그러나 작전을 변경하기까지는 상당한 망설임과 시간이 필요했다. 여자가 모래를 퍼내러 나간 지 네 시간은 지났을 것이다. 마침 삼태기를 운반하는 남자들이 예정된 두 번째 일을 마치고 삼륜차 쪽으로 돌아간 참이다. 귀를 곤두세우고 남자들이 돌아오지 않는 것을 확인한 후 살금살금 일어나 옷을 입는다. 여자가 등잔불을 들고 갔기 때문에 모든 일을 손을 더듬어 한다. 신발에는 목까지 모래가 꽉 차 있었다. 바짓부리를 양말에 쑤셔 넣고 각반을 꺼내 바지 주머니에 넣었다. 채집 도구는 알아보기 쉽게 문 옆에 정리해서 놓아둔다. 봉당에 내려서자 두툼한 모래 카펫 덕분에 발소리에 신경 쓸 필요가 없었다.

여자는 모래를 퍼내느라 여념이 없었다. 모래에 꽂히는 가벼운 부삽질…… 흐트러짐 없는 힘찬 숨소리…… 발치에 있는 등잔불에 넘실거리는, 길게 늘어진 그림자……. 남자는 건물 모퉁이에 몸을 숨기고, 가만히 호흡을 가다듬는다. 수건의 양 끝을 두 손으로 꽉 잡고 좌우로 힘껏 잡아당기면서 열을 세면 뛰쳐나간다……. 퍼낸 모래를 들어 올리려고 중심을 기울이는 순간을 노려 단숨에 습격한다.

물론 위험이 없다고는 단언할 수 없다. 게다가 앞으로 30분이 지나 그들의 태도가 급변하지 말라는 법도 없다. 예의 그 현청 사람 일도 있다. 처음, 이 마을 노인은 그를 현청 사람인 줄 착각하고 몹시 경계했다. 근일 중에 현청에서 조사를 하러 나오기로 예정되어 있는 것이리라. 그렇다면 그로 인해 마을 내의 의견이 대립하고 남자의 존재를 끝까지 숨길 수 없어, 더 이상 가둬 두기를 포기할 수도 있다. 단, 그 30분이 반년, 또는 일 년 이상으로 연장되지 말라는 보장 역시 없다. 30분과 일 년이 반반인 확률에 내기를 걸고 싶지 않다.

하기야 구조의 손길이 이곳을 향할 경우를 생각하면 계속 꾀병을 부리고 있는 편이 유리할 것이다. 그가 갈피를 못 잡은 것 역시 그 점 때문이었다. 법치 국가에 살고 있는 이상, 구조를 기대하는 것은 당연한 일이다. 실종자가 종종 수수께끼의 안개 저편으로 사라진 채 소식이 없는 경우도 사실은 대부분 본인의 의지가 그러했기 때문일 것이다. 더구나 범죄의 냄새가 풍기지 않는 한은 형사 사건이 아니라 민사 사건으로 취급되기 때문에 경찰에서도 필요 이상 깊이 개입하지는 않는 듯하다. 하지만 그의 경우는 전혀 사정이 다르다. 이렇게, 구조의 손길을 향해 있는 힘껏 손을 뻗고 있다. 굳이 그의 목소리를 듣거나 모습을 보지 않아도, 주인을 잃은 그의 하숙을 한 번 들여다보면 분명하게 느낄 수 있을 것이다. 읽다가 펼쳐 놓은 책…… 동전이 들어 있는 양복…… 액수는 많지 않지만 최근 들어 인출한 흔적이 없는 통장…… 아직 정리를 끝내지 못한, 건조 중인 곤충 상자…… 우표까지 붙여 놓고 부치지 못한 채집 병 주문서……. 모든 것이 중단을 거부하고 계속 살아가려는 그의 의지를 표명하고 있다. 방문자는 원치 않아도 그 방에서 들려오는 애원 소리에 귀 기울이지 않을 수 없을 것이다.

아, 그렇다……. 그 편지만 없었더라면……. 그 어리석기 짝이 없는 편지만 없었더라면……. 그러나 있는 것은 있는 것이다……. 꿈에서까지 그렇게 진실을 고하고 있는데, 새삼스럽게 자기 자신을 속여 봐야 무슨 소용이 있겠는가? 핑계와 구실은 이제 딱 질색이다. 유류품(遺留品)들은 이미 죽어 있다. 그 자신의 손으로 숨통을 끊어 놓았다.

그는 이번 휴가에 대해서 몹시 은밀한 태도를 취했고, 동료 중 누구에게도 일부러 행선지를 알려 주지 않았다. 그것도 그저 말을 안 한 것이 아니라 의식적으로 수수께끼처럼 보이려고 애쓰기도 했다. 그것은 잿빛 일상에 피부색까지 물들어 가고 있는 그들을 약 올리기에는 더없이 유효한 방법이었다. 회색 종족은 자기 이외의 인간이 빨강이든 파랑이든 초록이든, 회색 이외의 색을 지녔다고 상상하는 것만으로도 견딜 수 없는 자기 혐오에 빠진다.

눈부신 태양으로 충만한 여름은 결국 소설이나 영화 속에서나 가능한 일이다. 현실은, 담배 냄새가 풀풀 나는 신문의 정치란을 깔고 뒹구는 얌전한 소시민의 일요일……. 뚜껑에 자석이 붙어 있는 보온병과 캔 주스……. 줄 서서 간신히 차지한 시간당 150엔짜리 대여 보트와 물고기의 사체가 뿜어내는 바닷가의 납빛 거품……. 그리고 마지막은 피로에 절어서 타는 만원 전철……. 모두들 잘 알고 있으면서도, 그저 자기 자신을 사기에 걸려든 어리숙한 인간으로 만들고 싶지 않은 탓에 열심히 회색 캔버스에다 환상의 제전을 흉내 내는 것이다. 억지로나마 즐거운 일요일이었다고 말하게 하기 위해, 칭얼거리는 아이들을 쿡쿡 쑤시고 들볶는, 수염이 텁수룩해진 비참한 아버지들……. 모두들 한 번쯤은 보았을, 전철 속의 하찮은 광경……. 타인의 태양에 대한 가련할 정도의 질투와 초조감…….

그뿐이면 새삼스럽게 정색하고 화를 낼 일도 없다. 만약 그 남자가 다른 동료들과 마찬가지 반응만 보이지 않았더라면, 과연 그렇게 끝까지 고집을 피웠을지 의심스럽다.

그는 그 남자만은 신뢰하고 있었다. 늘 막 세수를 한 것처럼 푸석푸석한 눈으로 교조 활동에 열심인 남자였다. 남들에게는 좀처럼 내보이지 않는 본심을 진지하게 털어놓은 적도 있다.

"어떻습니까? 나는 인생에 기댈 언덕이 있다고 하는 교육 방법이, 도무지 미덥지가 않은데……."

"뭡니까, 그 기댈 언덕이라는 것은?"

"그러니까, 없는 것을 말입니다, 있는 것처럼 착각하게 하는 환상 교육이죠…… 그래서, 모래가 고체면서도 유체 역학적인 성질을 다분히 갖고 있다는 점에 아주 흥미를 느끼고 있습니다……."

상대방은 당황해서, 홀쭉한 새우등을 더욱 앞으로 구부린다. 그러나 표정은 여전히 열린 채다. 딱히 경원하는 눈치는 없다. 누군가 그를 뫼비우스의 띠 같다고 평한 적이 있다. 뫼비우스의 띠는 한 번 비튼 종이 테이프의 양끝을 둥그렇게 붙인 것으로, 안과 밖이 없는 공간을 뜻한다. 교조 활동과 사생활이 뫼비우스의 띠처럼 연결되어 있다는 정도의 뜻으로 한 말일까. 비아냥과 더불어 다소 칭찬의 마음도 담겨 있다고 여겨진다.

"그러니까, 리얼리즘 교육을 하라, 이런 말입니까?"

"아니, 내가 모래를 예로 든 것은…… 결국 세계는 모래 같은 것이 아닐까 하는…… 모래는 정지되어 있는 상태에서는 그 본질을 파악할 수가 없으니까…… 모래가 유동하고 있는 것이 아니라, 실은 유동 자체가 모래라는…… 그러니까, 뭐라고 말은 잘 못 하겠지만……."

"알 것 같습니다. 실용 교육에는 어쩔 수 없이 상대주의적 요소가 파고들기 마련이니까요."

"그런 뜻이 아닙니다. 나 자신이 모래가 되는…… 모래의 눈으로 사물을 보는…… 한번 죽으면, 더 이상은 죽음을 두려워하면서 우왕좌왕할 필요도 없어지니까……”

“이상 주의자로군요. 선생님, 거 혹시 학생들을 무서워하는 것 아닙니까?”

“하지만 나는 학생도 모래 같은 존재라고 생각하니까요…….”

그렇게 엇갈리는 대화에도 전혀 불쾌해하는 기색 없이 하얀 이를 드러내며 화사하게 웃곤 했다. 푸석푸석한 눈이 살집 사이로 숨어든다. 어쩔 수 없어서 그도 맥빠진 미소로 답한다. 그야말로 뫼비우스의 띠로군. 좋은 뜻이든 나쁜 뜻이든, 뫼비우스의 띠다. 그 좋은 반면만 가지고도 경의를 표할 충분한 가치는 있다.

그런데 그 뫼비우스의 띠마저 그의 휴가에 대해서는, 다른 동료들과 마찬가지로 회색 질투를 노골적으로 드러냈다. 뫼비우스의 띠답지 않다. 실망하는 한편 고소한 기분도 들었다. 미덕에 관한 한 대부분의 사람들은 심술궂어지는 경향이 있다. 덕분에 약을 올리는 재미에 묵직하게 무게가 실리고 말았다.

그리고 예의 그 편지다…… 이미 배달되고 만, 돌이킬 수 없는 카드……. 어젯밤 꿈속에서 느꼈던 강박 관념은 결코 이유 없는 것이 아니었다.

그와 그 남자 사이에 전혀 애정이 없었다고 하면, 그것은 거짓말이다. 다만 서로에게 토라져 있어야 상대방을 확인할 수 있는 다소 음침한 사이였을 뿐이다. 예를 들어 그가 결혼의 본질은 미지의 세계를 개척하는 데 있다고 하면, 그 남자는 좁아진 집의 증축에 있다고 이유도 없이 분개해 되받는다. 반대로 말하면, 분명 정반대의 대답을 했을 것이다. 꼬박 이 년하고도 사 개월 동안 되풀이해 온 시소게임이었다. 정열을 잃었다기보다는 오히려 정열을 지나치게 이상화한 나머지 동결시켰다고 하는 편이 옳을 것이다.

그래서 그는 일부러 행선지도 알리지 않고, 혼자서 여행을 떠난다고 불쑥 편지를 보내 알리기로 한 것이다. 동료들에게 그만큼이나 효과가 있었던 비밀스러운 휴가가 그 남자에게 무효할 리 없었다. 그런데 받는 이의 이름을 쓰고 우표까지 붙이고서 막상 부칠 단계가 되자 왠지 괜한 짓이라 여겨져 책상 위에 던져둔 채 집을 나오고 말았다.

그 유치한 장난기가 결과적으로는, 도난 방지 장치가 되어 있어 주인밖에 열 수 없는 자동 잠금장치 역할을 한 것이다. 그 편지가 사람들 눈에 띄지 않았을 리는 없다. 도망이 자신의 의지에 의한 것임을 알리는 성명서를 일부러 남겨 두고 온 것이나 다름없다. 현장에 있는 것을 이미 목격당했으면서도 꼼꼼하게 지문을 지워 오히려 범죄의 증거를 남기는 어리석은 범인의 수법과 똑같지 않은가.

기회는 저 멀리로 사라지고 말았다. 새삼스럽게 그런 가능성에 매달려 봐야 기대라는 자가 중독에 걸려 고통스러울 뿐이다. 지금은 누군가 문을 열어 주기를 기다리기보다는 스스로 문을 비틀어 열고 힘으로 밀고 나가는 수밖에 없다. 이제는 어떤 주저도 구실이 될 수 없다.

아플 정도로 모래에 푹 찔러 넣은 손톱에 전신의 무게를 싣고, 열을 세면 뛰쳐 나간다……. 그런데 열셋을 세고서도 아직 결심이 서지 않아, 넷을 더 세고서 간신히 실행에 옮겼다.

15

그렇게 단단히 결심을 한 데 반해 남자의 동작은 기민하지 못했다. 모래에 힘이 빨려 들어가는 것이다. 여자가 벌써 돌아서서, 부삽을 비스듬히 세우고 멍하니 이쪽을 쳐다보고 있다.

만약 여자가 정말 저항할 마음이었다면 결과는 전혀 달라졌을 것이다. 불의의 습격을 하고자 한 그의 계획은 정확하게 맞아떨어졌다. 남자도 심히 초조했지만 여자 역시 너무도 놀란 나머지 꼼짝 못 했다. 손에 쥔 부삽으로 남자를 밀어낼 여유조차 없었던 것 같다.

"소리 내지 마…… 해치지는 않을 거야…… 입 꼭 다물고 있어……."

떨리는 목소리로 속삭이면서 수건을 마구 입속에 쑤셔 넣는다. 여자는 그 거칠고 서툰 행위에도 저항하지 않고 거의 남자에게 몸을 맡기고 있었다.

여자의 수동적인 태도를 알아차리자 남자는 겨우 자제력을 되찾는다. 절반 정도 쑤셔 넣었던 수건을 꺼냈다가 다시 입에 물리고 목 뒤에다 단단히 묶었다. 이어 준비한 각반으로 여자의 두 손을 뒤로해서 힘껏 묶었다.

"자, 집 안에 들어가!"

여자는 완전히 기세가 꺾여 행동뿐만 아니라 말에도 아주 순종적이었다. 적의는커녕 항의의 빛조차 보이지 않는다. 아마 일종의 최면 상태에 빠진 것이리라. 제 손으로 한 일이지만 그다지 솜씨가 좋았다고는 생각되지 않았다. 그 서투름이 오히려 폭력적인 효과를 발휘해 여자의 저항력을 빼앗아 버렸는지도 모르겠다.

여자를 봉당으로 밀어 넣는다. 남은 각반을 꺼내 발목에 둘둘 감는다. 어둠 속에서 더듬더듬 하는 일이라 꼼꼼하게, 남은 부분으로 한 번 더 감아 꽉 묶는다.

"잘 들어, 여기 꼼짝하지 말고 있는 거야…… 얌전하게만 있으면 해칠 생각은 없어…… 하지만 나 역시 필사적이니까 여차하면……."

여자의 숨소리가 나는 언저리를 쏘아보면서 문까지 뒷걸음질 쳤다. 그리고 쏜살같이 뛰어나가 등잔불과 부삽을 들고 재빨리 다시 돌아왔다. 여자는 약간 고개를 숙이고 옆으로 누워, 호흡에 맞추어 턱을 위아래로 움직이고 있었다. 숨을 들이쉴 때 턱을 앞으로 내미는 것은 다다미 위에 쌓인 모래를 빨아들이지 않기 위해서이리라. 숨을 내쉴 때에는 반대로 코를 킁킁거리며 얼굴에 묻은 모래를 털어내는 것 같았다.

"조금만 참고 있으라고. 삼태기를 나르는 사람들이 올 때까지만 참으면 돼. 내가 당한 터무니없는 수모에 비하면, 투덜거릴 처지도 아니겠지. 나는 숙박료도 틀림없이 낼 생각이니까…… 하기야 내가 임의로 계산한 실비지만…… 상관없겠지? 무슨 할 말이 있겠어…… 원래는 공짜여야 하는데, 그런 일로 모든 것이 무마되면 안 되니까, 그나마 생각해서 내는 거야."

셔츠 깃을 잡고 공기를 불어넣으면서, 전전긍긍 침착하지 못한 상태로 잠시 밖의 동정을 살폈다. 그렇다, 등잔불은 끄는 편이 좋을 것 같다. 등피를 들어올리고 불어 끄려다가…… 아니지, 그 전에 다시 한번 여자의 모습을 확인해 두자고 생각했다. 두 발목을 묶은 매듭은 충분히 단단해 손가락 하나 들어갈 여지도 없었다. 손목도 벌써 시퍼렇게 부어오르기 시작했고, 주걱처럼 흰 손톱도 오래된 잉크 얼룩처럼 색이 변했다.

수건으로 물린 재갈도 무사했다. 안 그래도 색이 칙칙한 입술이 거의 핏기를 잃을 만큼 좌우로 바짝 벌려져 있다. 그 모습이 마치 요괴의 형상 같다. 흘러내리는 타액이 볼 아래에 있는 다다미를 검게 물들이고 있다. 등잔불이 흔들릴 때마다 거기에서 소리 없는 외침이 들려오는 듯했다.

"어쩔 수 없지, 자기가 뿌린 씨앗이잖아……."

자기도 모르게, 조급한 말투로 남자는 말했다.

"피차 서로를 속였으니까, 나도 인간이니 개를 사슬에 묶는 것처럼 간단하지 않다는 것 정도는 알아야지…… 누가 봐도, 이건 완전한 정당방위야."

여자가 불쑥 고개를 비틀고, 가늘게 뜬 눈으로 그를 쳐다보려 했다.

"뭐? ……무슨 하고 싶은 말 있나?"

여자가 답답하다는 듯 목을 움직였다. 긍정한 듯도 하고 부정한 듯도 하다. 등잔불을 들이밀고 그 눈빛을 읽으려 한다. 남자는 믿을 수가 없다. 원망도 증오도 아닌, 그저 무한한 슬픔을 담고 무언가를 간곡하게 호소하는 듯한 눈빛이다.

설마…… 내가 그렇게 생각할 뿐이겠지……. 눈빛 따위 언어의 표현에 지나지 않는다……. 갈등이 없는 눈동자에 표정이 있다니, 될 법이나 한 말인가. 그렇게 생각하면서도 남자는 기가 질려 재갈을 약간 풀어 주려고 손을 뻗었다가, 다시 뒤로 물린다.

서둘러 등잔불을 불어 끈다. 삼태기를 운반하는 남자들의 목소리가 다가왔다. 불이 꺼진 등잔을 알아보기 쉽도록 문턱 끝에 두고, 개수대 밑에서 주전자를 꺼내 입을 대고 물을 마셨다. 부삽을 꽉 잡고 문 옆에 몸을 숨긴다. 땀이 솟는다. 이제 곧 끝난다……. 앞으로 5분, 10분만 참으면 된다……. 채집 상자를 바짝 잡아당겼다.

16

"어이!"

뭉개진 목소리가 외쳤다.

"뭐 하고 있는 거야!"

아직 어린 감이 남아 있는 탄력 있는 목소리가 뒤를 이었다.

구멍 속은 더듬어야 사물을 느낄 수 있을 만큼 어둠에 갇혀 있었지만, 밖에는 벌써 달이 떴는지 모래와 하늘의 경계선에서 남자들의 뒤엉킨 그림자 덩어리가 뿌옇게 번져 보였다.

남자는 부삽을 오른손에 쥐고 구멍 바닥을 기듯이 움찔움찔 다가갔다.

모래 벽 위에서 외설스러운 웃음소리가 일었다. 석유통을 끌어올리기 위한, 갈고랑이가 달려 있는 로프가 주륵주륵 내려왔다.

"아줌씨, 빨리 좀 부탁합니다요!"

동시에 남자는 모래를 걷어차며 로프를 향해 온몸을 날렸다.

"어이, 올려!"

돌이라도 깨뜨릴 것처럼 있는 힘을 다해 열 손가락으로 로프를 휘어잡고, 목청을 돋우어 소리쳤다.

"올려! 올리라고! 다 올릴 때까지, 이 줄 놓지 않을 테니까, 알아들었어! ……여자는 꽁꽁 묶어서 집 안에 처박아 두었지! 구해 주고 싶으면 어서 빨리 이 줄을 잡아당겨! 안 그러면 여자한테 손가락 하나 못 대게 할 테니까! 그쪽에서 내려오면 부삽으로 대가리를 깨부술 테니까…… 재판해 봐야, 내가 이겨! 적당히 봐줄 줄 알았다가는 큰코다쳐! ……뭘 꾸물거리는 거야! 지금 당장 올려 주면, 고발 안 하고 봐줄 수도 있어…… 불법 감금죄는 가볍지 않다고! ……뭐 하고 있는 거야! 빨리 끌어올리라잖아!"

쏟아지는 모래가 얼굴을 때린다. 옷깃에서 셔츠 속으로, 써늘한 감촉이 점점 무게를 더한다. 뜨거운 숨이 입술을 태운다.

위에서는 의견 교환이 시작된 모양이다. 그리고 갑자기 로프가 팽팽하게 당겨지면서 올라가기 시작했다. 예상보다 묵직한 힘이 손가락에서 로프를 쥐어뜯는다. 남자는 안간힘을 다해 매달렸다……. 위 언저리에서 웃음을 닮은 격렬한 경련이 물방울을 튕기며 끓어오른다……. 일주일 동안의 악몽이 산산조각으로 흩날리는 듯하다……. 다행이다…… 다행이야…… 이제 살았다!

갑자기 중량감이 사라지고 공중에 떴다……. 뱃멀미 같은 감각이 몸속을 쓰윽 통과하고, 그때까지 손바닥을 비틀며 거슬러 올라가던 로프가, 아무 저항 없이 손 안에 남았다.

위에 있는 놈들이 로프를 놓은 것이다! ……빙그르르 반회전하고는 거꾸로 모래에 처박힌다. 몸 아래서 채집 상자가 불길한 소리를 냈다. 이어 무언가가 볼을 스치고 날았다. 로프 끝에 달린 갈고랑이인 것 같다. 정말 몹쓸 놈들이다. 다행히 부상은 없었다. 채집 상자에 부딪힌 옆구리를 제외하면, 딱히 아픈 곳도 없다. 반사적으로 일어나 로프를 찾았다. 그러나 이미 끌려 올라간 후였다.

"야, 이 개자식들!"

남자는 목구멍을 쥐어짜며 절절하게 고함을 지른다.

"야, 이놈들아, 나중에 후회하는 건 네놈들이라고!"

아무런 반응도 없었다. 그저 무언의 속삭임이 연기처럼 떠다니고 있을 뿐이다. 그것이 적의인지 아니면 비웃음인지 판단조차 할 수 없었다. 남자는 점점 더 참을 수 없는 궁지에 몰렸다.

남자의 몸은 분노와 굴욕으로 경직되었다. 끈적거리는 손바닥에 손톱이 파고들 정도로 주먹을 꽉 쥐고 계속 고함을 지른다.

"아직도 모르겠어! 입으로 말해서는 모르는 것 같아서, 알도록 해 줬잖아! 여자를 묶어 놓았다고 말했잖아! ……당장 나를 끌어올리든가, 아니면 사다리를 내려 주든가, 그때까지 여자는 꼼짝 못 해! ……이 구멍 속에서 모래를 파낼 사람은 이제 없다고…… 그래도 상관없어, 어? 잘 생각해 보라고…… 여기가 모래에 묻히면 곤란한 건 그쪽일 텐데! ……모래가 여기를 덮치고 마을로 밀려들 거라고! ……왜 그렇게 조용한 거야? ……왜 아무 말이 없냐고!"

대답 대신, 남자들은 삼태기를 아무렇게나 질질 끄는 소리만 남기고 사라졌다.

"왜! ……왜 아무 말 없이 가 버리는 거야!"

그 목소리는 이미 자기 자신만 겨우 들을 수 있는 맥없는 비명이었다. 남자는 부들부들 떨면서 몸을 구부려, 부서진 채집 상자의 내용물을 그러모은다. 알코올 병에 금이 갔는지, 손이 닿는 순간 청량감이 손가락 사이로 확 퍼졌다. 남자는 소리죽여 훌쩍훌쩍 울었다. 딱히 슬픈 것은 아니었다. 마치 타인이 울고 있는 듯한 느낌이었다.

교활한 짐승처럼 들러붙는 모래. 남자는 휘청거리며 걸어가 어둠 속에서 간신히 문을 찾았다. 뚜껑의 경첩이 어긋난 채집 상자를 화로 옆에 살며시 놓는다. 하늘 가득 고여 있는 바람 소리. 화롯가 빈 깡통 속에서 비닐로 싼 성냥을 찾아 등잔에 불을 붙였다.

여자는 자세를 바꾸지 않고 원래 위치에서 각도만 약간 비켜나 있었다. 얼굴을 조금이라도 바깥쪽으로 돌리고 상황을 살피려 했던 것이리라. 빛에, 순간적으로 눈을 깜박였다가 다시 굳게 눈을 감았다. 무참하게 당한 그를, 여자는 대체 어떤 식으로 받아들이고 있을까? 울고 싶으면 울어도 좋고, 웃고 싶으면 웃어도 좋다……. 아직 완패한 것은 아니다. 아무튼 지금 시한폭탄의 열쇠를 쥐고 있는 것은 그다.

남자는 여자 뒤에서 한쪽 무릎을 꿇는다. 잠시 망설이다가, 그리고 뜯어내듯 재갈을 풀어 주었다. 딱히 가책은 없었다. 하물며 동정이나 위로의 마음이 있을 리 없다.

다만 지쳤다. 더 이상의 긴장은 견딜 수 없었다. 게다가 생각해 보면 재갈을 물릴 필요도 없었다. 아까만 해도, 여자가 소리를 질러 구원을 요청했다면 오히려 상대방이 당황해 일찍 결판이 났을지도 모른다.

여자는 턱을 내밀고 신음했다. 수건은 여자의 타액과 입냄새로, 죽은 쥐처럼 묵직하다. 시퍼렇게 새겨진 수건 자국이 쉽게 지워질 것 같지 않았다. 여자가 마른 생선처럼 딱딱하게 굳은 볼의 근육을 풀려고 열심히 아래턱을 움직인다.

"이제 곧 끝날 거야……."

수건을 두 손가락으로 집어 봉당에 내던졌다.

"이제 슬슬 회의가 끝나 갈 거야. 사다리를 메고 달려올 거야. 나를 이대로 마냥 놔두면, 불리한 것은 그쪽이니까…… 안 그러냐고…… 만약 그렇지 않다면, 나를 굳이 함정에 빠뜨릴 필요도 없었을 테니까……."

여자가 마른침을 삼키고, 입술을 축였다.

"그런데……."

여자의 혀는 아직 기능을 제대로 회복하지 못한 듯, 계란을 껍질째 입에 문 것처럼 웅얼거리는 소리로 말했다.

"별이 떴나요?"

"별? …… 별이 어쨌다고?"

"별이 떠 있지 않으면……."

"떠 있지 않으면, 뭐가 어떻다는 거야?"

여자는 몸을 축 늘어뜨리고, 더 이상 말을 않는다.

"왜 그래? 왜 말을 하다 마냔 말이야! 별점이라도 치겠다는 거야? 아니면 이 고장의 미신인가? 별이 없는 밤에는 사다리를 내릴 수 없다든가 뭐 그런…… 뭐냐고, 어, 아무 말 않으면 알 수가 없잖아! 별이 뜰 때까지 기다리고 싶다면야, 그건 그쪽 마음이지만…… 그렇게 우물쩍거리다가 큰 바람이라도 불면 어쩔 거야…… 별이 어쩌고저쩌고 할 틈도 없어진다고!"

"별이……."

여자는 납작해진 튜브를 쥐어짜는 듯한 목소리로 말했다.

"시간이 이렇게 되었는데도, 별이 뜨지 않았다면, 큰 바람은 불 리가 없어요."

"왜?"

"별이 보이지 않는 것은 안개 탓이니까."

"무슨 소리를 하는 거야, 바람이 저렇게 불고 있는데."

"아니에요, 저건, 저 높은 하늘에서 부는 바람 소리예요."

듣고 보니 그럴지도 모르겠다. 별이 부옇게 보이는 것은 즉 공중에 있는 수증기를 밀어낼 수 없을 만큼 바람이 미약하다는 뜻이다. 그렇다면 오늘 밤에는 큰 바람이 불지 않을 것이다……. 그래서 부락 사람들도 결론을 서두르지 않는 것일까……. 두서없는, 허튼소리라고 생각했는데, 뜻밖에 논리 정연한 대답이었던 것이다.

"그렇군…… 하지만 그래 봐야 내 쪽은 전혀 상관없으니…… 그쪽이 그럴 생각이라면, 나도 지구전으로 나가지. 일주일이 열흘이 되고 열닷새가 되든, 결국은 오십보백보야……."

여자가 발가락을 안쪽으로 굽혔다. 빨판상어의 빨판 같다. 남자는 웃었다. 웃으면서, 구역질을 느꼈다.

대체 뭘 그렇게 벌벌 떨고 있는 것인가……. 적의 급소를 쥐고 있는 것은 네가 아니냐……. 왜 좀 더 침착하게, 관찰자 같은 여유를 갖지 못하는가! 그렇고말고, 무사히 돌아가면 이 체험을 반드시 기록에 남기겠다. 그럴 만한 가치가 있지 않은가.

오호! 이거 놀랍군요, 선생이 드디어 뭘 쓰실 결심을 하셨단 말이죠. 역시 체험이 최고로군요. 피부에 자극을 주지 않으면 지렁이도 제 몫을 못 한다고 하니 말이죠……. 고맙습니다, 실은 벌써 제목까지 생각하고 있는데요……. 오호, 어떤 제목입니까? ……「사구의 악마」나 아니면 「개미지옥의 공포」 야, 그거 무척 엽기적이로군요. 그런데 어째 좀 저급한 인상을 주는 것 같은데……. 그런가요?…… 그러나 아무리 강렬한 체험이라도 사건의 표면만 훑어서야 별 의미가 없으니까요. 역시 비극의 주인공은 어디까지나 고장 사람들이고, 글을 씀으로 해서 다소나마 해결 방안이 모색된다면, 모처럼의 체험이 감사의 눈물을 흘릴 겁니다……. 제길! ……뭐죠? ……어디서 하수도 청소를 하고 있나? 아니면 복도에 뿌린 소독약과 선생의 입에서 나온 마늘의 분해물이 무슨 특수한 화학 반응을 일으키고 있는지도 모르겠군……. 뭐라고요? 아닙니다, 걱정 마십시오, 아무리 써 봐야 나 같은 것이 작가 체질은 아니니까요……. 아아, 체질에 안

맞는 겸손을 떨기는, 작가를 그렇게 특별하게 여길 필요는 없을 것 같은데요. 쓰면, 그게 바로 작가가 아니겠습니까……. 글쎄요, 선생이란 뭣이든 쓰고 싶어 하는 작자들이라고들 생각하기 마련인데……, 그거야 직업상, 비교적 작가에 가까운 지점에 있기 때문이죠……. 예의 그 창조적 교육이란 것 말인가요? 제 손으로는 분필 상자 하나 만들어 보지 못한 주제에……. 분필 상자라, 그것 참 황송하군요. 자기가 어떤 인간인지를 자각하게 하는 것만 해도 훌륭한 창조가 아닙니까? ……덕분에 새로운 고통을 감수하기 위한 새로운 감각을 억지로 체득해야 하는 희망도 있습니다! 그 희망이 진짠지 가짠지, 거기까지는 책임도 지지 않고 말이죠……. 그다음은 각자의 능력을 믿어 주어야……. 뭐 그런 위로의 말은 그만두기로 하죠, 어차피 선생들에게는 그런 악덕이 허용되지 않으니까……. 악덕? 작가를 말하는 겁니다. 작가가 되고 싶다는 것은, 즉 꼭두각시를 조종하는 쪽이 되고 싶은, 자기를 꼭두각시와 구별하고 싶은 에고이즘에 지나지 않죠. 여자들이 화장을 하는 본질적으로는 아무 차이가 없어요……. 그거 꽤 엄격하군요. 그러나 선생이 작가란 말을 그런 의미로 사용한다면, 과연 작가와 쓰는 것 자체는 어느 정도 구별해야 할 필요가 있겠군요……. 그렇죠? 그래서 저는 작가가 되고 싶었던 겁니다. 작가가 될 수 없다면, 딱히 쓸 필요도 없고요!

……그건 그렇고, 심부름값을 제대로 못 받은 아이가 어떤 표정을 지었더라.

17

모래 벽 정면 아래에서, 새가 날갯짓하는 듯한 짧은 소리가 들렸다. 등잔을 쥐고 밖으로 뛰쳐나간다. 거적때기로 싼 꾸러미가 하나 떨어져 있었다. 벌써 사람은 그림자도 없다. 재빨리 큰 소리로 불러 보았다. 대답이 돌아오는 기척도 없었다. 거적때기를 둘둘 만 새끼줄을 뜯어낸다. 내용물을 알 수 없는 짐은 호기심이란 방아쇠가 달려 있는 폭약이다. 모래 벽을 올라가기 위한 도구가 들어 있을 것이라고 상상하지 않을 수 없다. 놈들도, 지금 와서 대할 낯이 없으니 도구만 던져 놓고 그대로 도망친 것이리라.

그러나 거적때기 안에는 신문지로 둘둘 만 조그만 꾸러미와 나무 뚜껑을 꽉 닫은 네 홉들이 병밖에 들어 있지 않았다. 신문지 꾸러미 속에는 스무 개비짜리 담배가 세 갑. 그 밖에는 거짓말처럼 아무것도 없었다. 다시 거적때기 끝을 잡고 훌훌 털어 보았지만, 떨어지는 것은 모래뿐……. 적어도, 하고 기대를 걸었던 편지 한 장조차 보이지 않았다. 병에는 곰팡내 나는 소주가 담겨 있었다.

대체 무슨 심산일까? ……거래를 하자는 것일까? ……인디언은 우호의 표시로 담배를 교환한다는 얘기를 들은 적이 있다. 술도 일반적으로는 축하의 표시다. 그렇다면 역시 타협의 의지를 사전에 이런 식으로 표시한 것이라고 생각해도 좋지 않을까? 시골 사람들은 자기 마음을 드러내기를 부끄러워하는 경향이 있다. 즉 그만큼 솔직하다는 뜻이다.

일단 그렇게 이해되자 다른 것은 제쳐 놓고 담배를 집는다. 일주일 동안 용케 참았다고 생각한다. 익숙한 손놀림으로 셀로판지를 네모나게 뜯어낸다. 매끌매끌한 은종이의 감촉. 바닥을 손가락으로 탁탁 두드려 담배를 꺼낸다. 담배를 잡는 손끝이 파르르 떨린다. 등잔불로 불을 붙인다. 깊이 깊이, 천천히, 가슴 가득 빨아들이자 낙엽 냄새가 혈관 구석구석으로 퍼졌다. 입술이 경련하고, 눈두덩 속에 묵직한 벨벳의 막이 내렸다. 강압적인 현기증에 소름이 끼쳤다.

네 홉들이 병을 가슴에 꼭 껴안고, 빌린 물건처럼 멀게 느껴지는 정강이로 간신히 중심을 옮기면서 휘청휘청 걸어 돌아갔다. 머리통에는 여전히 현기증의 고리가 단단히 묶여 있었다. 여자 쪽을 보려 하지만, 어쩐 일인지 얼굴이 정면을 향하지 않는다. 한쪽 눈 끝으로 비스듬히 포착한 여자의 얼굴이 몹시 작아 보였다.

"선물이야, 이거……."

네 홉들이 병을 높이 들어올리고 흔들어 보인다.

"제법 눈치가 있어, 미리 축하주를 한 잔 마시라 이거겠지, 두말할 필요도 없지…… 처음부터 다 알고 있던 일이니까…… 자, 지나간 일은 지나간 일…… 어때, 같이 한잔하지 않겠어?"

대답 대신 여자는 가만히 눈을 감았다. 포박을 풀어 주지 않아 토라진 것일까? 어리석은 여자다. 그럴싸한 대답 한마디 해 주면 당장이라도 풀어 줄 수 있는데. 아니면 낙담한 것일까? 애써 끌어들인 남자를 붙잡아 두지 못하고, 결국은 포기하게 된 것을. 그것도 일리가 있을 법하다……. 여자는 아직 서른 남짓의 과부다.

여자의 발바닥과 발등의 경계에 유난히 잘록하게 들어간 부분이 눈에 띄었다. 이유도 없이 웃음이 끓어오른다. 여자의 발이 뭐라고, 이렇게 우스운 것일까?

"담배 피울 거면, 불 붙여 줄까?"

"아니요, 담배는 목이 마르니까……"

여자가 기어 들어가는 목소리로 말하고 고개를 옆으로 젓는다.

"그럼, 물을 갖다줄까?"

"아직 괜찮아요."

"사양할 거 없어. 뭐 내가 개인적인 원한이 있어서 당신을 이렇게 만든 건 아니니까…… 작전상, 어쩔 수 없어서 취한 방법이라는 것은 당신도 알겠지? 덕분에 그쪽도 그럭저럭 굽힌 것 같고……."

"남자 일손이 있는 곳에는, 매주 한 번 술과 담배를 배급해 줘요."

"배급……?"

열심히 날았는 줄 알았는데, 실은 유리창에 콧잔등을 비비고 있을 뿐인 왕큰집파리…… 학명은 Muscina stabulans…… 시력이 거의 제로에 가까운, 허울만 그럴듯한 겹눈…… 낭패를 감추지 못하고, 흥분한 목소리로 소리친다.

"아니, 성가시게 일일이 그럴 필요가 뭐 있어, 필요하면 자기가 나가서 사 오면 되잖아!"

"하지만, 일이 힘드니까요, 그럴 시간을 낼 틈도 없고…… 게다가 마을을 위한 일이기도 하니까, 비용을 마을 자치회에서 부담하고 있어요."

그렇다면 타협은커녕 항복하라는 권고였는지도 모른다! ……아니 훨씬 더 불리한 경우일 수도 있다. 그란 존재는 이미 이곳의 일상을 움직이는 수레바퀴의 하나로, 신품 대장에 기재되었는지도 모를 일이다.

"잠깐, 확인 삼아 물어보고 싶은데, 지금까지 이 지경을 당한 사람은 내가 처음인가?"

"아니요, 보다시피 일손이 부족하잖아요…… 부자든 가난뱅이든, 일을 할 만한 사람들은 모두 모두 이곳을 떠나고 있어요…… 모래밖에 없는 가난한 마을이니까요……."

"그렇다면, 뭐지……."

보호색으로 몸을 숨기고 목소리까지 모래 빛깔이 되어 말한다.

"나 말고도 누가 붙잡혀 있다는 말이로군?"

"네, 작년 가을 초입에, 뭐라더라, 엽서장이가……."

"엽서장이?"

"관광용 엽서를 만드는 회사에서 영업 사원으로 일한다는 사람이, 조합의 지부장을 찾아온 모양이에요…… 광고만 잘하면, 도시 사람들을 끌어들이기에 아주 좋은 경치라면서……."

"그래서 붙잡혔나?"

"마침, 우리 옆집에 일손이 모자라서……."

"그래서, 그래서 어떻게 됐지?"

"얼마 지나지 않아서 죽었다고 해요…… 아니, 원래가 몸이 그리 건강한 편이 아니었다나 봐요…… 게다가 운이 나빠, 마침 태풍이 몰아칠 때여서, 그날따라 일이 유난히 힘들었던 거겠죠……."

"왜 바로 도망을 치지 않은 거지?"

여자는 대답하지 않는다. 대답할 필요가 없을 만큼 뻔한 질문이었으리라. 도망칠 수 없어서 도망치지 못한 것이다…….
그뿐이다.

"그 밖에는?"

"에에…… 올해 들어서는 무슨 책을 팔러 다니는, 학생이 있었어요."

"행상이었나?"

"뭐라고, 반대하는 것에 대해 쓴, 아주 얄팍한 책이었던 것 같은데……."

"귀향 운동을 하는 학생이었군…… 그 학생도 역시 붙잡힌 건가?"

"세 집 건너 옆에, 지금도 있을 거예요."

"역시 사다리를 걷어 갔겠지?"

"젊은 사람들은 잘 있어 주지를 않으니까요…… 아무래도 읍내 쪽이 급료도 높고, 극장이나 식당도 매일매일 문을 열잖아요……."

"하지만 여기서 도망치는 데 아직 한 사람도 성공하지 못한 것은 아니겠지?"

"네, 나쁜 친구들의 꼬임에 빠져서 읍내로 나간 젊은이가 있기는 하지만…… 얼마 못 가서 칼싸움을 벌이고 신문에까지 나고…… 형기가 끝나자마자 데리고 돌아와서, 지금은 부모 밑에서 생활하고 있나 봐요…….”

“그런 걸 묻고 있는 게 아니라고! 여기서 도망친 다음에 돌아오지 않은 사람이 있느냔 말이야!”

“아주 오래전에 일가족이 야반도주를 한 적은 있는 것 같은데…… 한동안 집이 비어 있어서, 하마터면, 큰일 날 뻔했는데…… 정말, 위험해요…… 어디 한 군데만 무너져도, 그다음은 금이 간 제방이나 다름없으니까…….”

“그다음에는 없었다는 말인가?”

“네, 없었을 거예요…….”

“참 내, 어이가 없군!”

귀밑 혈관이 혹이 되어 목구멍을 짓누른다.

갑자기, 말벌이 알을 낳는 듯한 자세로 여자가 몸을 꺾었다.

“왜 그래? ……어디 아픈가?”

“네, 아파요…….”

색이 변한 손등을 만져 본다. 매듭에 손가락을 집어넣고 맥을 짚어 본다.

“감각은 있지? 맥은 분명하게 뛰고 있고…… 뭐 대수로운 일은 아닌 것 같군. 미안하지만 불평은 마을 책임자한테 하라고.”

“죄송하지만, 목, 귀 뒤쪽을 좀 긁어 주시겠어요?”

뜻하지 않은 부탁이라 거절하지 못한다. 피부와 모래 막 사이에, 녹은 버터처럼 찐득한 땀의 층이 있었다. 복숭아 껍질에 손톱을 갖다 대는 느낌이었다.

"미안해요…… 하지만, 정말 여기서 나간 사람은 아직까지 없어요……."

불현듯 문의 윤곽이 색깔 없는 어렴풋한 선으로 떠올랐다. 명주잠자리의 날개 같은, 희미한 빛의 편린이었다. 그 빛에 눈이 익자, 모래 구멍의 바닥 전체가 기름기가 도는 새싹의 표면처럼 매끄러운 윤기를 띠기 시작한다…….

"알았어, 그렇다면 내가 처음으로 도망쳐 주지!"

18

기다리는 시간은 고통스러웠다. 시간은 뱀의 뱃살처럼, 깊은 주름을 그리며 몇 겹으로 접혀 있었다. 그 하나하나에 들르지 않으면 앞으로 나아갈 수 없다. 더구나 그 주름 하나마다, 모든 형태의 의혹이 제각각의 무기를 숨기고 있다. 그 의혹과 논쟁하고 묵살하고 또는 돌파해 나아가려면 어지간한 노력 가지고는 어림도 없었다.

결국, 기다리다 얼이 빠져 날이 밝는다. 아침은 유리창 너머에서, 코와 이마를 민달팽이의 배처럼 하얗게 물들이며 그를 조롱하고 있다.

"미안하지만, 물 좀 주세요……."

잠깐, 아주 잠깐, 꾸벅꾸벅 존 모양이다. 그 잠시 동안 흘린 땀으로 셔츠는 물론이고 바지의 무릎 안쪽까지 푹 젖어 있었다. 그 땀에 들러붙는 모래는 색깔도 감촉도, 눅눅한 미숫가루와 똑같다. 얼굴은 수건으로 가리는 것을 깜박한 탓에, 겨울 논처럼 바짝 말라 있다.

"죄송해요, 부탁합니다……."

온몸이 모래색으로 변한 여자가 열병에 걸린 것처럼 떨면서 마른 소리를 냈다. 여자의 고통이, 전깃줄로 연결되어 있기라도 하듯 고스란히 그에게로 전달된다. 비닐을 벗기고 주전자에 먼저 그가 입을 댄다. 반 모금을 머금고 입을 헹구어 보지만, 도저히 한두 번에 헹구어 낼 수 없다. 뱉어 낸 것은 거의 모래 덩어리였다. 그러나 그다음에는 상관치 않고 물과 함께 꿀꺽꿀꺽 삼킨다. 마치 암석을 마시는 것 같았다.

마신 물이 그대로 땀이 되어 뿜어 나왔다. 견갑골에서 등줄기를 타고 쇄골에서 가슴팍을 거쳐, 옆구리에서 엉치뼈를 타고, 짓무른 피부가 껍질을 벗겨 내듯 아팠다.

겨우 다 마시고, 변명을 하듯 여자의 입에 밀어 넣는다. 여자는 주전자를 깨물다시피 입에 물고는 헹구어 내지도 않고, 그대로 비둘기처럼 구구거리며 물을 삼켰다. 겨우 세 모금에 주전자가 비고 말았다. 남자를 쏘아보는, 여자의 부어오른 눈두덩 속의 눈에 처음으로 가차 없는 비난이 담긴다. 빈 주전자는 종이 세공품처럼 가벼웠다.

남자는 거북함을 얼버무리려 몸에 묻은 모래를 털어 내면서 봉당으로 내려갔다. 수건을 물에 적셔서 여자의 얼굴이라도 닦아 줄까. 그대로 놔두어 땀으로 씻어 내게 하기보다는 훨씬 이치에 맞는 방법이었다. 문명화의 정도는 피부의 청결도와 비례한다고 한다. 인간에게 만약 혼이 있다면, 틀림없이 피부에 깃들어 있을 것이다. 물을 상상하기만 해도 더러운 피부는 몇만 개의 빨판이 된다. 얼음처럼 차갑고 투명하고 깃털처럼 부드러운 혼의 붕대……. 1분만 늦어도 온몸의 피부가 썩어 흐물흐물 벗겨져 나갈 것이다.

그런데 물 항아리를 들여다본 남자는 절망 섞인 비명을 지른다.

"어이, 비었잖아! ……항아리에 물이 한 방울도 없다고!"

손을 집어넣고 휘휘 저어 본다. 바닥에 눌어붙은 검은 모래가 손끝을 더럽힐 뿐이었다. 벗겨져 나간 피부 아래서, 상처 입은 무수한 지네가 몸부림치기 시작한다.

"놈들, 물 배급하는 거, 잊어버린 거야! ……아니면 좀 있다 날라다 줄 작정인가?"

자신을 위로하기 위한 말에 불과하다는 것은 스스로도 잘 알고 있었다. 삼륜차가 마지막 일을 끝내고 돌아가는 것은 언제나 날이 밝고 난 다음이다. 놈들이 뭘 노리고 있는지는 안다. 이대로 물 배급을 중단하고 소란을 피우게 할 작정이리라. 생각해 보면 모래 벽을 밑에서부터 파내는 것이 얼마나 위험한 일인지 알 만큼 알면서도 잠자코 하게 내버려 둔 놈들이다. 그의 신변을 염려하는 마음 따위 당초부터 털끝만큼도 갖고 있지 않았다. 물론 이렇게 깊숙이 비밀을 알아 버린 인간을 살려서 돌려보낼 수는 없을 테니, 한다 하면 철저하게 할 것이다.

문간에 서서 하늘을 올려다본다. 아침 해의 빨간 햇무리로 간신히 분별한다. 조심스러운 뭉게구름……. 도저히 비를 기대할 수 있는 하늘이 아니다. 숨을 토할 때마다 몸의 수분이 빠져나가는 것 같다.

“대체 무슨 생각이야! 날 죽일 거냐고!”

여자는 말없이 몸을 떨고 있을 뿐이다. 아마도, 모든 것을 다 알고 있었으리라. 요컨대 피해자인 척한 공범자였던 것이다. 좋다, 맛 좀 봐라! ……그 정도 고통은 당연한 대가다.

그러나 그 고통이 놈들에게 전해지지 않는다면 아무 소용없다. 하지만 전해지리라는 보장은 어디에도 없다. 아니 필요하다면, 아무 거리낌 없이 여자를 희생시킬 가능성도 충분히 있다. 여자가 떨고 있는 것도 그 때문일지 모른다. 탈출구라 생각하고 몸을 던진 철책의 틈새가 실은 우리의 입구였다는 것을 간신히 깨달은 짐승……. 몇 번이나 콧잔등을 부딪히면서야 비로소 어항의 유리가 통과할 수 없는 벽이라는 것을 안 금붕어……. 다시금, 알몸으로 내던져진 것이다. 지금 무기를 쥐고 있는 것은 그들이다.

그러나 겁을 먹어서는 안 된다. 바다에 표류하는 사람이 기아와 갈증으로 쓰러지는 것은 생리적인 결핍보다 오히려 결핍에 대한 공포 탓이라고 한다. 졌다고 생각하면 그때부터 패배가 시작되는 것이다. 코끝에서 땀이 떨어졌다. 또 몇 분의 1cc 수분을 빼앗겼다고 신경을 쓰는 것 자체가 적의 술수에 빠져들었다는 뜻이다. 물컵에서 물이 증발하는 데 시간이 얼마나 걸리는지를 생각해 보라. 불필요한 소동을 피워 시간이라는 말[馬]을 충동질할 필요는 없을 것이다.

“어때, 풀어 줄까?”

여자는 의심스럽다는 듯 숨을 죽였다.

"원하지 않는다면 상관없지만…… 원한다면 풀어 주겠어…… 단 조건이 있어…… 내 허락 없이는 절대로 부삽을 잡지 말 것…… 어때, 약속할 수 있어?"

"부탁합니다!"

개처럼 참고 있던 여자가 돌풍에 뒤집힌 우산처럼, 애원하기 시작했다.

"약속 같은 거, 얼마든지 할 테니까! 부탁이에요…… 부탁입니다……."

처벌의 흔적은 검붉은 멍으로 남아 있었다. 그 멍의 표면에 허옇게 불어 터진 막이 덮여 있다. 여자는 벌렁 누운 채 두 발목을 서로 비벼 대고, 손목을 번갈아 잡고서 천천히 주무르기 시작한다. 이를 악물면서 신음을 참는다. 온 얼굴에서 땀이 얼룩덜룩 뿜어져 나온다. 슬금슬금 몸을 돌리고 엉덩이 쪽부터 엎드린다. 마지막으로 목을 간신히 들어 올린다. 잠시 그대로 흔들흔들 흔들고 있다.

남자도 귀틀에 꼼짝하지 않고 웅크려 앉아 있다. 침을 짜내서, 삼킨다. 몇 번이나 그러다 보니 침이 풀처럼 끈적거리면서 목구멍에 엉겨 붙는다. 잠은 오지 않았지만, 몸이 지쳐 의식이 물에 젖은 종이 같다. 비쳐 보면 풍경이, 탁하고 드문드문한 선이 되어 떠오른다. 마치 숨은그림찾기 풍경 같다. 여자가 있고…… 모래가 있고…… 텅 빈 물 항아리가 있고…… 침 흘리는 늑대가 있고…… 태양이 있다. ……그리고, 그가 모르는 어딘가에는 열대성 저기압도 있거니와 반드시 불연속선도 있을 것이다. 그렇다면 이 미지수투성이 방정식을 어디서부터 풀면 좋단 말인가?

여자가 일어서서 느릿느릿 문 쪽으로 걷기 시작한다.

"어딜 가는 거야!"

대답을 피하듯 입속으로 우물거렸지만, 남자는 거의 알아듣지 못한다. 그러나 그 거북스런 몸짓으로 남자는 이해한다. 마침내 판자벽 저쪽에서, 사르륵사르륵 오줌 누는 소리가 들려왔다. 왠지 몹시 헛수고를 한 기분이었다.

19

과연 시간이 말처럼 뛰어가는 일은 없는 모양이다. 그렇다고 손수레만큼 늦지도 않은 듯하다. 아침 기온이 점차 올라가 본격적으로 더워지고, 눈동자와 뇌수까지 삶기 시작하고, 심지어는 내장까지 태우고 이어 폐에 불을 지른다.

밤사이에 빨아들인 습기를 대기에 수증기로 다시 뿜어내는 모래……. 빛의 굴절 탓에 젖은 아스팔트처럼 빛나기 시작한다……. 그러나 그 정체는 질냄비에다 볶은 밀가루보다 더 바짝 마른, 순수한 1/8mm에 지나지 않는다.

마침내, 첫 모래사태……. 이미 일과가 된 귀에 익은 소리였지만 엉겁결에 여자와 얼굴을 마주 본다. 하루 모래를 퍼내지 않았는데, 과연 그 영향이 얼마나 클까……. 별일은 없을 것이라고 생각하면서도 역시 불안했다. 그러나 여자는 말없이 눈길을 돌리고 만다. 혼자서 열심히 걱정하라고, 뾰로통해 있는 것 같다. 그렇다면 더 이상 추궁하는 것도 성가신 일이다. 모래사태는 실처럼 가늘어졌는가 싶으면 다시 띠처럼 굵어지고, 그런 불규칙적인 반복을 계속하면서 별 탈 없이 끝났다.

역시 우려할 정도의 일은 없었던 듯하다. 마음을 놓자, 얼굴 안쪽이 불룩불룩 파도치면서 후끈거리기 시작했다. 그러자 그때까지 애써 의식하지 않으려 했던 예의 소주가, 어둠에 떠 있는 등불처럼 갑자기 그의 전신을 한 점으로 잡아당기기 시작했다. 무엇으로든 좋으니까 목을 축이고 싶다. 이대로 가다가는 온몸의 피가 죽어 버린다. 결국은 고통의 씨앗을 뿌린 셈이 되어 나중에 후회할 것을 잘 알면서도 더 이상 저항할 수가 없었다. 병마개를 뽑고 이빨을 부딪치면서 나팔을 분다. 그래도 혀는 여전히 충실하게 집을 지키는 개였다. 갑작스런 침입자에 놀라 난동을 피운다. 컥컥 숨이 막힌다. 찰과상에 과산화 수소를 끼얹은 것이나 다름없다. 그런데도 세 모금째의 유혹을 끝내 이기지 못했다. 터무니없는 축하주다.

도리상 여자에게도 권해 보았다. 물론 여자는 단호하게 거절했다. 마치 독을 마시라는 권유라도 받은 것처럼 허풍스럽게.

아니나 다를까, 위로 떨어진 알코올은 곧장 탁구공처럼 귀언저리까지 튀어 올라, 거기서 벌의 날개 소리를 내기 시작했다. 피부가 돼지 껍질처럼 굳기 시작한다. 피가 썩는다! 피가 죽는다!

"이거 어떻게 좀 할 수 없어! 당신도 힘들 텐데! 나도 포박을 풀어 주었으니까, 어떻게 좀 해 보라고!"

"네…… 하지만, 마을 사람들이 날라다 주지 않으면……."

"그럼, 그렇게 하면 되잖아!"

"우리가 일을 시작하기만 하면……."

"무슨 말도 안 되는 소리야! 놈들에게 어떻게 그런 무모한 거래를 할 권리가 있단 말이야…… 자, 말해 봐!…… 말 못 한다고? ……그런 권리가 어디 있느냔 말이야!"

여자는 눈을 감고 입을 꼭 다문다. 대체 이 무슨 봉변인가. 문 위로 조그맣게 내다보이는 하늘은 벌써 파란색이 지나쳐 조개 껍데기 속처럼 번들거리고 있다. 가령 의무란 것이 인간의 여권이라 쳐도, 어째서 그런 놈들에게까지 비자를 받지 않으면 안 된다는 말인가! 인생이란 그런 종잇조각이 아니지 않은가……. 반듯하게 덮인 한 권의 일기장이다……. 첫 페이지는 한 권에 한 페이지면 족하다……. 앞 페이지에 이어지지 않는 페이지에까지 일일이 의리를 지킬 필요 따위 없다……. 설사 상대방이 굶어 죽어 간다 한들, 일일이 상대하고 있을 여유는 없는 것이다……. 제길! 물! ……그러나 아무리 목이 말라도, 죽은 사람 모두의 장례식에 돌아다녀야 한다면, 몸이 열이라도 남아나지 않는다!

두 번째 모래사태가 시작되었다.

여자가 일어나 벽에 세워 둔 빗자루를 들었다.

"일하면 안 돼! 약속했잖아!"

"그런 게 아니고, 이불 위를……."

"이불?"

"이제 그만 자야 할……."

"자고 싶으면, 내가 알아서 할 거야!"

땅을 뒤흔드는 듯한 충격을 받고 그 자리에 우뚝 선다. 천장에서 쏟아지는 모래로 순간 사방에 연기가 고인 것처럼 보였다. 모래를 퍼내지 않은 결과가 끝내 나타난 것이다. 돌파구를 잃은 모래가 덮쳐 온다. 견뎌 내려고 대들보가, 기둥이 고통스럽게 관절을 삐걱이고 있다. 그러나 여자는 안쪽에 있는 기둥을 빤히 쏘아보기만 할 뿐, 딱히 당황하는 기색은 없다. 압력이 아직은 토대에 큰 영향을 주지 않는 모양이다.

"제길, 놈들…… 정말 이런 짓을 언제까지 계속하겠다는 거야……."

정말 굉장한 심장의 소유자들이다……. 마치 겁에 질린 새끼 토끼처럼 깡충깡충 뛰어다니고 있다……. 정해진 자기 집에 정착하지 않고, 입이든 귀든 똥구멍이든, 파고들 만한 곳이면 어디든 상관하지 않겠다는 투다. 침이 한층 더 끈적해졌다. 그러나 갈증은 여전하다. 아마도 취기 때문에 적당히 중화된 탓이리라. 술기운이 사라지는 순간 불을 뿜는 것이다. 불타올라, 오글오글한 재가 되는 것이다.

"이런 악랄한 짓을 하면서…… 들떠 가지고…… 머릿속에는 쥐뿔도 들어 있지 않은 주제에…… 내가 죽기라도 하면, 어쩔 작정이지!"

여자는 무슨 말인가 하려는 듯 얼굴을 들었다가 이내 침묵으로 돌아가 버린다. 말해 봐야 소용없다는 최악의 대답을 긍정하고 있는 듯이 보였다.

"좋아…… 어차피 한 가지 결론밖에 없다면, 할 수 있는 만큼 해 보겠어!"

남자는 다시 병에 입을 대고 소주를 한 모금 마시고는, 단단히 벼르며 밖으로 뛰쳐나갔다. 갑자기 두 눈에 작열하는 납의 일격을 받아 휘청거린다. 움푹 파인 발자국을 따라 뒤집힌 모래가 소용돌이친다. 어젯밤, 여자를 습격해서 포박한 곳이 아마 이쯤일 것이다……. 부삽도 아마 그 주변에 묻혀 있을 것이다. 마침 모래 사태는 휴식에 들어갔지만, 바다 쪽 벼랑에서는 모래가 몇 줄기 끊임없이 흘러내리고 있었다. 불어오는 바람 탓인가, 때로는 벽면을 떠나 천 조각처럼 공중에서 펄럭거리기도 한다. 또다시 이어질 모래사태를 경계하면서 발끝으로 모래 속을 뒤졌다.

벌써 모래사태가 지나간 다음인지, 꽤나 깊이 파고 뒤진 것 같은데도 그럴 법한 반응이 느껴지지 않는다. 드디어 직사광선이 견딜 수 없을 만큼 강렬해졌다. 바짝 조여진 동공…… 해파리처럼 요동치는 위…… 이마를 뚫고 나오는 격통…… 더 이상 땀을 흘려서는 안 된다……. 거의 한계다. 그보다 내가 부삽을 어디에 두었더라? 아마 그때 무기로 삼으려고 가지고 나갔다가……. 그렇지, 그렇다면, 저쯤에 묻혀 있을 것이다……. 지면을 멀리 내다보자, 모래가 부삽 모양으로 부풀어오른 곳이 있어 금방 알았다.

침을 뱉으려다, 얼른 그만둔다. 조금이라도 물기를 머금고 있는 것은 몸 안으로 환원시켜야 한다. 입술과 이 사이에서 모래와 침을 분리해, 이에 들러붙어 남아 있는 것만 손가락으로 긁어냈다.

여자는 방구석에서 저쪽을 향하고 기모노 앞섶을 어떻게

하고 있는 모양이다. 아마 허리띠를 풀고 고인 모래를 긁어내는 것이리라. 남자는 삽자루의 중간쯤을 잡고 어깨에 수평으로 멨다. 문 옆 봉당 벽 쪽으로 부삽 끝을 향하고…… .

등 뒤에서 여자가 비명을 질렀다. 온몸의 무게를 실어 부삽을 내밀었다. 부삽은 어이없이 판자벽을 뚫고 나간다. 마치 눅눅한 쌀 과자 같은 촉감이다. 겉모습은 사뭇 새로워 보이는데, 실은 모래에 시달려 이미 썩어 가고 있는 것이다.

"무슨 짓을 하는 거예요!"

"이걸 뜯어내서 사다리를 만들 거야!"

다른 곳을 골라 다시 한번 시도한다. 역시 마찬가지다. 모래가 나무를 썩힌다는 여자의 말은 아무래도 사실이었던 모양이다. 다른 곳보다 햇볕이 잘 드는 이 벽마저 그렇다면, 나머지는 알 만하다. 이렇게 썩어 문드러진 집이 용케 서 있다…… . 기울고, 뒤틀리고, 반신불수가 되었는데도…… . 하기야 요즘에는 종이나 비닐만으로도 집을 지을 수 있는 듯 하니까, 썩어 문드러진 집에는 썩어 문드러진 집 나름의 역학 구조가 있을지도 모른다…… .

판자가 틀렸으면, 이번에는 가로대를 시도해 보자.

"안 돼요! 그만하세요!"

"어차피, 머지않아 모래에 짓뭉개질 집이잖아!"

무시하고 삽질을 하려고 쳐든 팔에 여자가 소리를 지르면서 덤벼들었다. 팔꿈치에 힘을 주고 몸을 비틀어 뿌리치려 했다. 그런데 계산을 어떻게 잘못했는지, 나동그라진 것은 남자 쪽이었다. 재빨리 반격을 시도한다. 그러나 부삽과 여자는 쇠사슬로 연결된 것처럼 꿈쩍도 하지 않는다. 이유를 모르겠다…… . 적어도 완력으로는 질 리가 없을 텐데…… . 두 번 세 번, 봉당에서 몸싸움을 벌인 끝에 간신히 깔고 누른 것도 잠시, 삽자루를 방패 삼은 여자에게 순식간에 역전을 당하고 말았다. 어떻게 된 것인가, 소주 탓이다…… . 이미 상대가 여자라는 것도 염두에 없다. 반사적으로 구부린 무르팍을 써 여자의 배를 걷어찼다.

여자가 외마디 소리를 지르며 무너졌다. 재빨리 벌떡 일어나 여자를 덮쳤다. 앞섶이 열리고, 땀투성이 맨살 위로 남자의 손이 미끄러졌다.

순간, 고장난 영사기처럼 두 사람의 움직임이 멈췄다. 어느 쪽이든 먼저 어떻게 하지 않으면 언제까지고 그대로 이어질 것처럼 경직된 시간이었다. 그물코가 된 여자의 유방 아래 피하 조직을 배로 알알이 느끼면서 남자의 손가락은 마치 독립된 생물처럼 가만히 숨을 죽이고 있다. 몸을 어떻게 움직이냐에 따라 부삽 쟁탈전이 전혀 다른 것으로 바뀔 수도 있었다.

마른 침을 삼키려고 여자의 목이 크게 부풀었다. 남자의 손가락도 그것을 움직임의 신호로 느꼈다. 여자가 잠긴 목소리로 가로막았다.

"하지만, 도시의 여자들은 모두 예쁘겠죠?"

도시의 여자? 남자는 단박에 시큰둥해진다…… . 부어오른 손가락의 열기도 식어 간다…… . 위험한 상황은 싱겁게 지나간 모양이다…… . 멜로드라마의 영향이 이런 모래 속에서도 살아 있으리라고는 생각지 못했다.

아무래도 대부분의 여자는 사타구니 한 번 벌리는 데도 멜로드라마의 틀 안에서가 아니면 자기의 가치를 상대방이 인정하지 못한다고 착각하는 모양이다. 그러나 그 답답할 정도의 천진한 착각이야말로 실은 여자들을 정신적 강간의 일방적인 피해자로 만드는 원인인데…… .

그는 그녀와 할 때 반드시 고무 제품을 사용한다. 이전에 걸렸던 성병이 과연 다 나았는지 지금도 확신할 수 없기 때문이다. 검사 결과는 늘 음성이라고 나오지만 소변을 본 후 갑자기 요도가 아파서 당황해 시험관에 소변을 받아 보면, 과연 하얀 실오라기 같은 것이 떠 있곤 했다. 의사는 노이로제라고 진단했지만 의혹이 풀리지 않는 이상 마찬가지였다.

"뭐 우리한테는 안성맞춤이지 않나?"

피가 들여다보일 듯 껍질이 얇은 조그만 턱과 입술…… . 그 효과를 계산에 넣은 가벼운 심술로 말하는 그녀.

"우리 관계는 결국 상품 견본을 교환하는, 그런 거나 다름없잖아, 안 그래? …… 마음에 안 들면 언제든지 교환해 드리겠습니다…… 봉을 뜯지 않고, 비닐 포장 너머로, 이리저리 값을 매기는 거야…… 과연 어떨까? …… 정말 신용할 수 있을까? ……까딱 잘못 샀다가 나중에 후회하지 않을까?"

그러나 그녀가 진심으로 그런 상품 견본 같은 관계에 만족했던 것은 아니다. 예를 들면, 그녀는 아직 이불 속에서 사타구니에 수건을 끼고 알몸으로 있는데, 내 쪽은 벌써 쫓기는 기분으로 바지 단추를 끼기 시작하는, 저 과산화 수소 냄새가 나는 시간…… .

"하지만 가끔은 은혜를 베푸는 기분으로 해도 괜찮잖아?"

"싫어, 은혜라니……."

"참 내, 벌써 다 나았잖아?"

"당신이 정말 그렇게 판단한다면, 합의하에 그렇게 하자고."

"왜 그렇게 책임을 회피하려는 거야?"

"그러니까, 은혜는 싫다고 하잖아."

"정말 이상하네…… 당신 성병에 내가 대체 무슨 책임이 있는데?"

"있을지도 모르지."

"엉터리 같은 소리 마!"

"그러니까 아무튼 은혜는 사양이야."

"그럼, 평생 모자 벗지 않을 작정이야?"

"어째서 그렇게 비협조적이지…… 같이 자면서, 그나마 아끼는 마음이 있다면 그 정도는 당연한 일이잖아."

"그러니까, 당신은 정신적인 성병 환자란 말이지…… 그건 그렇고, 나 내일은 야근할지도 몰라……."

하품을 하면서, 정신적인 성병환자라…… 제법 멋진 말을 생각해 냈군……. 하지만 그 말이 얼마나 내게 상처를 주었는지 그녀는 절대 모를 것이다……. 우선 성병은 멜로드라마와 정반대다……. 멜로드라마가 이 세상에 존재하지 않는다는 것을 증명하는 가장 절망적인 병이다……. 콜럼버스가 보잘것없는 배를 타고 보잘것없는 항구에 살며시 반입한 것을, 모두들 열심히 나누어 온 세상에 퍼뜨렸다……. 인류가 평등하다고 할 수 있는 경우는 죽음과 성병에 한해서인지도 모른다…… . 성병은 인류가 연대 책임을 져야 하는 것이다…… . 그런데 너는 절대로 인정하려 하지 않는다…… . 너는 거울 저편에 있는, 자기를 주역으로 한 너만의 이야기에 틀어박혀 있다…… . 나 혼자만 정신적인 성병을 앓으면서 거울 이편에 남아 있다…… . 그러니까 나의 물건은 모자 없이는 시들어 아무 쓸모가 없다…… . 너의 거울이 나를 불능으로 만들어 버린다…… . 여자의 철없음이 남자를 여자의 적으로 만들어 버리는 것이다.

20

풀을 바른 것처럼 딱딱한 얼굴, 풍속 20미터의 호흡, 바짝 말라 눌은 설탕 냄새가 나는 타액…… . 끔찍한 에너지 손실이다. 적어도 물 한 잔 분의 물이 땀으로 증발해 버렸을 것이다. 여자도 고개를 숙인 채 느릿느릿 일어났다. 모래에 뒤범벅이 된 여자의 머리가 바로 눈높이에 있었다. 갑자기 여자가 손으로 코를 풀고, 퍼 올린 모래를 두 손으로 비벼 종이 대신 썼다. 웅크린 여자의 허리에서 바지가 흘러내렸다.

남자는 못마땅하다는 듯 눈길을 돌린다. 그러나 못마땅하기만 한 것인지는 단언할 수 없다. 혀끝에는 갈증과는 다른 기묘한 정감이 남아 있었다. 여자가 엉뚱한 말로 그를 맥 빠지게 하기 전까지, 비록 아주 짧은 시간이지만 그의 물건은 되살아나 멋들어지게 움틀거렸다. 그 아쉬움의 여운이 아직 남아 있다. 발견이라고 하면 지나친 허풍이겠지만, 일단은 주목할 만한 일이다.

그는 뭐 변태는 아니라고 자부하고 있었다. 다만, 정신적인 강간만은 도무지 내키지 않았다. 생곤약을 소금도 치지 않고 먹는 것 같지 않은가. 상대방에게 상처를 주기 전에 먼저 자기를 모욕하는 일이다. 그런 데다 정신적인 성병까지 떠맡아야 하니, 대체 어찌된 셈인가? 엎친 데 덮친 격이 아닌가? 여자의 점막은 그의 시선이 스치기만 해도 피를 뿜지 않으면 안 될 만큼 연약한 것인가?

다만, 성욕에도 두 가지 종류가 있지 않을까 하고 어렴풋이 느끼고 있다. 예를 들어 뫼비우스의 띠 그 놈은 여자를 꼬실 때 반드시 미각과 영양에 관한 강의부터 시작하는 듯하다. 애당초 굶주린 자에게는 일반적인 먹을거리가 있을 뿐, 특등 쇠고기다, 국내산 굴이다 하는 것은 미처 존재하지 않는다……. 일단은 배가 부를 수 있다는 보장이 있어야 비로소 개개의 미각도 의미를 갖는다……. 마찬가지로 성욕도 우선은 일반적인 성욕이 있고, 그다음에야 다양한 성의 맛이 발생한다……. 성은 일률적으로 논할 것이 아니라, 때와 장소에 따라서 비타민이 필요하기도 하고, 또 장어 덮밥이 필요하기도 한 것이다. 그야말로 정연한 이론이었지만, 안타깝게도 그 이론에 따라서 성욕 일반, 또는 고유의 성을 자진해 그에게 바친 여자 친구는 아직 한 명도 없었던 것 같다. 당연한 일이다. 남자든 여자든, 이론에 넘어가는 인간이 있을 리 없다. 멍청할 정도로 성실한 뫼비우스의 띠는 그런 것을 다 알면서도 오로지 정신적인 강간이 싫은 나머지, 열심히 빈집의 벨을 눌러 대는 것이리라.

물론 그 역시 순수한 성관계를 꿈꿀 만큼 낭만적이었던 것은 아니다. 그런 것은 아마도 죽음을 향해 어금니를 드러낼 때나 필요할 것이다……. 시들어 가는 조릿대는 서둘러 열매를 맺는다……. 굶주린 쥐는 이동하면서 피비린내 나는 성교를 반복한다……. 결핵 환자는 한 사람도 빠짐없이 섹스에 몰두한다……. 그다음에는 계단에서 내려오는 수박에 없다…….
탑의 꼭대기에 사는 왕이나 지배자는 오로지 할렘의 건설에 정열을 기울인다……. 적의 공격을 기다리는 군인들은 한시를 아까워하며 자위에 심취한다…….

그러나 다행히 인간은 죽을 상황에 그리 쉬 노출되지 않는다. 겨울을 두려워할 필요가 없어진 인간은 계절적인 발정에서도 자유로워졌다. 그러나 전쟁이 끝나면 무기는 오히려 거추장스러워진다. 질서가 찾아와 자연을 대신해 어금니와 발톱과 성의 관리권을 접수한다. 그래서 성관계도 통근 전철의 정액권처럼, 사용할 때마다 반드시 개찰구를 통과하게 되었다. 게다가 그 정액권이 진짜인지 가짜인지 확인할 필요도 생겼다. 그런데 그 확인이란 절차가 질서의 성가신 부분을 꼭 닮은 번거로운 것이어서, 모든 종류의 증명서…… 계약서, 면허증, 신분증명서, 사용 허가증, 권리증, 인가증, 등록증, 휴대 허가증, 조합원증, 표창장, 어음, 차용증, 임시 허가증, 승낙서, 수입 증명서, 보관증, 나아가 족보에 이르기까지……. 아무튼 생각나는 모든 종잇조각을 총동원해야 하는 상황이다.

덕분에 성은 도롱이벌레처럼 증명서란 망토에 완전히 묻

히고 말았다. 그렇게 해서 마음이 놓인다면, 그도 괜찮은 일이리라. 하지만 과연 더 이상의 증명서는 필요하지 않은 것일까? …… 아직도 증명해야 할 무언가를 잊고 있는 것은 아닐까? …… 남자도 여자도, 상대방이 일부러 딴전을 피우는 것은 아닐까 하는 암울한 의심의 포로가 된다…… . 결백을 보여 주기 위해서 억지로 새로운 증명서를 생각해 낸다…… . 마지막 한 장이 어디에 있는지는 아무도 모른다…… . 증명서는 결국 무한해질 수 밖에 없다…… . (그녀는 내가 너무 따지기를 좋아한다고 비난했다. 그러나 따지기를 좋아하는 것은 내가 아니라, 바로 이 사실이다!)

"하지만 그게 애정의 의무란 것 아닐까?"

"말도 안 돼! 금지 사항을 하나하나 지워 나가다가 남은 찌꺼기지. 그렇게 믿지 못하겠다면, 애당초 믿지 않으면 돼."

성에 선물용 리본을 다는 악취미까지 참지 않으면 안 될 만큼의 의리는 없다. 성에도 매일 아침, 다림질을 합시다…… . 성은 소매에 팔을 들이미는 순간 낡으니까…… . 다림질을 해 주름을 펴면 금방 신상품이 됩니다…… . 신상품이 되는 순간에 다시 또 낡지요…… . 그런 외설적인 얘기까지 진지하게 들어야 할 의무가 과연 어디에 있다는 말인가?

물론 질서 쪽에서 그에 합당할 만큼 생명을 보장해 준다면야 그나마 양보의 여지는 있다. 그러나 현실은 어떤가? 하늘에서는 죽음의 가시가 쏟아져 내리고, 지상은 온갖 종류의 죽음으로 발 디딜 틈이 없다. 성 쪽에서도 슬슬 눈치를 채 가고 있다. 아무래도 손에 쥐어진 것은 가짜 어음인 것 같다고. 그래서 불만스러운 성을 상대로 한 정액권 위조가 시작된다. 쏠쏠하게 장사가 잘 된다. 또는 정신적인 강간이 필요악으로 인정된다. 이것 없이는 거의 결혼이 성립되지 않는다. 성 해방론자들이 하고 있는 일 역시 대동소이하다. 서로를 강간하는 것을 그럴싸하게 합리화할 뿐 아닌가. 그런 정도이라고 생각하면 그런 대로 제법 즐길 수도 있을 것이다. 그러니까 꼭 닫히지 않는 커튼에 계속 신경을 곤두세우면서 해방이라고 해 봐야, 어쩔 수 없이 정신적 성병 환자가 되는 길밖에 없다. 가엾은 물건은 모자를 벗고서는 편히 쉴 장소도 없다.

여자도 남자의 감정이 동요하고 있음을 민감하게 감지한 것 같았다. 허리끈을 졸라매던 손길을 도중에 멈췄다. 풀린 허리끈 끝이 여자의 손가락 사이에 걸려 있다. 토끼 같은 눈으로 남자를 올려다본다. 토끼를 닮은 것은 빨간 쌍꺼풀뿐만이 아니었다. 남자도 시간이 없다는 눈빛으로 여자에게 답한다. 심줄을 조리는 듯한 강한 냄새가 여자 주위에 떠다니고 있다.

여자는 허리끈을 손으로 누른 자세로 남자 옆을 지나 방으로 들어가 몸뻬를 벗는다. 앞서 하던 동작을 그대로 계속하는 듯 매끄럽고 자연스런 몸짓이다. 이런 여자가 진짜 여자라고, 남자는 마음속으로 손을 비빈다. 그러다 금방 반성한다. 멍청한 남자는 그렇게 뒤지는 바람에 일을 망가뜨리고 만다. 서둘러 남자도 허리띠에 손을 댄다.

어제까지만 해도 이런 몸짓을 저 보조개와 은근한 미소와 마찬가지로 속이 뻔히 들여다보이는 여자의 연극이라 단정했다. 그리고 어쩌면 그것이 진상이었는지도 모른다. 하지만 지금은 그렇게 생각하고 싶지 않다. 여자의 몸을 거래에 사용할 단계는 이미 지났다……. 지금은 폭력이 상황을 결정하고 있다……. 거래를 도외시한, 합의 하에 이루어진 관계라고 생각할 증거는 얼마든지 있다.

바지와 함께 모래 한줌이 손가락 사이사이를 빠져나와 허벅지 안쪽으로 흘러 떨어진다……. 땀에 절은 신발 같은 냄새가 피어오른다……. 천천히, 그러나 확실한 충실감이, 단수가 시작된 수도관 같은 소리를 내며 다시금 물건을 채우기 시작한다……. 모자 없이 방향을 가리키는 물건……. 날개를 펼치고 벌써 알몸으로 변한 여자 뒤로 녹아들었다.

어때 즐길 만한가? 그야 당연하지……. 모두 간격이 똑같은 모눈종이의 모눈에 끼여 있는 것 같아……. 호흡도, 시간도, 방도, 여자도……. 이것이 뫼비우스의 띠가 말하는 성욕 일반이란 것일까? 그렇다 해도, 어떤가, 이 팽팽하게 살진 엉덩이는……. 거리에서 주운 밤송이 같은 욕구 불만 따위와는 비교도 할 수 없지…….

여자가 한쪽 무릎을 세우고, 둘둘 만 수건으로 목에서부터 차례차례 모래를 훑어 내기 시작했다. 갑자기 모래사태가 시작되었다. 집 전체가 몸을 떨면서 삐걱거린다. 엉뚱한 방해꾼이다. 안개처럼 뿌리는 모래로 여자의 머리에 점점 하얀 가루가 핀다. 어깨에도, 팔에도, 모래가 쌓인다. 두 사람은 껴안고 모래사태가 지나가기를 기다리는 수밖에 없었다.

쌓인 모래 위로 땀이 떨어지고, 그 위에 또 모래가 쌓인다……. 여자가 어깨를 떨고, 남자도 과열되어 당장이라도 넘쳐흐를 것 같다……. 그래도 그렇지, 여자의 굵직한 허벅지에 왜 이토록 격렬하게 빨려드는 것인지, 이유를 알 수 없다……. 온몸의 신경을 뽑아내어 여자의 사타구니에 한 오라기 한 오라기 감아 주고 싶을 정도다……. 육식 식물의 식욕이 바로 이런 식일까? 야비하고 탐욕스럽고, 스프링을 설치해 놓은 것처럼 힘을 쓰고 있다……. 그녀와 할 때는 이토록 한결같았던 적이 거의 없었다. 그 침대 위에서는, 느끼는 남자와 여자…… 보고 있는 남자와 여자…… 느끼고 있는 남자를 보고 있는 남자와 느끼고 있는 여자를 보고 있는 여자…… 남자를 보고 있는 남자를 보고 있는 여자와 여자를 보고 있는 여자를 보고 있는 남자…… 맞거울에 비치는 성교의 한없는 의식화……. 다행히, 아메바에서 비롯되어 몇십억 년의 역사를 갖고 있는 성욕은 그렇게 쉽사리 닳아빠지지 않을 것이다……. 하지만 지금 내게 필요한 것은 이 탐욕스러운 정욕이다……. 신경이 줄줄이 여자의 사타구니를 향해 기어가는 흥분이다.

모래사태가 멈췄다. 기다렸다는 듯 남자도 몸에 묻은 모래를 털어 내는 여자를 거든다. 쉰 소리를 내며 여자가 웃는다. 유방에서 겨드랑이로…… 겨드랑이에서 허리께로…… 남자의 손길은 점차 정성을 다해 가고, 여자도 남자의 목을 감은 손가락에 힘을 주는가 하면, 불쑥 놀란 소리를 지르기도 한다.

이번에는 여자가 남자의 몸을 털어 낼 차례다. 남자는 눈을 감고 부드럽게 여자의 머리칼을 쓰다듬으면서 기다린다. 머리

칼은 딱딱하고 모래로 자글거렸다.

경련…… 똑같은 반복…… 늘 다른 일을 꿈꾸면서 몸을 던지는 여전한 반복…… 먹는 것, 걷는 것, 자는 것, 재채기, 고함, 성교…… .

21

무수한 화석층을 쌓아 가며 극복해 온 인류의 경련…… . 공룡의 어금니도, 빙하의 벽도, 절규하고 미쳐 날뛰며 전진하는 이 생식이란 추진기의 앞길을 막지 못했다…… . 마침내 몸을 푸르르 떨면서 쥐어 짜낸 정자들이 쏘아 올리는 폭죽…… 끝없는 어둠을 통과하여 용솟음치는 유성군…… 녹슨 오렌지색 별…… 거품들의 합창…… .

그 찬란한 빛도 꼬리를 감추고 사라져 버리자…… 남자의 엉덩이를 두드리며 기운을 북돋으려는 여자의 손도 이미 도움이 못 된다. 여자의 사타구니를 향해 기어가던 신경도 서리를 맞은 수염뿌리처럼 푸실푸실 말라 가고, 물건은 조갯살 사이에서 시들어 버린다. 한동안 미련이 남는다는 듯 허리를 내밀고 있던 여자도 마침내는 헐떡이는 실망감 속에서 몸을 축 늘어뜨리고 있다.

서랍장 뒤에서, 시큼하게 썩은 낡은 걸레…… 후회란 먼지를 덮어쓰고 돌아가는, 경륜장 앞 큰길…… .

결국 아무것도 시작되지 않았고, 아무것도 끝나지 않았다. 욕망을 채운 것은 그가 아니라, 그의 육체를 빌린 전혀 별개의 것처럼 여겨지기까지 한다. 성이란 원래, 개개의 육체가 아니라 종의 관할하에 있는 것인지도 모르겠다……. 자기 역할을 끝낸 개체는 재빨리 자기의 원래 자리로 돌아가지 않으면 안 된다. 행복한 것만이 충족으로…… 슬퍼하는 것은 절망으로…… 죽어가고 있는 것은 죽음의 자리로……. 이런 속임수를 야성의 사랑이네 뭐네 하고 뻔뻔스럽게 잘도 갖다 붙였다……. 정액권용 성과 비교해 과연 어딘가에 쓸모 있는 점이라도 있다는 말인가? ……이럴 줄 알았으면 차라리 유리로 된 금욕주의자가 되는 편이 그나마 나았으리라.

썩은 생선 기름 같은 땀과 분비물 속을 구르면서, 그래도 잠시 잠에 빠진 모양이었다. 꿈을 꾸었다. 깨진 유리컵과 바닥이 일그러지기 시작한 긴 복도와 대변이 변기 위로 흘러넘치는 공중 화장실과 물 소리만 나고 어디 있는지 보이지 않는 목욕탕이 나오는 꿈이었다. 물통을 들고 뛰어오는 남자가 있었다. 한 모금만 달라고 부탁하자, 귀뚜라미 같은 표정으로 노려보고는 그대로 뛰어가 버렸다.

잠에서 깨어났다. 끈적끈적, 혀 저 안쪽에서 뜨거운 아교가 녹고 있다. 갈증이 두 배가 되어 돌아왔다……. 물! 반짝반짝 빛나는 수정 같은 물…… 컵 속에서 샘솟는 기포의, 은색 궤적…… 물고기처럼 몸을 뒤트는, 먼지에 싸여 거미집투성이가 된 폐옥의 수도관…….

일어나자, 손발이 물베개처럼 축 늘어지고 무거웠다. 봉당에 내던진 빈 주전자를 집어, 입 위로 기울였다. 30초나 걸려 겨우 두세 방울이 혀끝을 적셨다. 그러나 바짝 마른 화장지처럼 기다리고 있던 목구멍은 더욱 미친 듯이 난동을 부리기 시작했다.

남자는 물을 찾아 개수대 주변을 닥치는 대로 뒤졌다. 모든 화합물 중에서 물은 가장 단순한 화합물이다. 책상 서랍에서 일 엔짜리를 발견하는 만큼 손쉽게 찾지 못하리란 법도 없다. 보라, 물 냄새가 난다. 틀림없는 물 냄새다. 남자는 항아리 속에 고여 있는 눅눅한 모래를 한줌 움켜잡고 입안 가득 문다. 토악질이 올라왔다. 몸을 구부리자 위가 꿈틀거렸다. 누런 위액과 눈물이 넘쳐흐른다.

두통이, 납의 차양처럼 눈 위로 주르륵 떨어진다……. 정욕은 결국 파멸에 이르는 거리를 단축시켰을 뿐인 모양이다. 갑자기 남자는 기어서 개처럼 봉당의 모래를 파 뒤집기 시작했다. 팔뚝 깊이만큼 파자, 모래가 검게 물기를 띤다. 그 속에 얼굴을 처박고, 빠작빠작 타는 이마를 밀어붙이고, 가슴 가득, 모래 냄새를 빨아들였다. 잘하면 위 속에서 산소와 수소가 결합해 줄지도 모른다.

"제길, 치사한 수작이나 부리고 말이야!"

주먹을 꽉 쥐고 목소리까지 떨면서 여자를 돌아보았다.

"대체 어쩌자는 거야! 정말 물이 한 방울도 없는 거야!"

드러난 사타구니로 옷을 끌어당기면서 윗몸을 비틀고 여자가 속삭였다.

"네, 없어요……."

"없다고! …… 없다고 말만 하면 다야! 이렇게 되면 나도 목

숨이 왔다 갔다하는 일이니까…… 죽일 놈들! …… 빨리 어떻게 좀 하라고! …… 부탁이야 …… 부탁이라잖아!"

"그러니까 우리가 일만 시작하면 지금 당장이라도……."

"좋아, 알았어, 내가 졌어! …… 할 수 없지, 져 주지……."

말린 정어리도 아니고, 이렇게 죽기는 싫다. 물론 정말로 굴복한 것은 아니다. 물을 얻기 위해서라면 원숭이 춤이라도 추어 줄 것이다.

"져 주겠어…… 하지만 배급 시간까지 기다려야 한다면, 그건 못 참아…… 이렇게 목이 말라서 어떻게 일을 할 수 있겠어…… 그러니까 지금 당장 연락을 하라고…… 당신도 목마를 것 아니야."

"일을 시작하면 금방 알려져요…… 항상 누구 한 사람은 망루에서 망원경으로 지켜보고 있으니까……."

"망루?"

감방에서, 구금되었다는 사실을 절실하게 실감하게 하는 것은 철창도 아니고 벽도 아니고 그 조그만 쪽창이라고 한다. 남자는 허둥거리면서도 재빨리 기억 속을 둘러본다. 수평으로 나뉜 하늘과 모래……. 망루가 파고들 여지는 어디에도 없다. 이쪽에서 보이지 않는데 어떻게 저쪽에서 보일 리가 있단 말인가…….

"뒤편의, 벼랑가에서 보면 금방 눈에 띄어요……."

남자는 순순히 허리를 구부리고 부삽을 주워들었다. 이제 와서 자존심 따위를 운운해 본들, 때로 얼룩진 셔츠에 다림질을 하는 것이나 다름없는 얘기다. 쫓기듯 밖으로 나갔다.

모래는 빈 냄비처럼 뜨겁게 달아올라 있었다. 숨이 막힐 정도로 눈이 부셨다. 코로 불어드는 바람에서 비누 냄새가 났다. 그러나 한 걸음 앞으로 나가면 그만큼 물에 다가갈 수 있다. 바다 쪽 모래 벽 아래 서서 올려다보자, 과연 거무튀튀한 망루 꼭대기가 새끼손가락만 하게 보였다. 저 가시 같은 돌기가 감시하는 사람인지도 모른다. 벌써 알아차렸을까? 고소한 기분으로 이 순간을 기다리고 있었겠지.

남자는 그 검은 돌기를 향해 부삽을 쳐들고 힘껏 좌우로 흔들었다. 부삽날이 햇빛을 반사해서 상대방의 눈에 띄기 쉽도록, 그 각도를 가늠해 보기도 했다. 눈속에 뜨거운 수은의 막이 퍼진다……. 망할 여자, 뭐하는 거야, 빨리빨리 거들러 나오지 않고…….

갑자기, 서늘하게, 젖은 손수건 같은 그림자가 떨어졌다. 구름이 나온 것이다. 그러나 하늘 한구석으로 날아간 엽서만 한 구름이었다. 제길, 비라도 뿌려 주면 이 지경을 당하지 않아도 될 텐데……. 손을 펼치면 두 손 가득한 물…… 유리창에는 물의 띠…… 물통에서 솟구치는 물의 기둥…… 아스팔트에 뿌옇게 번지는 빗방울…….

꿈을 꾸고 있는 것인가, 아니면 환상이 현실이 된 것인가, 그의 주변이 갑자기 시끌시끌해졌다. 정신을 차리자, 모래사태 한가운데 서 있었다. 처마 밑을 피해 벽에 기댔다. 뼈가 통조림에 든 생선처럼 녹아 간다. 갈증이 관자놀이께에서 파열했다. 그 파편이 의식의 표면으로 튀어 우둘투둘한 반점이 되었다.

턱을 당긴 뒤 손으로 위를 누르고, 간신히 토악질을 참았다.

여자의 목소리가 들렸다. 벼랑을 향해 외치고 있는 것이다. 무거운 눈두덩 사이로 들여다본다. 처음 그를 이곳으로 안내해 준 노인이, 로프 끝에 매단 양동이를 내리려는 참이었다. 물이다! …… 드디어 왔다! …… 양동이가 기울어, 모래 사면에 얼룩이 졌다. 틀림없는, 물이다! …… 남자는 소리를 지르면서 허위허위 뛰어갔다.

양동이가 손이 닿을 곳까지 내려오자 남자는 여자를 밀쳐내고 발을 퍼덕거리면서 두 손으로 양동이를 점거했다. 로프를 풀어내는 것조차 기다리기 답답하다는 듯 양동이에 얼굴을 푹 처박고 펌프가 되어 몸을 움틀거렸다. 얼굴을 들고 숨을 쉬고는 다시 처박는다. 세 번째로 얼굴을 들었을 때, 코와 입술 끝으로 물이 터져나와 고통스럽다는 듯 꺽꺽거렸다. 무릎을 힘없이 꺾고 눈을 감는다. 이번에는 여자가 양동이를 껴안을 차례다. 여자도 질세라 온몸이 고무 판이 된 듯한 소리를 내면서 물을 벌컥거렸다. 눈 깜짝할 사이에 물이 절반으로 줄었다.

여자가 양동이를 물리고 봉당으로 돌아오자, 노인이 로프를 끌어 올리기 시작했다. 남자는 순간적으로 벌떡 일어나 로프에 매달려 애원했다.

"기다려 줘! 내 말 좀 들어 봐! 들어만 줘도 좋으니까, 기다려요!"

노인은 남자의 말에 거역하지 않고 손놀림을 멈췄다. 당혹스러운 듯 눈을 껌벅이고 있지만, 표정은 거의 없다.

"물을 받아먹은 이상, 일은 할 만큼 하겠습니다. 그런 약속을 전제하고 들어 주십시오. 당신들은 계산을 잘못했습니다…… 난 학교 선생이에요…… 동료 교사도 있고, 교조도 있고, 교육 위원회며 운영 위원회도 있습니다…… 내가 행방불명되었는데 세상이 조용하게 가만히 있을 거라고 생각합니까?"

노인은 혀끝으로 윗입술을 축이고, 별 관심 없다는 듯이 미소를 띠었다. 아니, 미소가 아니다. 그저 바람과 함께 불어오는 모래를 막으려다 눈꼬리가 주름졌을 뿐인지도 모른다. 그러나 애가 타는 그는, 주름 하나라도 놓칠 수 없었다.

"뭐? 뭐라고요? …… 설마 당신도 이게 거의 범죄라는 것을 모를 리는 없겠죠?"

"글쎄, 벌써 열흘이나 지났는데, 파출소에서 조사하러 나온 것도 아니고…… "

노인은 아주 성실하게 한 마디 한 마디를 천천히 확인하면서 말했다.

"열흘이 지났는데도 아무 일 없다는 것은, 역시, 글쎄 어찌 된 걸까……."

그러고서 노인은 입을 다물어 버렸다.

"열흘이 아니고 일주일이야!"

노인은 아무 대꾸가 없다.

물론 여기서 그런 입씨름을 해 봐야 아무 소용이 없다…….
남자는 조급한 마음을 억누르고, 등줄기에 자를 갖다 댄 듯한 목소리로 다시 말했다.

"뭐, 그런 일은 아무래도 상관없습니다…… 그보다, 여기로 내려와서 좀 느긋하게 얘기를 나누지 않으렵니까? 절대로 이상한 짓은 하지 않겠습니다. 하려고 해도 나야 혼자니, 어떻게 당해 내겠습니까…… 약속하지요."

그런데도 노인은 역시 말이 없다. 남자는 점차 숨을 헐떡이면서,

"그야, 나도 모래를 파내는 일이 이곳에 얼마나 중요한지 모르지 않습니다…… 생활 문제니까요…… 심각하지요…… 잘 압니다…… 굳이 이렇게 강제적으로 시키지 않아도, 자발적으로 협력할 마음이 생겼을 정돕니다…… 정말입니다! 이런 실정을 보면 협력하고 싶어지는 것이 인정이란 것 아니겠습니까? 하지만, 그렇다고 해서, 이런 식으로 하는 것이 과연 진정한 협력일까요? …… 난 의심스럽군요. 달리 적절한 방법을 생각할 수는 없습니까? 인간에게는 적재적소란 것이 있습니다…… 자기에게 맞는 일거리를 얻지 못하면 모처럼의 협력 의지도 꺾이고 마는 법이지요…… 그렇지 않습니까? ……이렇게 위험한 줄다리기를 하지 않아도, 좀 더 정당하게 나를 사용할 수 있는 방법이 있을 텐데요."

노인은 듣고 있는 것인지 안 듣고 있는 것인지, 멍하니 고개를 돌리면서 꼬리 치며 안겨드는 고양이를 떨쳐 내는 듯한 몸짓을 했다. 아니면 혹시 망루에 있는 감시꾼에게 신경을 쓰고 있는 것일까? 그와 열심히 이야기 나누는 장면을 목격당하면 곤란한 일이라도 있는 것일까?

"듣고 있습니까…… 물론 모래 퍼내기는 중요한 일이지요…… 그러나 그것은 수단이지 목적이 아닙니다…… 목적은 어떻게 하면 모래의 위협으로부터 생활을 지킬 수 있냐, 이거지요…… 안 그렇습니까? …… 다행히 난 모래에 대해

서 연구한 게 좀 있습니다. 각별한 관심을 갖고 있다는 말입니다. 그러니까 이런 곳까지 군이 찾아온 것이지요. 모래는 현대인을 매료시키는 아주 불가사의한 매력을 갖고 있어서 말이죠…… 그 점을 이용하는 방법도 있습니다…… 새로운 관광지로 발전시키는…… 모래를 거역하는 게 아니라, 모래에 순종하면서 그것을 이용하는…… 그러니까 눈 딱 감고 사고의 전환을 해 보자는 것이지요……."

노인이 눈을 들어올리고, 관심 없다는 듯 툭 내뱉었다.

"관광지에는 뭐니 뭐니 해도 온천이 있어야지…… 게다가 관광으로 돈을 벌어들이는 것은 늘 장사꾼이나 외부 사람들이기 마련이니까……."

기분 탓인가, 말투에서 조롱이 느껴졌다. 남자는 문득, 관광 그림엽서를 팔러 다니는 영업 사원이 그와 똑같은 운명에 처했다가 병들어 죽었다고 한 여자의 얘기를 떠올렸다.

"그래요…… 물론 예를 들자면 그렇다는 얘깁니다…… 모래의 성질에 맞는, 특수한 농작물을 재배하는 방법도 생각해 볼 수 있잖습니까? …… 그러니까 무리를 해 가면서 고리타분한 생활 방식에 집착할 필요는 없다, 그런 말입니다."

"그야 물론, 여러 가지로 연구는 하고 있소만…… 땅콩도 그렇고, 구근 재배 같은 것도 시도를 하고 있고…… 튤립은 그쪽에 보여 주고 싶을 만큼 꽃이 튼실해……."

"그럼, 사방 공사는 어떻습니까? 본격적인 사방 공사 말입니다…… 제 친구 중에는 신문 기자도 있습니다…… 신문을 이용해서 여론을 움직이는 것도 불가능한 일이 아니지요."

"세상 사람들이 아무리 관심을 보여도 정작 보조금이 나오지 않으면 아무 소용이 없지."

"그러니까, 그 보조금을 타 내는 운동을 벌이자는 겁니다."

"현청의 약관에, 모래에 의한 피해는 재해 보상 범위에 들지 않는다고 돼 있다는구먼."

"그것을 인정하도록 압력을 가하면 됩니다!"

"이렇게 가난한 마을에서 뭘 할 수 있겠나…… 우리네는, 분명하게 말해서 이제 넌더리가 나…… 아무튼 지금처럼 하는 게 제일 싸게 먹히거든…… 기관 같은 데 맡겼다가는 그야말로 주판알 퉁기는 사이에 마을 전체가 송두리째 모래 속에……."

"하지만, 나한테도 입장이라는 게 있단 말이야!"

참다못해 폐를 쥐어짜며 외쳤다.

"당신네들도 다 자식이 있을 거 아냐? 그렇다면 교사의 의무를 모를 리 없을 텐데!"

그 순간 노인이 로프를 끌어 올렸다. 뒤통수를 얻어맞은 남자는 저도 모르게 손을 놓아 버린다. 이 무슨 꼴이냐……. 오로지 로프를 끌어 올릴 기회를 잡기 위해 얘기를 듣는 척했다는 말인가……. 얼이 빠져, 뻗은 두 손이 공중에서 허우적거린다.

"미쳤어…… 제정신이 아니야…… 모래 퍼내는 것쯤, 훈련만 받으면 원숭이도 할 수 있는 일이잖아…… 난 좀 더 나은 일을 할 수 있다고…… 인간에게는 자기가 갖고 있는 능력을 충분히 발휘할 의무가 있단 말이야……."

"글쎄……."

노인은 모여앉아 두런두런 세상 돌아가는 얘기를 하던 자리에서 슬며시 일어나는 것처럼 태연하게 말했다.

"뭐, 아무쪼록 잘 부탁하리다…… 우리들이 할 수 있는 데까지는 살펴 드릴 테니까 말이지……."

"기다려! 개 같은 소리 집어치우고! 어이, 기다려! ……후회할 거야! ……당신, 아직 아무것도 모르는 모양인데! ……부탁이야…… 제발 부탁이야, 기다려, 기다리란 말이야!"

그러나 노인은 돌아보지 않았다. 무거운 물건을 둘러메기라도 하듯 어깨를 웅크리고 일어나, 세 걸음을 걷자 그 어깨가 보이지 않았고, 네 걸음째에는 시야에서 완전히 사라져 버렸다.

남자는 힘이 빠져 모래 벽에 기대어 축 늘어졌다. 두 팔과 머리를 모래 속에 푹 처박았다. 옷깃 위로 넘치는 모래가 셔츠와 바지의 경계에 가슬가슬 베개처럼 고인다. 갑자기 가슴, 목덜미, 이마, 안쪽 허벅지 순으로 땀이 뿜어 나왔다. 방금 전에 마신 물이 고스란히 흘러나오고 있는 것이다. 땀과 모래가 합쳐지면 겨자 섞인 고약이라도 되는 것인가, 따끔따끔 피부를 자극한다. 피부는 부어올라, 고무 비옷이 된다.

여자는 벌써부터 일을 하고 있다. 느닷없이 남자는 깊은 의심에 사로잡힌다. 남은 물을 여자가 다 마셔 버렸을지도 모른다는 생각이 들어 서둘러 집으로 돌아간다.

물은 아까 그대로 남아 있었다. 한 번 더 서너 모금을 단숨에 들이켜고, 새삼 그 투명한 광물의 맛에 감탄하면서도 용틀임하는 불안을 감추지 못한다. 이 정도 가지고는 도저히 저녁때까지 버틸 수 없을 것이다. 물론 식사 준비도 할 수 없다. 놈들은 정확하게 계산하고 있다. 갈증에 대한 공포를 미끼 삼아 보란 듯 나를 조종할 심산이다.

밀짚모자를 꾹 눌러쓰고 쫓기는 사람처럼 밖으로 나간다. 사고도 판단도 갈증 앞에서는 뜨겁게 달아오른 이마에 내리는 한 가닥 눈발에 지나지 않았다. 열 잔의 물이 사탕이라면, 한 잔의 물은 차라리 채찍에 가깝다.

“부삽이 어디 있었지?”

여자는 처마 밑을 슬쩍 가리키고는, 지친 미소를 띠고 이마에 솟은 땀을 소맷자락으로 눌렀다. 그에게 습격을 당하면서도 도구를 처리하는 것만은 잊지 않은 모양이다. 모래 속에서 생활한 자가 자연스럽게 체득한 생활 철칙이리라.

부삽을 손에 쥐는 순간, 피로에 지친 다리가 접이식 카메라 다리처럼 주륵주륵 짧아진다. 그러고 보니 어젯밤부터 거의 한숨도 자지 않았다. 다른 것은 다 제쳐 놓더라도, 꼭 해야 할 최소한의 노동량을 여자와 의논할 필요는 있을 것 같다. 그러나 이미 말을 걸기도 힘이 들었다. 노인을 상대로 지나치게 에너지를 소모한 탓인지, 성대가 건조 오징어의 섬유질처럼 너덜너덜하다. 여자와 나란히 서서 기계처럼 삽질을 시작한다.

두 사람은 서로 뒤엉키듯 벼랑과 건물 사이를 파내기 시작한다. 판자벽은 덜 마른 쌀과자처럼 부슬부슬해 당장이라도 버섯 묘판으로 쓸 수 있을 것 같았다. 드디어 모래 산이 한 군데 생긴다. 석유통에 담아 넓은 곳으로 옮긴다. 다 옮기면 다시 그 앞을 파낸다.

거의 아무 의지도 없는 자동 운동이다. 계란 흰자위 맛이 나는, 입안 가득하게 거품이 인 타액…… 턱을 타고 흘러내려

가슴으로 떨어져도 개의치 않는다.

"손님, 왼손은, 이렇게 좀 더 아래쪽을 쥐고……."

여자가 조심스럽게 주의를 준다.

"거기는 움직이지 말고, 오른손을 지렛대처럼 사용하면, 훨씬 피로가 덜해요."

까마귀 우는 소리가 났다. 갑자기 광선이 노란색에서 파란색으로 바뀌었다. 클로즈업되었던 고통이 슬며시 주위의 풍경 속으로 물러난다. 네 마리 까마귀가 해안과 평행하게, 낮게 미끄러지듯 날아갔다. 펼친 날개 끝이 암록색으로 빛나자 남자는 무슨 이유인지, 채집 병에 담겨 있는 청산가리를 떠올렸다. 그렇지, 잊어버리기 전에 다른 용기에 옮겨 담아 비닐로 싸 두어야지. 습기에 노출되면 금방 흐물흐물 녹아 버린다…….

"일단은 이 정도만 하고 쉴까요?"

여자가 말하고 벼랑을 올려다보았다. 여자의 얼굴 역시, 가칠가칠하게 들러붙은 모래층을 통해 보아도 핏기를 잃어 가고 있음이 역력했다. 그 순간 사방이 어두운 적갈색으로 뒤덮인다. 희미해지는 의식의 터널 속을 손으로 더듬더듬 더듬어, 물고기의 내장처럼 기름에 전 이부자리에 기어 들어가기가 고작이었다. 여자가 언제 돌아왔는지는 기억에 없다.

22

근육 사이사이로 석고를 들이부으면 아마 이런 기분일 것이다. 눈은 뜨고 있는데, 왜 이렇게 어두운 것일까? 어디선가 쥐가 집 지을 재료라도 끌고 가는 모양이다……. 목구멍이 따끔따끔, 줄로 가는 것처럼 아프다……. 내장에서 오수 처리장처럼 거품이 일고 있다……. 담배를 피우고 싶다……. 아니 그 전에, 물을 마시고 싶다……. 물! ……순간, 현실로 돌아온다. 그렇지, 그건 쥐가 아니다, 여자가 일을 시작한 것이다! 대체 얼마나 잤을까? 일어나려 했는데, 또 엄청난 힘에 짓눌려 이부자리에 쓰러지고 만다……. 생각이 나, 얼굴을 가린 수건을 걷어 내자, 활짝 열린 문으로, 젤라틴을 통과한 듯한 엷은 달빛이 시원스럽게 새어 들고 있다. 어느 틈엔가 다시 밤이었다.

머리맡에, 주전자와 등잔과 소주병이 놓여 있었다. 황급히 한쪽 팔꿈치를 세우고 입을 헹구고 헹군 물을 화로를 향해 내뱉는다. 천천히, 맛을 음미하면서, 목을 축였다. 등잔 옆을 더듬자 부드러운 꾸러미가 손에 닿는다. 성냥과 담배도 거기에 있었다. 등잔에 불을 붙이고 담배에도 불을 붙인다. 소주를 한 모금 가볍게 머금는다. 산산이 흩어졌던 의식이 천천히 제 모습을 갖추어 간다.

꾸러미 속에는 도시락이 들어 있었다. 아직 온기가 남아 있는 보리쌀 섞인 주먹밥이 세 개, 말린 정어리 두 마리, 쪼글쪼글한 단무지, 그리고 쓴맛이 나는 채소 조림……. 채소는 아무래도 말린 무청 같았다. 정어리 한 마리에 주먹밥 하나를 먹으니 더 이상 들어가지 않았다. 위가 고무장갑처럼 싸늘하게 식어 있었다.

일어서자, 뼈의 마디마디가 부는 바람에 윙윙거리는 양철 지붕 같은 소리를 냈다. 조심조심 항아리를 들여다본다. 꼭대기까지 물이 찰랑찰랑했다. 수건을 적셔 얼굴에 댔다. 전율이 형광빛을 발하며 온몸을 관통했다. 목과 겨드랑이를 닦아 내고, 물건 사이에 낀 모래도 닦아 냈다. 인생의 목적마저, 이 순간에 묶어 두어야 하는지도 모르겠다.

"엽차라도 끓일까요?"

여자가 문간에 서서 물었다.

"아니…… 물배가 꽉 차서."

"잘 잤어요?"

"일어날 때 같이 깨워 주었으면 좋았을 텐데……."

고개 숙인 여자가 몸이 근질거린다는 듯 소리 내어 웃었다.

"정말이지, 도중에 세 번이나 깨서, 얼굴에다 수건을 갈아 얹어 주었다고요."

어른들의 애교 띤 미소의 사용처를 이제 막 배운 세 살짜리 꼬마의 교태다. 들뜬 마음을 어떻게 표현해야 좋을지 몰라 어쩔 바를 모르는 모습이 고스란히 드러나 있다. 남자는 성가시다는 듯 눈길을 돌린다.

"모래 파내기를 거들까? ……아니면 운반하는 쪽을 거들면 되나?"

"글쎄요…… 이제 곧 다음 삼태기가 올 시간이니까……."

막상 일을 시작해 보니, 생각했던 것만큼의 저항감은 느껴지지 않는다. 이 변화의 원인은 대체 무엇이란 말인가? 물 배급이 중단될까 봐 두려워서인가, 아니면 여자에 대한 자책감 때문인가, 아니면 또 노동 자체의 성격 때문일까? 노동에는 목적지 없이도 쉼 없이 도망쳐 가는 시간을 견디게 하는, 인간의 기댈 언덕 같은 것이 있는 듯하다.

언제였던가, 뫼비우스의 띠가 같이 가자고 해서 무슨 강연을 들으러 간 적이 있다. 강연 장소는 낮고 녹슨 철책으로 빙 둘러싸여 있고, 철책 안은 종이 쓰레기와 빈 깡통과, 그 밖에 정체 모를 천 조각 같은 것으로 뒤덮여 땅이 보이지 않을 정도였다. 설계자는 대체 무슨 생각으로 이런 것을 설치했단 말인가? 그러자 그의 의문을 대변하듯 철책 위로 몸을 구부리고, 손가락으로 열심히 철책을 비벼 보는 낡은 양복 차림의 남자가 있었다. 저 사람, 사복 형사라고 뫼비우스의 띠가 낮은 목소리로 가르쳐 주었다. 그리고 강연장 천장에는, 그때까지 본 적이 없을 만큼 커다란 커피색 빗물 자국이 있었다. 그 아래서 강사가 이런 말을 했다.

"노동을 극복하는 길은 노동을 통해서만 찾을 수 있습니다. 노동 자체에 가치가 있는 것이 아니라, 노동으로 노동을 극복하는…… 그 자기 부정의 에너지야말로 진정한 노동의 가치입니다."

손가락 고리를 불어 울리는 날카로운 휘파람 신호가 들렸다. 이어 삼태기를 끌면서 내지르는 거침없는 구령 소리……. 소리가 다가오면서 점차 잠잠해진다. 무언중에 삼태기가 내려온다. 팽팽한 경계심이 느껴지고, 그렇다고 지금 와서 벽에다 대고 고함을 질러 봐야 헛수고다. 예정량을 채운 모래가 무사히 운반되자 긴장이 사르르 풀리고, 공기의 감촉마저 변한 것처럼 느껴진다. 모두들 아무 말도 하지 않았지만, 이렇게 일단은 양해가 성립된 것 같기도 하다.

여자의 태도에도 뚜렷한 변화가 보였다.

"한숨 쉬지요…… 엽차라도 끓여 올게요……."

목소리도 동작도 들떠 있다. 가늠을 잘못해서 엉뚱한 곳으로 비져 나간 것처럼 조잘거린다. 남자는 설탕을 너무 핥아 먹은 사람처럼 축 늘어진다. 그래도 스쳐 지나가면서, 뒤에서 슬쩍 여자의 엉덩이를 만지는 정도의 배려는 했다. 물론 전압이 너무 높아지면 필라멘트가 타서 끊어진다. 절대로 그런 사기를 칠 생각은 없다. 언젠가는 환상의 성을 지키는 군인 이야기를 해 줄 작정이다.

성이 있었다……. 아니 성이 아니라 공장이든 은행이든 도박장이든 상관없다. 당연히, 군인이든 수위든 조폭이든 전혀 지장이 없다. 아무튼 군인은 적의 침입에 대비해 경계를 게을리 하지 않았다. 어느 날, 마침내 기다리고 기다리던 적이 몰려온다. 이때다 하고 경고의 신호를 보냈다. 그런데 기묘한 일도 다 있지, 본대에서는 아무런 응답이 오지 않았다. 적이 군인을 일격에 쓰러뜨렸음은 두말할 필요가 없다. 멀어져 가는 의식 속에서 군인은 보았다. 적이 그 누구의 방해도 받지 않고 문을, 벽을, 건물을, 바람처럼 뚫고 지나가는 것을. 아니, 바람처럼 보였던 것은 실은 적이 아니라 성이었다. 군인은 홀로, 황량한 벌판에 서 있는 고목처럼 환영을 지키며 서 있었던 것이다…….

부삽에 걸터앉아 담배에 불을 붙인다. 성냥을 세 개나 긋고서야 간신히 불이 붙었다. 물에 떨어뜨린 먹물처럼 탁한 피로가 고리가 되어, 해파리가 되어, 술 달린 조화(造花)가 되어, 원자핵의 모형도가 되어, 스며든다. 들쥐를 발견한 밤새가 불길한 소리를 내며 동료들을 부르고 있다. 위를 토해 낼 듯 짖어 대는, 불안한 개. 높은 밤하늘에서 울리는 서로 속도가 다른 바람의 마찰음. 지상에서는 한 겹 한 겹 모래의 박피를 벗겨 내며 흐르는 바람의 나이프. 땀을 닦고, 코를 풀고, 머리에 쌓인 모래를 털어 냈다. 발치에 그려진 바람 무늬는, 갑작스럽게 움직임을 멈춘 파도 머리를 닮았다.

만약 이것이 소리의 파도라면, 과연 어떤 음악이 들려올까? 콧구멍에 부젓가락을 쑤셔 넣어 그 선지피로 귀를 막고, 이를 하나하나 망치로 부셔 그 파편을 요도에 밀어 넣고, 음순을 잘라 내어 위아래 눈꺼풀에 기워 붙이면, 인간이라도 그 정도 노래는 부를 수 있을 것이다……. 잔혹하게 들리겠지만, 잔혹한 것과는 조금 다른 듯하다……. 불현듯, 내 눈이 새처럼 높이 높이 날아올라, 지그시 나 자신을 내려다보고 있는 듯한 기분이 들었다. 이런 곳에서 기괴함에 대해 생각하고 있는 나야말로, 어지간히 기괴한 인간임에 틀림없다.

23

Got a one way ticket to the blues, woo woo— (이건 슬픈 편도표 블루스야……)

부르고 싶으면 마음껏 불러. 실제로 편도 표를 손에 쥔 사람은 절대로 이런 식으로 노래하지 않는 법이다. 편도 표밖에 갖고 있지 않은 인종들의 신발 뒷굽은 자갈만 밟아도 금이 갈 만큼 닳아 빠져 있다. 더 이상 걸을 수가 없다. 그들이 노래하고 싶은 것은 왕복표 블루스다. 편도 표란 어제와 오늘이, 오늘과 내일이 서로 이어지지 않는 맥락 없는 생활을 뜻한다. 그렇게 상처투성이 편도 표를 손에 쥐고서도 콧노래를 부를 수 있는 것은 언젠가는 왕복표를 거머쥘 수 있는 사람에 한한다. 그렇기에 돌아오는 표를 잃어버리거나 도둑맞지 않도록, 죽어라 주식을 사고 생명 보험에 들고 노동조합과 상사들에게 앞뒤가 안 맞는 거짓말을 해 대는 것이다. 목욕탕의 하수구나 변기 구멍에서 피어오르는, 절망에 차 도움을 구하는 편도파들의 아비규환을 듣지 않기 위해 텔레비전의 볼륨을 높이고 열심히 편도 표 블루스를 흥얼거리는 것이다. 갇힌 인간이 왕복표 블루스를 부른다고 의아해할 것은 없다.

남자는 틈을 엿보아 은밀하게 로프를 만들기 시작했다. 셔츠를 찢어 꼬아서 여자의 죽은 남편 허리띠에 연결하자, 5미터쯤 되었다. 때가 오면 그 끝에 녹슨 재봉 가위를 벌려서 나무토막을 끼워 고정시킨 것을 단단히 얽어맬 작정이다. 물론 로프의 길이는 아직 멀었다. 생선과 옥수수를 말리는 봉당의 굵은 새끼줄과 빨랫줄로 사용되는 마줄을 이으면 거의 필요한 만큼의 길이가 될 것이다.

그런 아이디어는 아주 갑작스레 떠올랐다. 딱히 시간을 들이고 공들인 계획만이 순조롭게 성공하는 것은 아니다. 갑작스럽게 떠오른 아이디어도 그런 생각을 하게 되기까지의 수순을 의식하지 못할 뿐, 나름의 투자는 했던 것이다. 오히려 괜스레 주물럭거린 계획보다는 성공률이 높다.

다만 문제는 실행에 옮기는 시간이었다. 여자가 잠자는 밝은 낮 시간에 탈출하는 것이 최고다. 그러나 마을을 통과하려면 역시 밤이 아니면 곤란하다. 그러니까 결국은 여자가 눈을 뜨기 직전에 여기를 빠져나가 적당한 곳에 잠시 숨어서 날이 어두워지기를 기다렸다가 행동을 개시하게 될 것이다. 달이 뜨기 전, 어둠을 이용해 버스가 다니는 국도까지 가는 일 정도라면 그리 힘들지 않을 것이다.

그동안, 남자는 이곳의 지형과 마을의 배치에 대해 여자에게 이리저리 돌려 가며 물었다. 바다를 앞두고 있으면서도 어선 한 척 없이 어떻게 살림을 꾸려 나가고 있는지? ……언제부터 이런 상태가 지속되고 있는지? ……인구는 전부 얼마나 되는지? ……튤립은 누가 어디서 재배하고 있는지? ……아이들은 어떻게 학교에 다니는지? ……그렇게 얻은 간접적인 지식과 그가 이곳에 도착한 첫 날의 어렴풋한 기억을 끼어 맞춰 대충 지도를 완성할 수 있었다.

마을을 통과하지 않고 우회해서 도망치는 방법이 가장 이상적이지만, 서쪽은 몹시 험악한 곳이 앞을 가로막고 있다. 그렇게 높지는 않아도 오랜 세월에 걸친 파도의 침식 작용으로 소위 병풍암을 이루고 있는 것 같았다. 사람들이 땔감을 구하러 가느라 좁은 길을 내놓기는 한 모양인데, 수풀에 가려 분간하기 어려운 듯했다. 너무 끈질기게 물으면 여자의 의심을 살 수도 있으므로 그러지도 못했다. 반대로 동쪽은 깊숙한 만을 이루고 있는데 인가 하나 없는 사구를 10킬로미터 정도 오르락내리락 걷다 보면 다시 마을의 출구로 돌아오는 묘한 지형인 듯했다. 요컨대 이 마을은 병풍 암과 만이 목구멍을 조르고 있어 오도 가도 못하는 모래 주머니였다. 우물쭈물 시간을 낭비하면서 사람들이 경계를 늦추기를 기다리기보다는 과감하게 정면 돌파 작전을 쓰는 쪽이 안전할 것 같았다.

그렇게 해서 문제가 전부 해결되는 것은 아니다. 예를 들면, 저 망루에서 감시하는 눈과 그의 탈주를 눈치챈 여자가 난리를 피워 미처 부락을 벗어나기 전에 입구가 봉쇄될 우려도 있다. 하기야 이 두 가지는 결국 한 가지 문제로 귀결될 수도 있다. 삼태기를 운반하는 사람들이 물과 정기 배급품을 가지고 오는 것은 대개 해가 기울고 한참이 지나서다. 여자가 그의 도망을 그 이전에 알리려고 한다면 역시 망루의 감시인을 통하는 수밖에 없다. 문제는 망루에 있는 감시인을 어떻게 할 것이냐는 한 가지로 압축된다.

다행히 이 부근은 급격한 기온 변화 탓으로 해가 지기 전 30분에서 한 시간 정도 지표에 심한 안개가 낀다. 열용량이 적은 모래 속의 규산이 낮 동안 빨아들인 열을 한꺼번에 토해내는 까닭인 듯하다. 망루에서는 이쪽이 마침 역광을 받는 방향에 있으므로 안개가 조금만 끼어도 두터운 우윳빛 막이 낀 것처럼 시야가 가려질 것이다. 그 점은 만약을 위해서 어제 확인해 두었다. 바다 쪽 벼랑 아래서 몇 번이나 수건을 흔들어 보았지만 예상한 대로 아무 반응이 없었다.

계획을 짠 지 나흘째……. 늘 몸 씻는 물을 배급해 주는 토요일 오후에 작전을 실행하기로 했다. 그 전날 밤에는 감기에 걸린 척하고 일찍부터 푹 잤다. 여자에게 아스피린을 찾아오라는 무리한 일을 시켰다. 잡화상 선반에 방치되어 있던 것이라 그런지, 완전히 변색되어 있었다. 소주와 함께 두 알을 삼키자 단박에 효과가 나타났다. 여자가 일을 끝내고 돌아올 때까지, 삼태기 운반하는 소리를 한 번 들었을 뿐, 거의 기억이 없다.

오랜만에 혼자서 일한 여자는 과연 피로한 기색이 역력했다. 늦은 식사 준비에 안 그래도 마음이 급한 여자에게, 이전부터 상태가 안 좋았던 개수대 수리를 하자는 둥 이런저런 불필요한 말을 건다. 여자는 남자가 제멋대로 구는 것은 이곳 생활에 적응하기 시작한 표시이기도 하며 기분을 언짢게 하면 안 된다는 두려움에 싫은 표정 한 번 짓지 못했다. 한차례 일을 끝낸 후에는 꼭 몸을 씻고 싶어진다. 특히 잠을 자면서 흘린 땀으로 퉁퉁 부은 피부에 모래가 달라붙는 기분은 도무지 견디기 힘들다……. 마침 몸 씻는 물을 배급해 주는 날이고, 더구나 남자의 몸을 씻는 일에 특별히 정성을 쏟고 있는 여자는 물론 거절할 리가 없었다.

여자의 손길에 몸을 맡긴 채, 남자는 흥분한 척 갑자기 여자의 옷을 쥐어뜯었다. 보답 삼아 여자의 몸을 씻어 주겠다는 속셈이다. 여자는 낭패와 기대 사이에서 어쩌지를 못한다. 거절한다고 내젓는 손도, 대체 뭘 거절하려는 것인지 확실치 않다. 남자는 재빨리 여자의 알몸 위에 물을 쏟아붓고, 비누를 묻힌 손으로 직접 여자의 몸을 문지르기 시작한다. 귓밥에서 시작해, 턱 아래로 손길을 옮기고, 어깨를 주무르면서 한 손을 돌려 유방을 잡았다. 여자는 신음을 내지르면서 남자의 가슴에서 아랫배로 스르륵 몸을 미끄러뜨린다. 물론 기다리는 자세다. 그러나 남자는 서두르지 않는다. 천천히 시간을 들여서 세부에서 세부로, 꼼꼼하게 손가락을 옮긴다.

여자의 흥분은 당연히 남자에게도 전염되었다. 그러나 여느 때와는 다른 기묘한 애처로움의 응어리가 있었다. 여자는 지금 야광충의 빛을 받은 것처럼 빛나고 있다. 그 빛을 배신하는 것은 해방된 사형수에게 뒤에서 총질을 하는 것이나 다름없는 행위다. 식어 가는 감각에 불을 지르려 남자는 한층 격렬하게 손을 움직인다.

그러나 도착된 정열에도 한도가 있다. 처음에는 오히려 안달하던 여자가 마침내 남자의 광란에 두려움을 보인다. 남자도 사정한 후처럼 허탈감에 사로잡힌다. 그럴 때마다 다시금 용기를 내어 이런저런 외설적인 환영의 사슬로 채찍질을 하며 젖꼭지를 깨물고, 비누와 땀과 모래로 철분이 섞인 윤활유처럼 되어 버린 몸을 서로 부딪치며 흥분을 일군다. 최소한 두 시간은 지속할 작정이었다. 끝내 여자가 아픔을 호소하고 부들부들 떨면서 몸을 웅크리고 말았다. 그런 그녀의 등 뒤에 들러붙어 몇 초 만에 일을 끝냈다. 물을 끼얹어 비누를 씻어내고, 아스피린 세 알과 잔을 가득 채운 소주를 억지로 먹였다. 이리하여 해가 질 때까지…… 잘하면 삼태기를 운반하는 사람들의 구령 소리에 눈을 뜰 때까지…… 죽은 듯이 잠을

자 줄 것이다.

여자는 종이로 뚜껑을 막은 듯한 소리를 내면서 잠이 들었다……. 호흡은 깊고 길고, 뒤꿈치를 슬쩍 차 봤지만 거의 반응을 보이지 않는다……. 정욕을 있는 대로 쥐어 짜내 못 쓰게 된 튜브다. 흘러내린 수건을 다시 얼굴에 덮어 주고, 아랫배 언저리에 새끼줄처럼 꼬여 있는 옷을 무릎까지 끌어 내렸다. 계획의 마무리 단계라 다행히 감상에 젖을 틈은 없었다. 눈여겨봐 두었던 낡은 가위를 손보자, 거의 예정한 시각이 되었다. 집을 나서며 힐끗 뒤돌아볼 때는 어쩐 일인가, 가슴이 찢어질 듯 아팠다.

구멍 위 1미터 정도 되는 곳에 엷은 빛의 고리가 떠 있었다. 한 6시 30분에서 40분쯤 되었으리라. 마침 적당한 시간이다. 두 팔을 뒤로 쫙 뻗고 고개를 돌리며 어깨 근육을 풀었다.

우선은 지붕에 올라가야 한다. 물건을 멀리, 가능한 한 멀리 던지려면 올려다본 각이 45도에 가까울수록 효율이 높다. 실은 지붕에 올라갈 때 로프를 사용해 정확성을 실험해 보고 싶지만, 가위가 지붕에 부딪히는 소리에 여자가 눈을 뜨면 모든 것이 허사라 생략했다. 뒤편으로 돌아, 이전에 뭔가를 말리는 장소였던 것 같은 비막이의 흔적을 발판 삼아 기어오르기로 한다. 가느다란 목재를 사용한 데다 거의 썩어 가고 있어 땀이 쑥 빠졌다. 그러나 문제는 그다음이었다. 양철의 산이 움직이는 모래에 갈려 갓 얹은 지붕처럼 하얗게 도드라져 있었는데 막상 올라가 보니, 역시 물 먹은 비스킷처럼 흐물흐물했다. 발을 헛디뎌 빠지기라도 했다가는 끝장이다. 몸을 바짝 엎드리고 체중을 분산시켜 살금살금 앞으로 나아갔다. 간신히 지붕 꼭대기에 도착해 걸터앉는 자세로 무릎을 세운다. 지붕 위는 이미 어둠에 잠겨 있고, 구멍의 서쪽에 언뜻언뜻 보이는 언 꿀 같은 뿌연 알갱이는 안개가 끼기 시작했다는 증거다. 이제 망루의 감시를 염려할 필요는 없을 것 같다.

로프 끝에서 1미터 정도 되는 곳을 오른손에 잡고, 올가미를 던지는 요령으로 머리 위에다 빙빙 돌린다. 목표는 삼태기를 오르내릴 때 도르래 대신 사용하는 그 가마니다. 새끼줄 사다리를 고정시킬 수 있을 정도니 꽤 깊이 묻혀 있을 것이다. 점점 빨리 돌리면서 목표 범위를 좁혀 던졌다. 전혀 뜻하지 않은 방향으로 날아가고 말았다. 던진다는 발상이 잘못된 것이리라. 가위는 원주의 접선을 따라 날아갈 테니, 로프가 목표 지점에 직각이 되는 순간이나 그 바로 직전에 손을 놓으면 될 일이다. 그렇지, 그렇게! 하나 안타깝게도 이번에는 벼랑에 부딪혀 떨어지고 말았다. 회전 속도와 앙각의 균형이 맞지 않았던 모양이다.

몇 번이나 거듭하는 사이, 거리도 방향도 상당히 안정되었다. 하지만 명중하려면 아직 멀었다. 조금이라도 숙달된 기미가 보이면 그나마 안심일 텐데 오차는 조금도 줄지 않고, 피로와 초조의 간격만 오히려 좁아졌다. 아무래도 너무 쉽게 생각한 것 같다. 누구의 속임수에 걸려든 것도 아닌데 부아가 치밀고 울음이 터져나올 듯한 기분이었다.

하기는 가능성은 반복에 정비례한다는 확률의 법칙은 틀림이 없는 모양이다. 아무 기대도 없이 거의 자포자기한 기분으로 던진 열몇 번째 로프가 보란 듯이 가마니에 꽂힌 것이다. 입안이 푸르르 떨렸다. 침이 주르륵 흘러나왔다. 하지만 좋아라 하기에는 아직 이르다……. 복권 살 돈을 겨우 마련했을 뿐이다……. 당첨이 될지 안 될지는 더 두고 봐야 한다. 온 신경을 로프에 집중하고 거미줄로 별을 따는 듯한 심정으로 살며시 잡아당겼다.

로프가 팽팽해졌다. 믿기 어려웠지만, 로프 끝은 단단하게 박혀 움직이지 않았다. 잡아당기는 손에 힘을 좀 더 주어 본다……. 긴장 속에 이젤까 저젤까 하고 환멸의 순간을 기다리면서……. 그러나 의심의 여지가 없었다. 벌어진 가위의 날이 가마니에 멋들어지게 꽂힌 것이다. 아, 이 얼마나 절묘한 기회인가! ……행운이 굴러들어 왔다! ……이런 식으로 가면, 앞으로도 일이 잘 풀릴 것이다. 틀림없다!

서둘러 지붕에서 내려와, 지금은 오로지 모래 벽에 수직으로 조용히 매달려 있는 로프 아래 선다. 지상이 바로 저기다……. 믿을 수 없을 정도다, 바로 저기. 얼굴이 경직되고 입언저리가 떨렸다. 콜럼버스의 달걀은 분명 삶은 달걀이었을 것이다. 너무 뜸을 들이면 오히려 금이 가기 쉽다.

로프를 잡고 천천히 체중을 싣는다. 갑자기 고무줄처럼 늘어나기 시작했다. 털구멍에서 땀이 솟아났다. 다행히 30센티미터 늘어나자 멈췄다. 체중을 완전히 실어 보았다. 이번에는 걱정 없을 듯했다. 손바닥에 침을 뱉고 발바닥에 로프를 끼고 올라가기 시작했다. 나무 타기 장난감 원숭이 같은 요령으로 하면 된다. 지나치게 흥분한 탓인가, 이마에 솟은 땀이 차

갑다. 가능한 한 모래를 덮어쓰지 않으려고 로프에만 몸을 의지하는 탓에 빙빙 돌아 안정감이 없다. 생각했던 것보다 위로 오르기가 수월치 않다. 과연 인력이란 끈질긴 것이다. 그건 그렇고 왜 이렇게 떨리는 것일까? 끝내는 팔이 의지와는 관계없이 앞장서 제 몸을 떨쳐 내려 한다. 하기야, 저 독에 범벅이 된 46일간의 일을 생각하면 그럴 만도 하다. 1미터 거리가 벌어지면 100미터 깊어지고, 2미터 벌어지면 200미터 깊이가 되고, 점차 깊어져 까마득한 심연이 된다……. 너무 지친 탓이다……. 아래를 보아서는 안 된다……. 보라, 바로 저기가 지상이다……. 사방 어디든, 세계의 끝까지 자유롭게 걸어갈 수 있는 길이 뻗어 있는 지상이다……. 지상으로 올라가면, 모든 것은 추억이라는 수첩 사이에서 말린 꽃이 될 것이다……. 독초든 육식 식물이든, 엷고 반투명한 한 장의 꽃잎이 되어, 거실에서 녹차를 마시면서 전등 빛에 비춰 보며 늘어놓는 경험담의 양념이 된다.

그렇다고 지금 새삼스럽게 여자를 비난할 생각은 추호도 없었다. 그녀가 숙녀도 아니지만, 그렇다고 매춘부도 아니었다는 것은 내가 확실하게 보장한다. 만약 보증서가 필요하다면 도장 정도 열 번이든 스무 번이든 언제든 기꺼이 찍어 줄 수 있다. 그저 그녀는 나와 마찬가지로 왕복표에 매달리는 것 외에는 달리 재주가 없는 어리석은 여자였을 뿐이다. 그러나 같은 왕복표라도 출발지가 다르면 목적지도 자연히 다른 법이다. 내게는 돌아오는 표인 것이 상대방에게는 가는 표일지라도, 딱히 이상할 것은 없다.

가령 여자가 무슨 착각을 했다 해도, 그래 봐야 착각은 착각에 지나지 않는다.

……아래를 보면 안 된다, 아래를 보면 안 된다!

등산가든 빌딩 청소부든 텔레비전 송신탑의 전기공이든 공중그네를 타는 곡예사든 발전소의 굴뚝 청소부든, 아래에 신경을 쓰면 그때가 바로 파멸의 순간이다.

24

무사히 올라왔다!

가마니를 움켜잡고, 손톱이 거의 뜯겨 나갈 것 같은데, 안간힘을 쓰고 기어오른다. 보라, 바로 지상이다! 이제 손을 놓아도 떨어질 염려는 없다. 그런데도 가마니를 움켜잡은 채, 한동안 팔에서 힘을 뺄 수가 없었다.

그 46일 만의 자유는 세찬 바람에 휘몰렸다. 몸을 바짝 엎드리자, 얼굴과 목덜미가 따끔따끔 모래 알갱이에 찔렸다. 이런 심한 바람은, 계산에 넣지 않았다! ……구멍 속에서는 그저 멀리서 울리는 바다 소리 같게만 여겨졌고, 여느 때 같으면 해풍과 육풍이 바뀌면서 무풍 상태가 될 시각이다. 그러나 이처럼 바람이 심하게 불어서야 안개는 도저히 기대할 수가 없다. 그렇다면 저 탁하기만 했던 하늘은 구멍 속에서만 보이는 현상이란 말인가? 아니면 모래의 흐름을 안개와 착각한 것일까? 아무튼 일이 어렵게 되고 말았다.

조심조심 눈을 치켜뜨고 사방을 살핀다……. 엷은 빛 속에서 망루가 유난히 가늘고, 기울어 보였다. 의외로 빈약했고, 거리도 멀었다. 그러나 상대방은 망원경을 통해 보고 있다. 거리는 기대할 수 없다. 벌써 발각된 것일까? ……아니, 발각됐다면 바로 종이 울렸을 것이다.

불과 반년 전 폭풍이 몰아치던 밤, 서쪽 어귀에 있는 구멍에서 흘러내리는 모래를 미처 막지 못해 집이 절반이나 묻혀 버린 일이 있었다고 한다. 이어 비가 내렸다. 물기를 머금은 모래는 무게가 두 배나 된다. 집은 짜부라진 성냥갑처럼 폭삭 무너졌다. 다행히 부상을 입은 사람은 없었지만, 이튿날 아침 그 일가족은 도주를 시도했다. 종이 울렸는가 싶더니 채 5분도 지나지 않아 골목길로 끌려가는 노인의 울부짖는 소리가 들렸다고 한다. 들리는 소문에 의하면, 그 일가족에게는 정신병자의 피가 섞여 있는 모양이라고, 여자는 천연덕스러운 말투로 덧붙였지만…….

아무튼 우물쭈물하고 있을 시간이 없다. 용기를 내어 고개를 들어 보았다. 사방이 온통 붉은 기를 띤 모래의 기복을 따라 긴 그림자가 나른하게 드리워져 있고, 그림자에서 흘러나온 움직이는 모래의 막이 잇달아 다른 그림자 속으로 빨려 들어간다. 그 움직이는 모래의 막 덕분에 요행히 발견되지 않은 것일까? ……역광의 효과를 확인하려고 뒤를 돌아본 남자는 자기도 모르게 눈을 부릅떴다. 기울어 가는 태양이 탁하게 번져 있고 사방이 우윳빛 연기가 낀 것처럼 보이는 까닭은 비단 날리는 모래 탓만이 아니었던 것이다. 바람에 날려 흩어지면서도 역시 안개가 끊임없이 지면에서 솟아나고 있었다. 이쪽에서 없어지면 저쪽에서 솟아나고 저쪽에서 없어지면 이쪽에서 얼굴을 내밀고……. 마치 소방차가 떠나고 난 다음의 불탄 자리 같은 광경이었다……. 물론 역광을 받아 간신히 눈에 띌 정도의 옅은 안개였지만, 그래도 감시의 눈을 어지럽히기에는 부족함이 없을 것 같았다.

신발을 신고 둘둘 만 로프를 주머니에 쑤셔 넣었다. 가위를 매단 로프는 만에 하나 위험이 닥쳤을 때 무기로 쓸 수 있을 것이다. 도주 방향은 일단 역광이 보호해 주는 서쪽이다. 한시 빨리, 해가 지기 전에 숨어서 시간을 보낼 수 있는 적당한 은신처를 찾지 않으면 안 된다.

자 서두르자! ……몸을 낮추고 저지대를 달린다! 허둥댈 필요는 없다……. 신중하게 사방을 살피면서 가는 것이다……. 저기, 움푹 들어간 곳에 몸을 숨긴다! ……수상한 소리가 들리지 않았는지? ……불길한 예감은 없는지? 없다면 일어나 다시 전진이다. 오른쪽으로 너무 치우쳐서는 안 된다! ……오른쪽 벼랑은 너무 낮아서 구멍 안에서 내다볼 가능성이 있다.

밤마다 삼태기를 나르는 터라 구멍과 구멍 사이에 한 줄기 곧바른 고랑이 나 있었다. 고랑 오른쪽은 기복이 심한, 그러나 완만한 사면이다. 그 아래, 두 번째 줄 집들의 지붕이 언뜻언뜻 드러나 보인다. 바다 쪽에 접해 있는 집들이 가림막 구실을 하는 덕분에 벼랑은 한결 낮고, 사방용 섶나무 울타리가 그곳에서는 큰 도움이 되는 모양이다. 바깥쪽 벼랑을 통하면 아마 마음대로 출입도 할 수 있을 것이다. 자세를 약간 높이자 방 안까지 훤히 들여다보였다. 부채꼴로 넓게 벌어져 있는 모래의 사면에 기와 지붕과 양철 지붕, 판자 지붕이 거뭇거뭇 모여 있고…… 빈약하나마 소나무 숲도 있고, 연못 같은 것도 보였다. 이까짓 풍경을 지키기 위해 바다에 접한 열몇 가구가 노예의 생활을 강요당하고 있는 것이다.

노예들의 구멍은 지금 길 오른쪽에 줄지어 있다……. 군데군데 삼태기를 끌고 가는 고랑의 곁가지가 있고, 그 끝에 묻혀 있는 닳아빠진 가마니가 구멍의 존재를 알려 주고 있다……. 보는 것만으로도 고통스러웠다. 가마니에는 새끼줄 사다리가 걸려 있지 않은 곳도 있지만, 걸려 있는 가마니가 더 많은 듯했다. 이미 탈출 의욕을 상실한 사람들도 적지 않다는 뜻일까?

물론 그런 생활이 성립할 수 있다는 것도 이해되지 않는 것은 아니었다. 부엌이 있고, 연기가 피어오르는 아궁이가 있고, 교과서를 쌓아 놓은 사과 상자가 있고, 부엌이 있고, 화로가 있고, 등잔이 있고, 연기가 피어오르는 아궁이가 있고, 찢어진 장지문이 있고, 검댕이가 낀 천장이 있고, 부엌이 있고, 움직이는 시계와 움직이지 않는 시계가 있고, 소리 나는 라디오와 망가진 라디오가 있고, 부엌과 연기가 피어오르는 아궁이…… 그리고 그런 것들 사이사이에 박혀 있는 백 엔짜리 동전과 가축과 아이들과 성욕과 차용증과 간통과 향로와 기념사진 등…… 소름 끼치도록 완벽한 반복……. 그것이 심장의 고동처럼 생존에 불가결한 반복이라 할지라도, 심장의 고동만이 생존의 모든 것이 아닌 것 또한 사실이다.

쉿, 빨리 몸을 낮춰! ……아니, 별일 아니다, 그냥 까마귀였다. 결국 잡아서 박제로 삼을 기회는 잃었지만, 이제 그런 것은 아무래도 상관없다. 문신과 배지와 훈장을 원하는 것은, 믿지도 않는 꿈을 꾸고 있을 때뿐이다.

드디어 마을 어귀까지 온 모양이다. 길이 사구의 능선과 겹쳐지고 시야가 확 트였다. 왼쪽으로는 바다가 보였다. 부는 바람에 찝찔한 소금 냄새가 섞이고, 귀와 콧방울이 쇠 팽이를 돌리는 듯한 신음을 내질렀다. 목에 감은 수건이 펄럭이며 볼을 때렸다. 여기서는 과연 안개도 솟아날 기운이 없는 모양이다. 바다는 양은색으로 탁하게 도금되어 있고, 끓인 우유 위에 뜬 얇은 막처럼 주름져 있었다. 식용 개구리의 알 같은 구름에 짓눌린 태양은 물 속에 잠기기가 싫어서 떼를 부리고 있는 듯한 모습이다. 수평선에, 거리도 크기도 가늠할 수 없는 검은 배 그림자가 점점이 떠 있었다.

앞으로 곶까지는 완만한 사구가 몇 겹으로 몸을 움틀거리고 있을 뿐이다. 그냥 전진하는 것은 위험할지도 모른다. 주춤거리며 뒤를 돌아보니, 다행히 망루는 야트막한 모래 언덕에 가려 보이지 않았다. 자세를 조금씩 높이자 바로 오른쪽 사면 뒤에, 그 각도에서만 보이는 오두막집이 거의 쓰러진 채 모래에 묻혀 있었다. 바람이 불어가는 쪽은 숟가락으로 퍼낸 것처럼 깊이 패어 있었다.

숨기에 안성맞춤이다……. 모래 표면은 조개껍데기의 안면처럼 매끄럽고, 사람이 걸었던 흔적 따위 어디에도 없다…….

그러나 너 자신의 흔적은 어쩔 것인가? ……뒤를 더듬어보니, 30미터 떨어진 곳부터는 완전히 모래에 지워져 있었다……. 발치에 있는 흔적조차, 점점 무너지며 변형되고 있다……. 하필 이렇게 바람이 심하게 부는 날이 걸렸지만 불리한 것만은 아닌 듯하다.

오두막 뒤로 돌아 들어가려는데, 안에서 검은 물체가 기어 나왔다. 돼지처럼 투실투실 살찐 뻘건 개였다. 놀래키면 어떻게 해, 저리 가! 그러나 개는 가만히 남자를 쳐다보기만 할 뿐 겁먹은 기색조차 없다. 뭉개진 한 쪽 귀와 유난히 작은 눈 때문에 정말이지 인상이 음산하다. 코를 피뜩거리고 있다. 짖을 참인가? 짖어 보라지……. 주머니에 들어 있는 가위를 꽉 잡는다……. 짖었다가는 이 가위로 대가리에 구멍을 뚫어 줄 테다! 그러나 개는 으르렁거리는 소리 하나 내지 않고 남자를 쏘아본다. 들개일까! 윤기 없는 푸실푸실한 털……. 피부병을 앓았는지 콧잔등에는 딱지가 앉아 있다……. 짖지 않는 개는 위험하다고 한다……. 제길, 뭐 먹을 것을 좀 준비해 왔으면 좋았을 텐데 그랬다……. 그렇지, 먹을 것이라고 하니 생각난다, 청산가리를 그냥 두고 왔다……. 뭐 어떠랴, 여자도 그걸 숨겨 놓은 자리는 눈치채지 못할 것이다……. 살며시 휘파람을 불고 손을 내밀어 개의 주의를 끌어 본다……. 대답 대신, 훈제 청어 같은 혓바닥을 날름거린다. 사이사이에 모래가 낀 누런 이빨이 드러났다……. 이 자식, 혹시 나한테서 식욕을 느낀 것은 아니겠지? 유난히 목덜미가 굵다……. 단번에, 제대로 숨통이 끊어져 주면 좋을 텐데…….

갑자기 개가 시선을 다른 데로 돌리더니 고개를 축 늘어뜨리고 아무 일도 없었다는 듯 사라진다. 내게서 풍기는 살기에 기가 죽은 모양이다. 들개를 눈싸움으로 물리치다니, 내 기백도 쓸 만한 모양이다. 주륵주륵 모래 웅덩이로 미끄러져 내려가 그대로 사면에 몸을 기댔다. 바람을 맞지 않는 덕분인가, 호흡까지 한결 수월해진다. 개는 부는 바람에 휘청거리면서 모래 저편으로 사라졌다. 들개가 살고 있다는 것은 다름 아닌 인간이 근접하지 않는다는 증거이기도 할 것이다……. 개가 농협 출장소에 고자질이라도 하지 않는 한 안전하다고 봐도 좋을 듯하다. 끈끈하게 배어나는 땀까지도 지금은 오히려 상쾌하다. 조용하다! 마치 젤라틴 속에 갇혀 있는 것 같다……. 언제 폭발할지 모르는 시한폭탄을 껴안고 있으면서, 그 소리가 자명종의 따르릉 소리만큼도 신경 쓰이지 않는다……. 뫼비우스의 띠 같으면 당장에라도 상황을 분석해 이렇게 말하리라…….

"자네, 그거야말로 전형적인, 수단의 목적화에 의한 진통 작용이란 거야."

"옳으신 말씀."

그는 간단히 동감한다.

"그렇지만, 수단이니 목적이니 하고, 하나하나 구별하지 않으면 안 되는 건가! 필요에 따라 적당히 나눠 사용해도……."

"그럴 수는 없지. 시간을 위아래로 흐르는 것이라 여기고 생활할 수는 없잖나! 시간이란 원래 옆으로 흐르는 것이라고."

"그것을 세로로 놓고 생활하면 어떻게 되지?"

"그야 당연히 미라가 되겠지!"

남자는 키들키들 웃으면서 신발을 벗었다. 과연 시간은 옆으로 흐르는 것인 모양이다. 신발 속에 고인 모래와 땀이 견딜 수 없어진 것이다. 신발을 벗고 발가락을 벌리고, 바람을 쏘인다. 그건 그렇고, 동물의 집은 어째서 이렇듯 지독한 냄새가 나는 것일까! 동물한테서 꽃향기가 난다고 해서 나쁠 것은 전혀 없을 텐데……. 아니, 이건 내 발 냄새다……. 그렇게 생각하니 갑자기 친밀감이 솟구치는 것도 참 이상한 일이다…….누구였더라, 자기 귀지만큼 맛있는 것도 없다, 본고장의 치즈 이상이라고 말한 인간이 있었는데……. 그 정도는 아니지만, 썩은 이의 냄새에는 아무리 맡아도 싫증나지 않는 고혹적인 무언가가 있다…….

오두막의 입구 절반이 모래에 막혀 있어 거의 안이 들여다보이지 않았다. 오래된 우물의 흔적일까? 모래를 막기 위해서, 임시로 우물을 팠을지도 모른다. 하기야 이런 데서 물이 나올 리 없겠지만……. 들여다보려다 이번에는 진짜 개 냄새의 세례를 받았다. 동물의 체취란 철학 이상의 존재다. 그건 그렇고 시간이 옆으로 흘러가는 것이라면, 어서 빨리 흘러가 주었으면 좋겠다! 기대와 불안…… 해방감과 초조함……. 이런 식으로 오금을 저리게 하는 것이 가장 견디기 힘들다. 얼굴에 수건을 덮고 벌렁 쓰러졌다. 이건 내 냄새인데, 암만 좋게 말해도 고급품이라고는 할 수 없다.

움찔움찔 무언가가 발등을 기어 다닌다……. 길앞잡이과라면 이런 식으로 걷지 않는다……. 보나마나 빈약한 여섯 개의 다리로 간신히 체중을 끌고 다니는 먼지벌레 같은 것이겠지……. 남자는 이미 확인해 볼 마음도 없었다. 가령 그것이 길앞잡이과였다 해도, 과연 쫓아가서 잡을 마음이 생길지 어떨지 의심스럽다. 아마 그 자신도 확답을 내릴 수 없을 것이다.

바람에 수건이 날아갔다. 눈가에서 사구의 능선 하나가 금빛으로 빛났다. 비스듬하게 부풀어 오른 곡면이 황금의 선을 경계로 급한 각도를 이루며 그림자 속으로 빨려 들어간다. 그 공간 구성에 묘한 긴박감이 있어, 남자는 신비스러울 정도의 그리움에 오싹 소름이 끼쳤다.

'오호, 이거야 정말 낭만적인 풍경이로군요……. 이런 풍경이야말로 요즘 젊은 관광객들이 가장 선호하는 것입니다……. 유망주예요……. 이 분야의 경험자로서 말하는데, 발전은 보장된 것이나 다름없습니다. 다만 우선은 광고! 광고를 하지 않으면 파리도 꼬이지 않는 법이니까요……. 모르면 없는 것이나 마찬가집니다……. 진주를 진흙에서 썩히는 것이나 다름없어요. 자 어떻게 하면 좋을까요? ……실력 있는 사진가에게 부탁해, 아름답고 호기심을 자극하는 엽서를 만드는 겁니다. 옛날에는 명소가 있고 그다음에 엽서를 만들었죠……. 하지만 요즘은 그렇지 않습니다. 우선은 엽서…… 그다음에 명소가 생기는 것이 보통이죠. 여기 두세 가지 견본을 가지고 왔으니까, 아무튼 이것을 좀 보십시오.'

함정에 빠뜨렸다고 생각했는데 오히려 함정에 빠져, 병들어 죽고 만 불쌍한 엽서장이. 그러나 그 엽서장이가 선부른 사기꾼이었다고는 생각되지 않는다……. 어쩌면 진심으로 이 풍경에 꿈을 걸고 사업을 일으키려 했는지도 모를 일이다……. 대체 이 아름다움의 정체는 무엇일까? ……자연이 지니는 물리적인 규율과 정직함 때문일까, 아니면 반대로 어디까지나 인간의 이해를 거부하려는 그 무자비함 때문일까?

하기야 어제까지만 해도 이런 풍경 따위 생각만 해도 가슴이 컥컥 막혔다. 엽서장이 같은 사기꾼에게는 딱 어울리는 구멍이라고 생각했던 것도, 사실은 홧김이었다.

그렇다고 그 구멍에서의 생활과 이 풍경을 대립시켜 생각해야 할 이유는 어디에도 없다. 아름다운 풍경이 인간에게 관대해야 할 필요가 세상 어디에 있으랴. 결국 모래를 정착의 거부라고 생각한 나의 출발점에 별 틀림은 없었다는 얘기다. 1/8mm의 유동…… 상태가 그대로 존재인 세계……. 이 아름다움은 다름 아닌 죽음의 영토에 속하는 것이다. 거대한 파괴력과 폐허의 장엄함으로 통하는 죽음의 아름다움이다. ……아니지, 잠깐. 그렇다고 남들이 내가 왕복표를 손에 꼭 쥐고 놓지 않았다고 운운해서야, 체면이 서지 않는다. 맹수가 등장하는 영화나 전쟁 영화가 재미있는 까닭은, 설사 심장병이 도질 만큼 사실에 육박하더라도 극장문을 열고 밖으로 나서면 거기에는 어제에 이어지는 오늘이 기다리고 있기 때문이다……. 실탄을 장전한 총을 메고 극장에 가는 멍청한 인간은 없다……. 사막에서, 풍경에 생활을 적응시키지 않으면 안 되는 것은 물 대신 자기 오줌을 마시는 특별한 쥐든가 썩은 고기를 먹이로 삼는 곤충이든가, 좀 더 나아 봐야 편도 표밖에 모르는 유목민 정도다. 표는 애당초 편도 표밖에 없다고 믿으면 바위에 들러붙어 사는 굴을 흉내 내어 모래에 들러붙어 살겠다는 따위의 무모한 시도를 하지 않아도 된다. 하기야 그 유목도 오늘날에는 축산업이라고 명칭까지 바뀌어 버렸지만…….

그렇다, 여자에게 이 풍경 얘기를 해 주었으면 좋았을 것을……. 왕복표가 절대 통용되지 않는 모래의 노래를, 다소 음정이 틀려도 상관없으니까 들려주었더라면 좋았을지도 모른다……. 그런데 내가 한 짓이라니 고작 다른 생활이란 미끼로 여자를 낚겠다는 서투른 호색한 흉내에 지나지 않았다. 정신까지 모래 벽에 짓눌려 종이 봉투를 뒤집어쓴 고양이 꼴이 된 것이다.

능선의 빛이 홀연 사라졌다……. 풍경 전체가 점차 어둠으로 가라앉았다. 어느 틈엔가 바람도 자고, 이 정도면 안개도 다시금 기세를 회복했을 것이다. 이렇게 갑작스럽게 해가 떨어진 것도 아마 그 탓이리라.

자, 이제 나가자.

25

삼태기를 운반하는 사람들이 일을 시작하기 전에 우선 마을을 통과해야 한다. 지금까지의 경험으로 봐서 앞으로 한 시간 정도는 여유가 있다. 안전하게 45분이라고 해 두자. 곶의 연장선이 마을을 감싸 안듯 점차 안쪽으로 구부러져 동쪽 만에 이르면서 길은 외길로 좁아지는데, 그 주변에서 병풍암도 끝이 나고 야트막한 사구가 되는 모양이다. 안개에 번진 마을의 불빛을 오른쪽으로 보면서 똑바로 나아가면 대충 그 언저리에 도착할 것 같다. 거리로 하면 약 2킬로미터……. 그다음은 마을 밖이고, 드문드문 땅콩 밭이 있을 뿐 인가가 있었던 기억은 없다. 언덕만 넘으면 보통 길이 나올 것이다. 일단은 적토로 조성된 길이니 힘껏 달리면 국도까지 대충 15분. 거기까지 가면 그다음은 식은 죽 먹기다. 버스도 달리고 있거니와 사람들도 산다…….

따라서 마을을 벗어나는 데 필요한 시간은 약 30분이라는 계산이 나온다. 이 모래땅에서 시속 4킬로미터로 달려야 하니 쉬운 일은 아니다. 모래땅에서는 발이 빠지는 것보다 밟을 때의 힘의 비효율성이 난제다. 뛰면 오히려 힘의 낭비가 심하다. 차라리 성큼성큼 걷는 것이 능률적이다. 다만 모래는 힘을 흡수한 데 대한 벌충으로 발소리도 흡수한다. 발소리에 신경을 쓰지 않아도 된다는 점이 그나마 장점이라면 장점이리라.

발치를 조심하라니까! 넘어져도 별 탈은 없다고 얕잡아 보는 탓인가, 대수롭지 않은 융기나 굴곡에도 금방 넘어져 무릎을 꿇고 만다……. 무릎을 꿇는 정도에서 끝나면 몰라도 만에 하나 또 깊은 모래 벼랑이라도 만나면 어쩔 생각이냐!

사방은 어둡고 모래는 한없이 불규칙한 꿈틀거림을 계속하고 있다. 꿈틀거림 속에 또 꿈틀거림이 있고, 그 작은 꿈틀거림이 한층 더 자잘한 몇 개의 기복으로 분할된다. 목표로 삼은 마을의 불빛도 끝없는 꿈틀거림에 가려 좀처럼 시야에 들어오지 않는다. 그사이 직감에 의지해 수정하면서 앞으로 나아가는데, 늘 어이가 없을 정도로 오차가 컸다. 아마도 무의식 중에 발길이 불빛을 찾아 높은 곳을 향하는 탓이리라.

아니, 또 틀렸다! 좀 더 왼쪽이야! ……이대로 가면 그대로 마을 안으로 뛰어드는 셈이 된다……. 얕은 산 같은 언덕을 세 개나 넘어왔는데, 불빛은 조금도 가까워지지 않았다……. 마치 같은 곳을 맴돌고 있는 것 같다. 땀이 눈으로 흘러든다……. 잠시 쉬면서 헉헉 숨을 가다듬는다.

여자는 지금쯤 잠에서 깨어났을까? ……잠에서 깨어나 내가 없어진 것을 알면 어떤 반응을 보일까? ……아니다, 그렇게 금방 알아차리지는 못할 것이다……. 뒷간에서 용변을 보는 중이라고, 그쯤으로 생각할 것이다……. 오늘 밤, 여자는 지쳐 있다……. 어두워질 때까지 잠에 빠져 있었다는 것에 놀라 황망히 일어나기가 고작이리라……. 그리고 바작바작 마른 사타구니와 아직도 희미하게 남아 있는 통증을 수반한 화끈거림에 오늘 아침의 광란을 떠올릴 것이다……. 여자는 손으로 더듬어 등잔을 찾으면서 피식 수줍은 미소를 띠리라…….

그렇다고 그 미소에 내가 의무나 책임을 느껴야 한다는 법은 없다. 나의 탈출로 여자가 잃는 것은 기껏해야 라디오와 거울로 환치될 수 있는 생활의 파편에 지나지 않는다.

“정말 큰 힘이 돼요…… 혼자서 할 때하고 달라서, 아침에도 느긋하게 시간을 보낼 수 있고, 일도 두 시간은 빨리 끝나잖아요…… 이러다가, 조합에 부업거리라도 부탁해 볼까 해요…… 그래서 돈을 모아서…… 그러면 거울이나 라디오 같은 것도 살 수 있지 않을까 싶어서…….”

'라디오와 거울…… 라디오와 거울……'

마치 인간의 생활이 그 두 가지만 있으면 성립될 수 있다고 믿는 듯한 집념이다. 과연 라디오도 거울도 타인과의 관계를 연결한다는 점에서는 비슷한 성격을 갖고 있다. 어쩌면 인간이란 존재의 근원에 관계되는 욕망인지도 모르겠다. 좋고말고, 무사히 돌아가면 라디오쯤이야 얼마든지 사서 부쳐 주지. 있는 돈을 다 털어서 최고급 트랜지스터 라디오를 사서 보내 주지.

그러나 거울은 좀 힘들겠는데. 이곳에서 거울은 소모품이다……. 반년쯤 지나면 뒷면의 수은막이 일어날 것이고, 일 년이 지나면 쉴 새 없이 공중을 흐르는 모래와의 마찰로 앞면의 유리까지 뿌예지고 말 것이다……. 지금 갖고 있는 거울과 마찬가지로, 한쪽 눈이 비치면 코가 흐려지고, 코가 비치면 입이 비치지 않는 꼴이 된다. 아니 뭐 얼마나 오래가느냐, 그것만 문제 삼는 것은 아니다. 라디오와 달라서, 거울이 통로가 되기 위해서는 우선 봐 주는 타인이란 존재가 전제되지 않으면 안 된다. 누군가 봐 주는 기회조차 없는데, 새삼 거울이 무슨 필요가 있을까?

그렇지, 귀를 바짝 기울여야 할걸! 대변을 보는 것치고는 시간이 너무 오래 걸리는 것 아닐까……. 옳은 말씀, 놈은 보란 듯 도망쳤다……. 어때 소리를 지를 것인가? ……아니면 망연자실할 것인가? ……아니면 눈물을 찔끔 흘릴 뿐일까? 어느 쪽이든 어차피 내 책임은 아니다……. 거울의 필요성을 거부한 것은 너 자신이었으니까.

"……이것도 어디선가 읽은 얘긴데, 요즘 가출이 큰 문제가 되고 있잖아? 생활 환경이 나쁜 탓인가 하고 여겼더니, 아무래도 그 이유만은 아닌 것 같아…… 중산층 정도되는 농가에서, 땅도 더 사들이고 기계도 새로 들일 만큼 웬만한 집안의 장남이 훌쩍 집을 나가 버렸다잖아. 얌전하고 일도 열심히 하는 청년이었는데, 원인을 통 알 수가 없어서 부모도 골치를 썩고 있는 모양이야. 농촌에서는 체면이니 이웃간의 도리니 하는 것도 있는데, 가문을 이을 장남이 가출을 했다면, 어지간한 사정이 없고서야……."

"그래요…… 도리는 어디까지나 도리니까요……."

"그래서 친척이 일부러 그 청년을 찾아가 사연을 들어 본 모양이야. 그런데 여자와 동거를 하는 것도 아니고, 도박이나 빚에 쫓기는 것 같지도 않고, 구체적인 동기는 특별히 없다는 거였어. 그렇다면 대체 뭣 때문에 집을 나왔느냐고 물었더니, 청년이 대답하기를, 도무지 요령을 알 수 없는…… 더 이상, 참을 수 없었다, 는 말이었다는군. 그 이상을 뭐라 제대로 설명을 못한 모양이야."

"정말이지 세상에는 경솔한 사람들이 많으니까요……."

"그러나 생각해 보면 그 청년의 마음도 이해가 가잖아. 농부란 것은, 일해서 땅을 늘리면 일거리가 더 늘어나는 셈이니까…… 결국 고생에 끝이 없고, 그런 나머지 얻어지는 것은 더욱 고생이 늘어날 것이란 가능성뿐이야…… 하기야 농부는 쌀이니 감자니 하는 수확이 있으니 그만큼 낫다고 해야 하나? 그에 비하면 이 모래 퍼내기 작업은, 마치 삼도천(三途川) 강가에다 돌탑을 쌓는 것이나 다름없잖아!"

"삼도천 얘기, 끝에는 어떻게 될까요?"

"어떻게 되고 뭐고가 어딨어…… 어떻게도 되지 않으니까 지옥의 벌이라고 하는 거지!"

"그래서 그 가문을 이을 청년은 어떻게 되었는데요?"

"어떻게라니? 그야 미리부터 계획적으로 한 일이었으니 일자리 정도는 진작부터 알아보았겠지."

"그래서요……?"

"그러니까, 거기에 다니겠지……."

"그래서 그다음에는……."

"그다음에는 뭐 월급날이 되면 월급을 받을 테고, 일요일에는 옷을 갈아입고 영화나 보러 가고 그러겠지."

"그러고는요?"

"그런 거 본인한테 직접 물어보지 않고서야 어떻게 알겠어!"

"역시 돈을 모아서 라디오를 샀을까요?"

어휴, 간신히 다 올라왔는 줄 알았는데 아직도 도중인가……. 아니지 아니야……. 여기는 이미 평지다……. 그렇다면 목표인 불빛은 어디로 가 버린 것일까? 믿기지 않는 기분으로 좀 더 앞으로 나아가 본다……. 여기는 분명 언덕의 능선 위인 것 같은데……. 그런데 불빛이 보이지 않는다는 것은 대체 무슨 까닭일까? 불길한 예감에 발이 움츠러들었다. 아무래도 아까 멋대로 행동한 것이 실수의 원인인 듯하다. 급한 언덕을 방향도 확인하지 않고 그대로 미끄러져 내려갔다. 상상했던 것 이상으로 긴 골짜기였다. 깊을 뿐만 아니라 폭도 넓었다. 그런 데다 그 바닥에 몇 겹이나 되는 모래의 주름이 복잡하게 뒤얽혀 있어, 그 탓에 판단이 흐려진 것이리라. 그건 그렇다 치고, 어째서 불빛이 전혀 보이지 않는 것일까? 석연치 않다……. 기껏해야 행동 반경 1킬로미터 이내의 오차이다……. 헤맸다고 해 봐야 별것 아니다……. 기분으로는 왼쪽으로 가고 싶은데 마을에 대한 경계심 때문인지도 모르니 오히려 불빛에 다가가기 위해서는 과감하게 오른쪽을 선택해야 하는지도 모른다……. 이제 얼마 있으면 안개가 걷히고 별이 뜰 시간이다……. 아무튼 시야를 확보하기 위해서는 방향을 막론하고 조금이라도 높은 곳에 올라가는 것이 상책인지도 모른다…….

그래도 그렇지, 모르겠다……. 여자가 왜 그토록 삼도천 얘기에 집착하는지, 전혀 이유를 모르겠다……. '애향 정신'이나 도리나, 그것을 내던질 때 함께 잃어버릴 것이 있어야 비로소 의미가 있지 않은가……. 대체 그녀에게 잃어버릴 무엇이 있다는 말인가?

'라디오와 거울…… 라디오와 거울…….'

물론 라디오는 보내 줄 것이다……. 그러나 결과적으로 잃어버린 것이 더 많다는 계산이 나오지 않을까? 예를 들면, 내 몸을 닦아 주던, 네가 그리도 좋아하던 의식도 이미 없어졌다. 빨래를 미루면서까지 내 몸을 닦아 줄 물만큼은 반드시 남겨 두었던 너다. 사타구니에 따뜻한 물을 뿌리면서, 마치 제 몸에 물이 닿는 것처럼 깔깔 소리 내어 웃으며 몸을 비틀던 너. 이제 두 번 다시 그렇게 웃을 수 있는 기회는 오지 않는다.

아니 오해를 해서는 안 된다……. 나와 너 사이에 계약 비슷한 것은 애초부터 없었다. 계약이 없는 이상, 계약 파기란 것도 있을 수 없다. 더구나 내 쪽에 전혀 손실이 없는 것도 아니다. 예를 들면 그 퇴비를 쥐어짠 듯한 소주 냄새……. 물받이 같은 근육이 드러나 보이던 너의 사타구니의 탄력……. 불에 탄 고무 같은, 검은 주름 사이에 낀 모래를 침으로 적셔 손가락으로 긁어내는 파렴치한 감촉……. 그리고 그런 것들을 한층 외설스럽게 부각시키는 저 수줍은 미소……. 그 밖에도 다 더하면 상당한 액수가 될 것이다. 믿을 수 없다고 해도 사실이다. 남자는 여자 이상으로 매사의 단편이나 세부에 탐닉하는 경향이 있다.

게다가 마을 사람들이 내게 한 짓을 생각하면 내가 받은 피해는 도저히 계산할 수 없을 정도다. 우리 두 사람 사이의 개인적인 빚 따위는 문제가 아니다. 언젠가 철저하게 복수할 작정이지만……. 다만, 어떻게 하면 가장 큰 타격을 줄 수 있을지, 그 부분을 아직 잘 모르겠다……. 처음에는 마을 전체에 불을 지르든가 우물에 독을 살포하든가, 덫을 만들어 책임자를 줄줄이 구멍으로 끌어들이든가, 그런 직접적인 수단으로 공상에 채찍질을 하면서 나 자신을 격려했지만, 막상 실행의 기회가 주어지면 그렇게 어린애 장난 같은 짓은 할 수 없을 것이다. 어차피 개인이 행사할 수 있는 폭력 따위는 한계가 정해져 있다. 역시 법에 호소하는 길밖에 달리 방법이 없을 것이다. 그 경우, 과연 법이 이 잔혹한 사건의 의미를 얼마나 이해할 것인지 다소 우려되는 바이지만……. 뭐 일단, 현경(縣警)에는 보고 겸 신고를 하자.

그렇지, 그리고 마지막으로 한 가지 더…….

잠깐! ……뭐야 지금 이 소리는? 안 들린다……. 아마, 헛들은 것이겠지. 그런데 부락의 빛은 대체 어디로 간 거지? 아무리 지형이 복잡하다지만 좀 심하다. 내 노는 왼쪽으로 쏠리는 버릇이 있어서, 곶이 있는 방향으로 지나치게 우회한 나머지 마을과의 경계가 어느 높은 능선에 가렸을 것이란다는 상상은 가능하다……. 우물쭈물하고 있을 수 없다……. 단호하게 오른쪽으로 방향을 틀어 보자.

……마지막으로 한 가지, 잊지 말아 주었으면 하는 것은, 내 의문에 너 자신도 끝내 분명하게 대답하지 못했다는 점이다. 비가 이틀이나 계속 내린 어느 날이었다. 비가 오면 모래사태의 위력이 증가하는 반면 움직이는 모래의 양은 격감한다. 첫날 일을 충분히 해 놓은 덕분에 이튿날에는 한결 편했다. 오랜만의 여유를 이용해 나는 끈질기게 추궁해 보기로 했다. 너를 이곳에 붙잡아 두는 것의 정체를, 피부병의 흔적으로 남은 딱지를 벗겨 내는 기분으로 들쑤셔 보기로 했다. 나 스스로도 놀랄 만한 끈기였다. 처음에는 조잘거리며 알몸으로 비를 맞던 너도 끝내는 궁지에 몰려 울음을 터뜨리고 말았다. 그리고 이곳을 떠날 수 없는 이유가, 다름 아닌 태풍이 몰아치던 과거의 어느 날 가축 우리와 함께 묻힌 남편과 아이의 뼈 때문이라고 말했다. 으음, 그렇다면 납득이 간다. 아주 현실적이었고, 지금까지 내게 말하기 어려웠던 기분도 이해가 간다. 아무튼 그녀의 말을 그대로 믿기로 했다. 그리고 다음 날부터 수면 시간을 줄여 뼈를 찾는 데 할애했다.

네가 지적한 장소를 이틀에 걸쳐 파 내려갔다. 그러나 뼈는 커녕 유리 파편 한 조각 나오지 않았다. 그러자 너는 다른 장소를 가리켰다. 그곳에서도 역시 아무것도 발견하지 못했다. 또 다시 장소가 변경된다. 이런 식으로 다섯 군데, 날수로 따져 아흐레에 걸쳐 헛고생을 한 끝에 너는 울상을 지으며 변명을 늘어놓았다. 아무래도 집이 있던 장소가 바뀐 모양이다, 쉴새 없이 움직이는 모래의 압력으로 본채의 위치는 물론 각도도 바뀌었을지 모른다, 어쩌면 구멍 자체도 원래 위치에서 이동했는지도 모르겠다고. 가축 우리도 남편과 아이의 뼈도, 옆집과 경계를 이루는 두터운 모래 벽 밑에 깔려 버렸는지도 모를 일이고, 경우에 따라서는 옆집 뜰로 밀려갔을 가능성도 있다고 했다. 과연 이치상 있을 수 있는 일이었다. 그러나 너의 불행한, 그 기죽은 표정은 거짓말을 하고 있다기보다 처음부터 가르쳐 줄 생각 따윈 눈곱만큼도 없었음을 보여 주고 있었다. 뼈란 말도 구실에 지나지 않았던 것이다. 나는 더 이상 화를 낼 기력도 없었다. 그리고 더 이상 빗에 연연하는 것도 그만두기로 했다. 그 점은 너도 수긍하지 않을 수 없다고 생각하는데…….

뭐지, 이건! 남자는 당황해서 고개를 푹 숙였다……. 너무도 갑작스러워 상황을 이해할 수 없었다……. 느닷없이 마을의 전경이 바로 눈앞에 펼쳐졌다! 마을과 인접한 사구의 봉우리를 향해 직각으로 걸어온 모양이다……. 시야가 트이는 순간, 이미 그는 마을 한가운데 있었다. 뭐라 판단할 틈도 없이 바로 눈앞에 있는 섶나무 울타리 부근에서 적의를 품은 개의 으르렁거리는 소리가 났다. 이어 한 마리, 또 한 마리, 엄청난 연쇄 작용을 일으키며 퍼지기 시작한다. 어둠 속에서, 으르렁 으르렁 허연 이빨을 드러낸 개 떼가 넘실거리며 다가온다. 남자는 가위 달린 로프를 꺼내 들고, 벌떡 일어나 뛰기 시작했다. 이미 선택의 여지는 없다. 이제는 마을의 출구를 찾아 최단 거리를 달리는 것뿐이다!

26

남자는 달렸다.

어슴푸레한 등잔빛에 떠오른 마을의 건물도 지금은 그저 한 줄기 궤적을 그리는 통로와 장애물 두 가지로 구별될 뿐이다. 소리를 내며 좁은 목구멍 사이를 흐르는 바람의 냄새……. 뜨뜻미지근한 녹슨 쇠의 맛……. 지금 당장이라도 산산조각이 날 듯한, 휠 대로 휜 얇은 유리판 위의 절망적인 내기. 삼태기를 운반하는 사람들이 아직 집을 나서지 않았으리라 기대하기에는 시간이 너무 늦었지만, 그렇다고 해안 쪽으로 다들 물러갔으리라고 기대하기에는 너무 일렀다. 실제로 삼륜차의 소리를 들은 기억이 없다. 저 미치광이 같은 2기통 엔진의 울림은 1킬로미터 떨어진 곳에서도 안 들릴 리가 없다. 조건으로 봐서는 최악이다.

그림자 속에서 불쑥, 검은 덩어리가 뛰쳐나왔다. 특유의 격렬한 숨소리로 보아 꽤 덩치가 큰 개인 모양이다. 단, 개 쪽도 공격용 훈련은 받지 않았는지 애써 이빨을 드러내려는 찰나에 웡, 하고 짖는 실수를 저질러 주었다. 그 틈을 놓치지 않고 휘두른 로프 끝에 매달린 가위에 반응이 느껴졌다. 개는 원망에 찬 비명을 지르면서 다시금 그림자에 녹아든다. 덕분에 바짓자락이 찢기는 정도에 그쳤다. 그 바람에 넘어지기는 했지만 동시에 몸을 돌리면서 일어서자마자 다시 뛰었다.

하지만 개는 한 마리가 아니었다. 대여섯 마리는 되는 것 같았다. 처음 공격을 시도한 놈의 실패에 기가 꺾였는지, 멀리서 위협하듯 짖어 대면서 틈을 엿보고 있다. 그 오두막에 있던 투실투실한 빨건 개가 뒤에서 부추기고 있는지도 모른다. 반경 50센티미터 정도로 로프의 회전면을 만들어 방패로 삼고 좌우를 견제하면서 공터에 있는 조개껍데기 산을 뛰어넘고 좁은 섶나무 울타리 사이를 뚫고 나가 보리를 널어 놓은 마당을 질러, 간신히 넓은 길로 나왔다. 자 이제 조금만 더 가면 마을 밖이다!

길 바로 앞에 조그만 고랑이 있었다. 그 고랑 속에서 남매인 듯한 어린아이 둘이 허둥지둥 기어나왔다. 알아차렸을 때는 이미 늦었다. 로프를 간신히 옆으로 비켰다. 셋이 한 덩어리가 되어 고랑으로 굴러든다. 고랑 바닥에 통 같은 것이 있고, 판자가 부서지는 둔한 소리가 났다. 아이가 비명을 질렀다……. 제길, 무슨 큰일이 났다고 그렇게 울고불고 난리야! ……힘껏 밀쳐 내고 다시 기어오르는 순간, 손전등의 빛 세 개가 옆으로 나란히 앞길을 가로막았다.

동시에 종이 울리기 시작했다. 아이가 울고 있다……. 개가 짖고 있다……. 종이 한 번 울릴 때마다 심장이 쪼그라들고 털구멍이 벌어지고 우둘투둘 쌀 알갱이만 한 벌레가 무수하게 기어 나온다. 손전등 하나는 초점을 조절하는 방식인지 빛이 퍼지는가 싶더니 갑자기 작열하면서 남자의 몸을 찔렀다.

상관 않고, 정면으로 돌파할 것인가……. 이 고비만 넘으면 마을 밖이다……. 나중에 후회를 하게 될지 말지는 오로지 이 순간에 달려 있다…. 뭘 우물쩍거리고 있는 것이냐! ……순간이란 당장에 포착하지 않으면 늦는 법이다……. 다음 순간에 편승해 뒤를 쫓을 수는 없는 것이다!

그렇게 생각하는 동안에도 손전등은 그를 포위하는 태세로 좌우로 퍼지면서 거리를 좁혀 왔다. 로프를 잡은 손에 힘을 주고 허리에 반동을 주어 보았지만 좀처럼 결단을 내릴 수 없어, 공연히 무른 지면에 발돋움만 할 뿐이다. 퍼진 손전등 사이를 몇몇 검은 사람 그림자가 메웠다. 그런 데다 저 길가에 구멍처럼 보이는 어둠의 형태는 분명 삼륜차다. 설사 한 번은 포위망을 뚫고 나간다 해도 금방 뒤쫓아 올 것이다. 뒤에서 울음을 멈춘 아이가 달려가는 소리가 났다. 순간적으로 멋진 생각이 떠올랐다. 아이를 잡아 방패로 삼으면 된다! 아이를 인질 삼아 놈들의 접근을 막는 것이다! ……그러나 뒤쫓아 잡으려 돌아선 눈에 또 다른 빛이 기다리고 있었다. 길은 끊어졌다!

튕겨나오듯 온 길을 힘껏 뛰어 되돌아간다. 거의 반사적인 판단이었지만 가능하면 곶으로 이어지는 언덕 어딘가를 가로지를 작정이었다. 남자들도 고함을 지르면서 뒤쫓아 오기 시작한다. 서두르는 탓인가, 관절이 어긋난 것처럼 무릎이 덜거

덕거린다. 그래도 일단은 그들이 예상치 못한 방향으로 길을 잡은 듯하다. 덕분에 간혹 뒤돌아 확인할 수 있을 정도의 거리를 확보했다.

얼마나 달렸을까……. 벌써 몇 번이나 비탈을 기어오르고 사면을 뛰어내렸다. 힘을 주면 줄수록, 꿈속처럼 허망하게 힘이 헛돈다. 그러나 새삼스럽게 힘의 효율을 논하고 있을 때가 아니다. 혀 안쪽에서 피가 섞인 꿀 냄새가 넘쳐흐른다. 뱉어내고 싶은데 끈적거려 다 뱉을 수가 없다. 손가락을 집어넣고 긁어냈다.

종은 지금도 여전히 울리고 있지만 거리가 멀어, 불규칙적으로 들린다. 개도 미련을 떨치지 못한 듯 멀리서 짖고 있다. 지금 사방의 공기를 휘젓고 있는 것은 주물을 줄로 가는 듯한 그 자신의 숨소리다. 여전히 뒤쫓아 오는 불빛 세 개는 나란히 위아래로 흔들리기만 할 뿐, 딱히 거리가 좁혀지는 것 같지도 않고 멀어지는 것 같지도 않다. 도망치는 쪽이나 뒤쫓는 쪽이나 모래 위를 달리기는 마찬가지다. 이제 남은 것은 지구력의 문제다. 그 점에 관해서는, 안심하고만 있을 수 없다. 오랜 긴장 탓인가, 홀연 의식의 단층이 생겨 차라리 힘이 빨리 소진되기를 바라는 나약한 마음이 스쳐 지나가기도 한다. 위험한 징조다……. 그 위험을 자각하고 있는 동안은 그나마 나은데…….

신발에 모래가 꽉 들어차 발끝이 아파 왔다. 뒤돌아 보니, 어느 틈엔가 남자를 쫓는 그림자는 오른쪽으로 7, 80미터까지 멀어져 있다. 어쩌자고 저렇게 코스를 벗어난 것일까? 아마

비탈을 피하느라 오히려 저런 실수를 범하고 만 것이리라. 그쪽도 상당히 지친 모양이다……. 쫓는 쪽이 쉬 지친다는 말들을 하는데……. 재빨리 신발을 벗고 맨발이 된다……. 주머니가 묵직하면 방해가 되니까 허리띠에 끼웠다. 정신을 가다듬고 꽤 비탈진 언덕을 단숨에 뛰어올랐다. 이런 식으로 잘만 하면 놈들을 적당히 따돌릴 수도 있을 것 같다…….

달은 아직 뜨지 않았지만 별빛으로 어렴풋한 사방에 짙고 옅은 얼룩이 생겼다. 물론 멀리 있는 능선은 또렷하게 구별할 수 있었다. 아무래도 곶의 끝을 향하고 있는 것 같다. 내 노는 자칫 왼쪽으로 쏠리는 버릇이 있다. 방향을 바꾸려다 숨을 삼켰다. 지금 방향을 바꾸면 바로 놈들과의 거리를 좁히는 꼴이 된다. 비로소 놈들의 의도를 알아차리고 경악한다.

언뜻 서툴게 보였던 그들의 추적은 실은 그를 바다 쪽으로 몰아넣으려는 지극히 계획적인 것이었다. 그것도 모르고 그는 유인당하고 말았다. 생각해 보니, 저 손전등의 빛도 일부러 자기들의 위치를 알려 주기 위한 것이었다. 멀지도 가깝지도 않은 이 거리조차, 철저한 계산하에 유지하고 있는 것이 틀림없다.

아니, 포기하기에는 아직 이르다. 어딘가에는 병풍암에 오르는 길이 있다고 하고, 여차하면 바다를 헤엄쳐 곶의 뒤쪽으로 돌아가는 방법도 불가능하지 않다. 잡혀서 되돌아가는 경우를 생각하면 지금 와서 망설일 이유가 없을 것이다.

길고 완만한 오르막으로 이어지는 비탈진 내리막……. 비탈진 오르막으로 이어지는 길고 완만한 내리막……. 한 걸음 한 걸음을, 구슬을 꿰듯 덧붙여 가는 인내의 연속이다. 어느 사이엔가 종소리도 그쳤다. 바람도 바다 소리도 이명도 이미 구별되지 않는다. 언덕을 하나 기어오른 참에 뒤돌아보았다. 뒤쫓는 이들의 불빛은 사라지고 없었다. 숨을 한 번, 두 번 가다듬고 기다려 보았지만 역시 나타나지 않는다.

무사히 도망칠 수 있을까?

기대감의 고조가 심장의 압력을 높인다. 그렇다면 더욱더 쉴 수가 없다……. 자, 한 번 더, 단숨에 다음 언덕까지 달려!

갑자기 달리기가 힘들어졌다. 유난히 다리가 무겁다. 심상치 않다. 그냥 그렇게 느껴지는 것이 아니라 실제로 다리가 푹푹 빠지기 시작한다. 쌓인 눈 같다고 생각했을 때는 이미 정강이가 절반이나 빠져 있었다. 놀라서 빼내려고 힘을 준 반대쪽 다리가 이번에는 무릎까지 푹 빠지고 말았다. 이 무슨 봉변인가……. 사람 잡아먹는 모래가 있다는 얘기를 들어 본 적은 있지만……. 어떻게든 빠져나오려고 몸부림쳐 보지만, 그러면 그럴수록 점점 더 깊이 빠져든다. 두 다리가 모두 허벅지까지 묻히고 말았다.

그렇다면 이것이 바로 함정이었나! ……바다 쪽으로 몰아넣으려 했던 것이 아니고, 바로 이것이었다! ……잡느라 힘들일 것 없이 순식간에 말살시키려는 속셈이었다! 그야말로 말살이다……. 마술사의 손수건도 이렇게 멋들어진 재주는 보여 주지 못할 것이다……. 바람이 한 번만 더 불면 모든 것이 사라져 없어진다……. 대회에서 일등상을 탄 경찰견도 당해내지 못할 것이다……. 놈들이 지금 와서 새삼스럽게 아무 일도 없었다는 듯 모습을 나타낼 리도 없지 않은가! 아무것도 보지 않았고, 아무것도 듣지 못했다……. 어리석은 외부 인사 하나가 제멋대로 길을 잘못 들어 헤매다 사라져 버렸다……. 놈들은 조금도 손을 더럽히지 않고 일을 끝낼 수 있다…….

가라앉는다…… 가라앉는다……. 이제 곧 허리뼈를 넘을 것이다……. 대체 어쩌면 좋단 말인가! 접촉면을 넓히면 그만큼 면적당 체중이 가벼워져 다소나마 침하를 막을 수 있을지도 모른다……. 양팔을 벌리고 몸을 푹 숙인다……. 그러나 때는 이미 늦었다. 엎드린다고 해 봐야 하반신은 수직으로 고정되어 있다. 안 그래도 지친 허리를 언제까지 직각으로 꺾고 지탱할 수 있으랴. 웬만큼 숙련된 곡예사가 아닌 이상 이런 자세로 있기에는 한계가 있다.

왜 이렇게 어둡단 말인가……. 온 세상이 눈을 감고 귀를 막고 있다……. 나는 죽어 가고 있는데, 누구 하나, 돌아보지 않는다! 목구멍 속에서 푸르르 떨고 있던 공포가 갑자기 터져 나왔다. 남자는 입을 쩍 벌리고, 짐승처럼 외친다.

"살려 줘!"

늘 정해져 있는 말! 아무렴 어떠랴……. 다 죽어 가는 판에 개성 따위가 무슨 소용이 있나. 판으로 찍어낸 싸구려 과자 신세라도 좋으니, 아무튼 살고 싶다! 이제 곧 가슴까지 묻히고, 턱까지 묻히고, 코밑까지 빠지면……. 그만! 이제 그만!

"제발 살려 줘! ……무슨 일이든 약속하겠어! ……제발 부탁해, 살려 줘! ……살려 달라고!"

끝내 남자는 울음을 터뜨리고 말았다. 그래도 처음에는 자제력이 제구실을 하는 오열이었지만 마침내 대성통곡으로 바뀌고, 남자는 그 천박한 붕괴감에 겁에 질려 떨면서 체념했다. 아무도 보지 않았으니 어쩔 수 없다……. 이런 일이 아무런 절차 없이 실제로 행해지다니, 너무도 불공평하다……. 사형수도 죽으면 훗날 기록에 남는다……. 아무리 울부짖어도, 아무도 보고 있지 않다니, 옳지 않다!

그래서, 갑자기 누군가 뒤에서 말을 걸었을 때의 놀람은 한층 더 무참했다. 완전히 항복하고 말았다. 굴욕을 부끄러워하는 마음마저, 불붙은 잠자리 날개처럼 어이없이 푸스스 재가 되고 말았다.

"어이, 이걸 붙잡아!"

긴 판자때기가 옆구리에 닿았다. 빛의 고리가 공중을 가르다 그 판자때기에 멈췄다. 그는 부자유스런 상반신을 비틀어 배후의 기척에 애원했다.

"죄송합니다, 이 로프로 좀 끌어당겨 주십시오."

"설마, 자네, 뿌리를 뽑을 수야 없지."

뒤에서 웃음소리가 일었다. 확실하지는 않지만 너댓 명은 되는 듯하다.

"지금 부삽을 가지러 갔으니까, 조금만 참으면 돼…… 그 판자때기에 팔꿈치를 대고 있으면 걱정할 필요 없어."

하라는 대로 팔꿈치를 대고 두 손으로 머리를 감싸 쥐었다. 머리칼이 땀에 푹 젖어 있다. 한시 빨리 이 몰염치한 상태를 마감하고 싶다는 오직 한 생각 외에는 아무런 감정도 없었다.

"그런데 자네 말이야, 우리가 뒤따라왔으니 망정이니, 이 부근은 말이야, 소금밭이라고 해서, 개도 가까이 오지 않는 곳인데…… 어쩌다, 위험천만하게…… 자기도 모르게 발을 들였다가 유명을 달리한 자가 얼마나 많았는지 셀 수도 없을 정도라고…… 그게 산이 가로막고 있어서 말이지 바람이 불면 모래가 날아와 쌓이거든…… 겨울이 오면 눈이 쌓이고, 그 위에 모래가 쌓이고…… 또다시 눈이 쌓이고, 그런 식으로 몇백 년 동안 쌓이고 쌓여 얇은 쌀 과자를 겹쳐 놓은 것 같은 꼴이라고…… 이건 마을 학교에 다녔던, 전 조합장네 차남이 해준 얘긴데…… 참 재미있지…… 바닥을 파내면, 혹시 쇠붙이 같은 것도 나오려나……."

대체 무슨 생각이냐! 새삼스럽게 그런 속이 뻔히 들여다보이는, 순진한 척하는 말투는 사양하시지……. 좀 더 악의를 드러낸 불평이라도 늘어놓는 편이 이 자리에 훨씬 어울릴 텐데……. 그렇지 않으면 차라리, 이 거적때기 같은 체념 속에 그냥 내버려 뒀으면 좋겠는데…….

그제야 등뒤가 웅성거린다. 부삽이 도착한 모양이다. 신발 밑에 판자를 댄 남자 셋이, 엉거주춤 다가와 멀찍이서 그의 주변을 파기 시작했다. 모래가 푹푹 층을 이루며 퍼올려졌다. 꿈도 절망도 수치도 소문도, 그 모래에 묻혀 사라지고 말았다. 그래서 남자들의 손이 어깨를 잡았을 때도 놀라지 않았다. 그렇게 하라고 명령하면, 바지를 내리고 보는 앞에서 똥이라도 싸질렀을 것이다. 하늘이 밝아졌다. 머지않아 달이 뜰 모양이다. 여자는 어떤 표정으로 나를 맞이할까? 어떤 표정이라도 상관없다……. 지금은 얻어맞아도 괜찮을 것 같다.

27

그들은 남자의 겨드랑이에 로프를 걸고 짐처럼 다시 구멍 속으로 내려보냈다. 누구 하나, 입을 열지 않았다. 마치 장례식에 입회한 사람들 같았다. 구멍은 깊고 어두웠다. 달은 사구의 풍경을 얇은 비단 같은 빛으로 감싸고, 바람 무늬와 발자국까지 유리 주름처럼 부각시키고 있는데, 이곳만은 풍경에 포함되는 것조차 거부당해, 턱없이 어둡다. 그러나 딱히 거슬리지 않았다. 달을 올려다만 보아도 눈앞이 어질어질하고 구역질이 날 만큼 지쳐 있었다.

여자는 그 어둠 속에서, 어둠보다 더 어두웠다. 여자의 부축을 받아 이부자리 쪽으로 걸음을 옮기면서도 어째서인가 그에게는 그녀가 전혀 보이지 않았다. 아니 여자뿐만 아니라, 모든 것의 윤곽이 뿌옇기만 했다. 이부자리에 쓰러지고 나서도 여전히 모래 위를 기를 쓰고 달리는 느낌이었다……. 그리고 꿈속에서도 쉬지 않고 달렸다……. 그런데도 잠은 얕았다. 삼태기를 운반하는 소리도, 멀리서 개 짖는 소리도, 고스란히 기억에 남아 있다. 여자가 밤참을 먹으러 돌아왔다가 머리맡에 있는 등잔에 불을 붙이는 것도 알고 있었다. 도중에 한 번 물을 마시러 일어났다가 그대로 잠이 깨고 말았다. 그렇다고 여자를 거들러 나갈 만큼의 기력은 없었다.

등잔불을 켜고, 무료한 터에 멍하니 담배를 물고 있자니, 살은 쪘어도 행동은 기민해 보이는 거미 한 마리가 등잔 주위를 빙빙 돌기 시작했다. 모기라면 몰라도 추광성을 지닌 거미는 흔치 않다. 담뱃불로 지져 죽이려다, 그만둔다. 거미는 반경 15센티미터 내지 20센티미터쯤 되는 원을 그리며 시곗바늘처럼 정확하게 돌고 있었다. 어쩌면 단순한 추광성이 아닐지도 모른다. 기대되는 바가 있어, 지켜보는 사이에 드디어 모기가 한 마리 날아들었다. 두세 번, 천장에 커다란 그림자를 팔락팔락 그리면서 등잔불에 충돌하더니 손잡이에 떨어진 채 꼼짝하지 않았다. 졸렬한 외양에 어울리지 않게 유난히 조심스러운 모기다. 담뱃불을 가슴께에 갖다 댄다. 신경총이 파괴되어 꿈틀꿈틀 몸부림치는 것을 거미가 다니는 통로로 슬쩍 튕겨 준다. 단박에 기대하던 극이 시작되었다. 거미는 껑충 뛰는가 싶더니 그 순간 이미 제물 위에 들러붙어 있다. 마침내 움직이지 않는 먹이를 턱으로 물고 끌면서 다시 휘청휘청 돌기 시작한다. 그렇게 모기 주스에 입맛을 다시는 것이다.

이런 거미가 다 있었다니, 몰랐다. 거미집 대신에 등잔이라, 참 세련되기도 하다. 집에서는 수동적으로 기다리는 수밖에 없지만, 등잔을 사용하면 적극적으로 상대를 유인할 수 있다. 단 이 방법은 적당한 불빛이 준비되지 않으면 안 된다는 전제 조건이 있다. 그러나 유감스럽게도 자연에는 그런 불이 없다. 설마, 달빛이나 산불 주위를 어물쩍거릴 수는 없는 노릇 아닌가. 그렇다면 이 거미는 인간 이후에 진화해 본능을 정착시킨 신종이란 말인가? 그런대로 수긍할 수 있는 설명이다…….하지만 그렇다면, 모기의 추광성은 어떤 식으로 설명할 생각인가! ……거미와 달라서 등잔불이 그들 종의 보존에 어떤 도움이 되리라고는 여겨지지 않는다. 더구나 인공의 불빛이 생긴 후의 현상인 듯하다는 점은 똑같다. 모기가 떼지어 달 세계로 날아가지 않은 것이 무엇보다 확실한 증거다. 이것이 그냥 한 종류의 모기에만 있는 습성이라고 하면 그나마 납득이 간다. 그러나 약 1만 종에 달하는 모기의 공통된 습성이라고 하면 이는 엄연한 하나의 법칙이라고 생각할 수밖에 없다. 인공의 불빛에 환기된 이 맹목적이고 열광적인 날갯짓……. 불과 벌레와 거미의 맥락 없는 밀통(密通)……. 법칙이 이렇게 무모한 방식으로 나타난다면 대체 뭘 믿어야 좋다는 말인가?

눈을 감았다……. 빛의 반점이 그저 끝없이 흐르고 있다……. 잡으려 하면 갑자기 속도를 내어 도망치고 만다……. 마치 좀길앞잡이가 모래에 남긴 그림자 같다…….

훌쩍거리는 여자의 울음소리에 눈을 떴다.

"왜 울고 있는 거야?"

여자는 당혹스러움을 감추려고 서둘러 일어섰다.

"미안해요…… 차를 좀 끓이려고……."

그 축축한 코맹맹이 소리가 남자를 눈부시게 했다. 몸을 구부리고 화롯불을 쑤시고 있는 여자의 뒷모습이 유독 불안에 떨고 있는 것 같아, 그 의미를 이해하는 데 한참이나 걸렸다. 곰팡이가 덕지덕지 핀 책을 억지로 한 장 한 장 넘기고 있는 것처럼 답답했다. 그러나 아무튼 페이지를 넘길 수는 있었다. 갑자기 자신이 애처로울 정도로 가엾게 느껴졌다.

"실패했어……."

"그렇네요……."

"참 내, 그것도 아주 보기 좋게 실패했어."

"하지만, 순조롭게 성공한 사람, 없어요…… 지금까지 단 한 명도……."

여자는 눈물 어린, 그러나 마치 남자의 실패를 변호하듯 힘이 담긴 목소리로 말했다. 아, 이 얼마나 비참한 친절인가. 이 친절이 아무런 보상도 받을 수 없다니, 너무 불공평한 것 아닌가?

"그렇지만, 안타깝군…… 성공하면 당장에 라디오를 사서 부쳐 주려고 했는데……."

"라디오?"

"그래, 오래전부터 그런 생각을 했었어."

"괜찮아요, 라디오 같은 거……."

여자는 당황해, 얼른 둘러대듯 말한다.

"부업을 많이 하면, 여기서도 살 수 있어요…… 월부로 사면 계약금만 줘도 되잖아요?"

"하기야 그렇군, 월부로 산다면 말이야……."

"물 데워지면, 몸 닦아 드릴까요?"

불현듯, 새벽빛 슬픔이 북받친다……. 서로 상처를 핥아 주는 것도 좋겠지. 그러나 영원히 낫지 않을 상처를 영원히 핥고만 있는다면, 끝내는 혓바닥이 마모되어 버리지 않을까?

"납득이 안 갔어…… 어차피 인생이란 일일이 납득하면서 살아가는 것은 아니지만…… 그렇지만, 저 생활과 이 생활이 있는데, 저쪽이 조금 낫게 보이기도 하고…… 이대로 살아간다면, 그래서 어쩔 거냐는 생각이 가장 견딜 수 없어…… 어떤 생활이든 해답이야 없을 게 뻔하지만…… 뭐 조금이라도 마음을 달래 줄 수 있는 것이 많은 쪽이 왠지 좋을 듯한 기분이 들거든…….”

“씻어요…….”

기운을 북돋우려는 듯 여자가 말했다. 축축한, 몸이 저려 오는 듯한 목소리였다. 남자는 천천히 셔츠의 단추를 풀고, 바지를 벗기 시작한다. 모래가 근육 사이사이까지 꽉 차 있는 듯한 기분이었다. ‘그녀, 지금쯤 뭘 하고 있을까?’ ……어제까지의 일이 몇 년이나 오래전 일처럼 느껴졌다.

여자가 수건에 비누칠을 시작했다.

3장

28

10월.

한낮에는 아직도 미련을 떨치지 못한 여름의 발길이 맨발로는 5분도 견디지 못할 만큼 모래를 지글지글 태우지만, 태양이 기울면 틈새 가득한 방 벽이 서늘하게 느껴져 싫든 좋든 습기 찬 화로의 재를 말리지 않을 수 없다. 기온의 변화 때문에 바람 잔 아침저녁에는 안개가 탁한 강물처럼 흘렀다.

어느 날 남자는 까마귀를 잡으려고 뒤편 공터에다 덫을 놓았다. 그리고 그것을 '희망'이라 이름 짓기로 했다.

덫은 모래의 성질을 이용한 아주 간단한 것이다. 조금 깊게 판 구멍 속에 나무통을 묻고, 조그만 뚜껑에 세 군데 정도 성냥개비만 한 쐐기를 박아 둔다. 그 각각의 쐐기에 가느다란 실이 묶여 있다. 실은 뚜껑 가운데 뚫려 있는 구멍을 통해 밖에 있는 바늘과 연결되어 있다. 바늘 끝에는 미끼인 말린 생선이 꽂혀 있다. 그리고 그 전체는 조심스럽게 모래에 덮여 있어, 겉에서 보기에는 모래 사발 속에 든 미끼만 보이는 구조다. 까마귀가 미끼를 무는 순간 쐐기가 벗겨지면서 뚜껑이 떨어지고 동시에 사방에 있는 모래가 쏴 흘러내리면서 까마귀를 생매장하는 것이다……. 두세 번 실험해 본 결과, 나무랄 데가 없었다……. 퍼덕거릴 틈도 없이 좌르륵좌르륵 모래에 빨려 들어가는 불쌍한 까마귀의 모습이 눈앞에 보이는 듯했다.

그리고 잘하면, 편지를 써서 까마귀의 발에 묶어…… 아니, 물론 일이 잘만 되면 그렇다는 얘기다……. 우선 풀어 준 까마귀가 다시 인간의 손에 잡힐지, 가능성은 아주 희박하다……. 그런 데다 어디로 날아갈지도 알 수 없다……. 대개 까마귀의 행동반경은 극히 한정되어 있다……. 더욱이 내 까마귀가 도망쳤다는 것과 까마귀 떼 중에 한 마리만 다리에 하얀 종잇조각이 묶여 있다는 것, 이 두 가지를 연결하면 부락 사람들에게도 나의 의도가 고스란히 드러나고 말 것이다……. 그렇게 되면 애써 쌓아 올린 지금까지의 인내가 물거품이 된다…….

탈출에 실패한 후 남자는 몹시 신중해졌다. 겨울잠을 자는 심정으로 구멍 속의 생활에 순응하면서 우선은 부락 사람들의 경계심을 푸는 데 전념했다. 똑같은 색의 반복은 효율적인 보호색이라고 한다. 생활의 단순한 반복 속에 녹아들면 언젠가는 그들의 의식에서 멀어지고 마침내 지워지는 것도 불가능한 일이 아니다.

반복에는 또 다른 효용성도 있다. 예를 들어 여자는 지난 두 달 남짓, 이제나저제나 실에 구슬을 꿰는 부업에 얼굴이 퉁퉁 부어 보일 정도로 몰두하고 있다. 긴 바늘 끝이 종이 상자 속에 가득 담긴 쇳가루 색 구슬을 춤추듯 한 알 한 알 주워 올린다. 머지 않아 저금이 2000엔이 될 예정이었다. 이렇게 앞으로 반년을 계속하면 그럭저럭 라디오를 살 수 있는 계약금 정도는 될 것 같다.

그 바늘의 춤에는 지구의 중심을 느끼게 할 만큼 무게가 있었다. 반복은 현재를 채색하고, 그 감촉을 확실하게 해 준다. 그래서 남자도 질세라 단조로운 수작업에 열을 올렸다. 지붕에 쌓인 모래를 긁어내는 일이며 쌀을 체질하는 일, 빨래 등은 이미 남자의 주된 일이다. 일단 일을 시작하면 적어도 그동안은 콧노래를 흥얼거리며 시간을 보낼 수 있었다. 수면 중에 덮는 소형 비닐 천막을 고안하고 불에 달군 모래 속에다 생선을 묻어 쪄 먹는 아이디어도 흘러가는 시간을 제법 보람있게 해 주었다.

마음이 혼란스러워지지 않도록, 그 후로는 가능하면 신문도 읽지 않고 지내려 애쓰고 있다. 일주일을 견디니 읽고 싶다는 생각이 그다지 들지 않았다. 한 달이 지나자 그런 것이 있었다는 것조차 잊어 가는 듯했다. 언젠가 「고독 지옥」이라는 동판화 사진을 보고 신기하게 생각한 적이 있다. 한 남자가 불안정한 자세로 공중에 떠서 공포로 눈을 부릅뜨고 있는데, 그 남자를 에워싼 공간은 공허하기는커녕 오히려 반투명한 망자들의 그림자로 손끝 하나 움찍할 수 없을 만큼 꽉 차 있었다. 망자들은 제각각 다른 표정으로 타자를 밀쳐 내려 애쓰면서 남자에게 끝없이 말을 걸었다. 어째서 이것이 「고독 지옥」인 것일까? 제목을 잘못 붙인 것이 아닐까? 그때는 그렇게 생각했는데, 지금은 분명하게 이해할 수 있다. 고독은 환영을 좇기에 채워지지 않는 갈증이었던 것이다.

그래서 심장의 고동만으로는 안심하지 못하고 손톱을 물어뜯는다. 뇌파의 리듬만으로는 만족할 수 없어서 담배를 피운다. 성욕만으로는 충족되지 않아 다리를 떤다. 호흡도 보행도 내장의 꿈틀거림도 하루하루의 계획표도 이레마다 돌아오는 일요일도 넉 달마다 반복되는 기말고사도 그를 안심시키기는 커녕 오히려 새로운 반복을 부추기는 결과를 낳고 말았다. 마침내 나날이 피우는 담배의 양이 늘어나고, 손톱에 때가 낀 여자와 유독 사람 눈에 띄지 않는 장소를 찾아 헤매고, 땀에 젖은 꿈을 꾸면서 가위에 눌리고, 그러다 결국 중독 증상이 나타나기 시작했음을 자각했을 때, 문득 더없이 단순한 타원 운동의 주기에 의해 유지되는 하늘과 1/8mm의 파장이 지배하는 사구 지대를 떠올리고 갑작스레 마음이 바뀌기도 했다.

남자가 끝없이 되풀이되는 모래와의 투쟁과 일과가 된 수작업에 미미한 충족감을 느낀다고 해서, 반드시 자학이라고만은 할 수 없다. 그렇게 쾌유되는 방식이 있다고 해서 딱히 이상할 것도 없으니까.

그런데 그날 아침, 정해진 배급품과 함께 만화 잡지가 한 권 차입되었다. 아니, 잡지 자체는 대수로운 것이 아니었다. 표지는 뜯겨 나가고 손때로 너덜너덜한, 아마도 재활용품 수집

상에게 사들였을 것이 분명한 그 잡지는 불결하다는 점을 제외하면 뭐 마을 사람들이 생각해 낼 법한 배려라 해도 좋았다. 문제는 그것을 읽으면서 위경련을 일으킬 만큼 배꼽을 잡고 다다미를 치며 웃었다는 것이다.

엉터리 만화였다. 뭐가 그리 재미있느냐고 물어도 대답할 길이 없을 만큼 무의미하고 조잡한, 거의 아무 생각 없이 휘갈긴 만화였다. 덩치 큰 남자를 태운 탓에 다리가 부러져 쓰러지고 만 말 표정이 배꼽을 잡을 만큼 그저 우스웠을 뿐이다. 이런 상황에 있으면서 용케 그렇게 배꼽이 빠지도록 웃었다 싶다. 부끄러움을 알아야 할 것이다. 현 상황과 담합을 하는데도 한도가 있다. 그것은 어디까지나 수단이지 목적은 아니었다. 겨울잠이라는 둥 말이야 그럴싸하지만, 혹 두더지로 탈바꿈해서 평생 지상으로 얼굴을 내밀 마음이 없어지고 만 것은 아닐까.

생각해 보니, 언제 어떤 식으로 탈출의 기회가 찾아올지 전혀 앞이 보이지 않았다. 아무런 기약 없이 그저 기다림에 길들어, 마침내 겨울잠의 계절이 끝났는데도 눈이 부셔 밖으로 나갈 수 없게 될 가능성도 없지 않다. 구걸도 사흘을 계속하면 그만두기 어렵다고 한다……. 그런 내부로부터의 부식은 의외로 빨리 진행되는 모양이다……. 그렇게 생각을 몰고 가다가, 예의 말 얼굴이 떠오르면 또 그 어이없는 폭소의 포로가 되고 만다. 등잔불 아래서, 쉴 새 없이 구슬을 꿰기에 여념이 없는 여자가 얼굴을 들고 천진한 미소를 지었다. 남자는 자신의 배신에 넌더리를 내면서 잡지를 내던지고 밖으로 나갔다.

벼랑 위에서는 우윳빛 안개가 뭉글뭉글 몸을 뒤틀며 소용돌이치고 있었다. 밤의 여운이 아직도 얼룩처럼 남아 어두운 부분…… 불에 탄 금속선처럼 빛나는 부분…… 빛나는 증기 알갱이가 되어 흐르는 부분…… 그 음영의 조화가 끝없는 공상과 환상을 부추긴다. 아무리 보아도 질리지 않는다. 모든 순간 순간이 새로운 발견으로 넘친다. 현실적인 형체에서 아직 본 적 없는 기괴한 형체에 이르기까지, 쓸모없는 것은 없으리라.

남자는 그 소용돌이를 바라보면서 마음속으로 외친다.

'재판장님, 구형의 내용을 가르쳐 주십시오! 판결의 이유를 들려주십시오! 피고는 이렇게 기립해 기다리고 있습니다!'

그러자 안개 속에서, 귀에 익은 목소리가 울린다. 수화기를 통해 불쑥 들려오는 것처럼 입술로만 우물거리는 목소리로.

'백 명 중에 한 명 꼴이라는데, 결국…….'

'뭐라고요!'

'그러니까, 일본의 정신 분열증 환자 수는, 백 명에 한 명 꼴이라는 거야.'

'그게 대체……?'

'그런데 도벽이 있는 사람도, 역시 백 명에 한 명 꼴이라나 뭐라나…….'

'대체 무슨 얘기를 하는 겁니까?'

'호모가 1퍼센트면 레즈비언도 당연히 1퍼센트. 그리고 방화벽이 1퍼센트, 주벽이 있는 사람도 1퍼센트, 정신 박약이 1퍼센트, 색마가 1퍼센트, 과대망상증 1퍼센트, 상습 사기범도 1퍼센트, 불감증 1퍼센트, 테러리스트 1퍼센트, 피해망상 1퍼센트…….'

'잠꼬대 같은 소리 그만하십시오.'

'아, 흥분하지 말고, 잘 들어 봐. 고소 공포증, 첨단 공포증, 마약 중독, 히스테리, 살인광, 매독, 백치…… 각각 1퍼센트로 치고, 합하면 20퍼센트…… 이런 식으로 비정상적인 경우를 여든 가지 열거할 수 있으면…… 물론, 충분히 가능하겠지만…… 인간은 100퍼센트 비정상이라는 것이 통계상 증명되는 셈이지.'

'무슨 그런 엉터리 같은! 정상이라는 기준이 없으면 비정상도 성립될 리 없잖습니까!'

'거 참, 애써서 변호해 주려고 하는데…….'

'변호라고요……?'

'자네 설마, 자기가 유죄라고 주장할 생각은 아니겠지?'

'당연하지요!'

'그렇다면, 좀 더 순순히 구는 게 좋을 거야. 자기 입장이 예외적이라고 해서 그렇게 안달복달할 필요는 없으니까. 이 사회에 색다른 송충이를 구할 의무가 없는 것처럼, 그것을 재판할 권리도 없으니까…….'

'송충이? ……불법 감금에 항의하는 것이 어째서 색다른 송충이입니까?'

'이제 와서 그렇게 시치미를 떼서야 쓰나……. 일본처럼 전형적인 온대 다습 지역에서, 더구나 연간 재해의 80퍼센트를 수해가 점하고 있는 자연조건하에서, 모래 때문에 고생하고 있다니, 그럴 가능성은 소수점 이하 세 자리도 될까 말까지. 사하라 사막에서 수해 대책 특별법을 통과시키는 것만큼이나 난

센스야!'

'대책 따위를 논하고 있는 게 아니잖아. 내 고충을 말하고 있는 거라고……. 사막이든 늪지대든, 불법 감금이 불법이란 점에는 조금도 다름이 없다고!'

'아아, 불법 감금……. 하지만 인간이란 욕심을 부리자면 끝이 없으니 말이……. 부락 사람들이 그렇게 금이야 옥이야 하는데……'

'무슨 헛소리야! 내게도 좀 더 번듯한 존재 이유가 있을 거 아니냔 말이야!'

'아하, 자네가 그리 좋아하는 모래를 가지고 생트집을 잡아서야 쓰나.'

'생트집……?'

'세상에는 말이야, 십 년 걸려서, 원주율을 소수점 이하 백 자리까지 계산한 사람도 있다더군……. 뭐, 그렇게 하기까지는 나름의 존재 이유도 있었겠지……. 하지만, 자네는, 그런 존재 이유를 거부했기에 굳이 이런 데까지 찾아온 거……'

'그렇지 않아! 모래에는 정반대 면도 있다고…… 예를 들면, 그 성질을 역으로 이용해서, 주형도 만들잖아! 그리고 콘크리트를 굳힐 때도 빼놓을 수 없는 재료고……. 그 밖에 잡균이나 잡초를 제거하기 쉬운 점을 이용해서, 무균 농경과 순수 경작 같은 것도 연구하고 있다고……. 게다가 토양 분해효소를 사용해서, 모래를 흙으로 바꾸는 실험도 했잖아……. 모래라고 해서……'

'어허, 교리를 바꾸셨군……. 그렇게 쉬 주장을 바꿔서야, 대

체 어느 쪽을 믿어야 할지 알 수가 없지 않은가.'

'이런 데서 쓰러져 죽고 싶지 않으니 하는 말이지!'

'어차피 오십보백보 아닌가……. 놓친 물고기는 언제나 크게 보이는 법이지.'

'제길, 대체 넌 누구야!'

그러나 안개 덩어리가 용틀임을 하듯 무너지면서 상대방의 목소리를 지웠다. 대신 자로 그은 듯한 광선이 다발로 쏟아져 내렸다. 그 눈부심에 눈앞이 어질어질하고, 밀려오는 숯검댕 같은 피로를 어금니로 깨문다.

까마귀가 울었다. 불현듯 생각이 나, 뒤편에 있는 '희망'을 보러 간다. 어차피 성공하리란 기대는 없지만, 만화책보다는 그나마 낫다.

미끼는 여전히 그 자리에 있었다. 썩은 생선 냄새가 코를 찌른다. '희망'을 설치한 지 두 주가 지났는데도 전혀 반응이 없다. 대체 원인이 뭘까? 덫의 구조에는 자신이 있었다. 미끼를 물기만 하면 절대 헤어날 수 없다. 그러나 그 미끼를 전혀 돌아보지 않으니, 희망의 여지가 없다.

그런데, 이 '희망'의 어디가 어떻게 그들의 마음에 들지 않는 것일까? 어디로 보나 수상한 구석은 하나도 없는데. 까마귀란 놈들은 인간이 버린 쓰레기 주변을 맴돌며 사는 만큼, 조심성에 관한 한 아무튼 탁월하다. 이렇게 되면 인내 싸움으로 가는 수밖에 없다. 이 모래 웅덩이 속의 썩은 생선이, 놈들의 의식 속에서 완전한 반복이 될 때까지……. 인내란 딱히 패배가 아니다……. 오히려 인내를 패배라고 느끼는 순간부터 진정한 패배가 시작되는 것이리라. 애당초 '희망'이란 이름도 그 정도 생각으로 붙인 것이다. 희망봉은 지브롤터였나…… 케이프타운이었나…….

남자는 다리를 질질 끌며 돌아간다. ……또 잘 시간이 찾아온 것이다.

29

여자는 남자를 보자 생각 났다는 듯 등잔불을 불어 끄고, 밝은 문 쪽으로 자리를 옮겼다. 일을 계속할 생각인가? 불쑥, 참기 어려운 충동이 끓어올랐다. 순간적으로 여자의 앞을 가로막고, 무릎에 놓여 있는 구슬 상자를 내동댕이쳤다. 까만 풀열매 같은 알갱이가 봉당으로 흩어지면서 단박에 모래에 스며들었다. 여자는 소리도 지르지 않고 겁먹은 표정으로 가만히 남자를 쳐다보았다. 남자의 얼굴에서 맥없이 표정이 떨어져 나갔다. 축 늘어진 입술에서 누런 침과 함께 기어 들어가는 중얼거림이 새어 나왔다.

"소용 없어…… 발버둥 쳐 봐야…… 아무 소용 없어…… 머잖아, 독이 번질 거야……."

여자는 여전히 아무 말이 없다. 실에 꿰어 있는 유리구슬이 손가락 사이에서 희미하게 흔들리고 있다. 물엿 방울처럼 빛나고 있다. 남자의 다리 끝에서 자잘한 떨림이 기어올랐다.

"암, 이제 머잖아 모든 것이 돌이킬 수 없게 될 거야……

어느 날, 눈을 떠보니, 사람들이 한 사람도 남김없이 다 떠나 버리고, 우리만 남겨져서…… 난 알아…… 틀림없어…… 머잖아, 그런 날이 올 거야…… 배신이란 것을 알았을 때는, 이미 모든 것이 늦어서…… 지금까지 죽도록 쌓아 온 것도, 그저 웃음거리가 돼 버리고……"

여자는 손에 꼭 쥔 구슬을 지그시 내려다보면서, 살랑살랑 고개를 저었다.

"그럴 리 없어요…… 여기서 나간다고 해서, 금방 생활이 가능한 것도 아니고……."

"다를 게 뭐가 있어. 여기 있는다고 해서, 어느 누가 생활다운 생활을 하고 있지?"

"하지만, 모래가 있으니까……."

"모래라고?"

남자는 이를 악문 채 턱으로 원을 그렸다.

"모래가 무슨 도움이 된다는 거야? 죽도록 고생하는 거 외에, 한 푼이라도 보탬이 되는 게 있냐고?"

"그게 아니고, 팔아요."

"팔아? ……그런 걸 누구한테 판단 말이야?"

"공사장 같은 곳이겠죠…… 콘크리트에다 섞어야 하니까요……."

"웃기는 소리 마! 이렇게 소금기가 많은 모래를 시멘트에 섞는다? 이거 큰일 낼 사람들이로군. 위반이야, 공사 규칙에……"

"물론, 뒷거래를 하고 있겠죠…… 운임 같은 것도 반값으로 해서……."

"엉터리 수작 작작하라고 해! 나중에 빌딩의 기초나 댐이 부슬부슬해지면, 반값이 공짜가 된들, 때는 이미 늦다고!"

불현듯 여자가, 비난조의 시선으로 말을 가로막았다. 가슴께를 빤히 쏘아보면서 지금까지의 소심한 태도와는 전혀 다른 싸늘함으로 말했다.

"무슨 상관이에요. 그런, 남의 일이야 어떻게 되든!"

남자는 움찔했다. 마치 얼굴을 바꿔 낀 듯한 변모였다. 여자를 통해 드러난 마을의 얼굴인 듯하다. 지금까지 마을은 일방적인 형 집행자였다. 아니면 의지가 없는 육식 식물이거나, 탐욕스런 말미잘이었다. 그는 어쩌다 거기에 걸려든 가엾은 희생자에 지나지 않는다고 여겼다. 그런데 부락 쪽에서 보면, 오히려 버림받은 것은 자기들이란 얘기가 된다. 따라서 바깥세상에 의리를 지켜야 할 이유 따윈 없다. 더구나 그 역시 가해자들 중 한 사람이라고 보면, 드러난 송곳니가 그를 향하고 있었다는 얘기도 된다. 남자는 자기와 마을의 관계를 그런 식으로 생각해 본 적이 한 번도 없었다. 어색하게 당황하고 말았다. 그렇다고 지금 물러서면 자신의 정당성을 스스로 방기하는 것이나 다름없다.

"그야, 남의 일이야 어떻게 되든 상관없을지도 모르지……."

태세를 가다듬으려다가 오기가 나서 말을 이었다.

"하지만, 그렇게 사기를 쳐서, 결국은 누군가가 떼돈을 벌고 있는 거잖아? 그런데 그런 사람들 편을 들 필요까지야……."

"아니죠, 모래 매매는 조합에서 하고 있어요."

"그래? 그렇다고 해도, 결국은 지분이라든가, 출자액의 많고

적음에 따라서 역시……."

"그런 부자 양반들은 옛날에 이곳을 다 떠났으니까요…… 우리들은 그래도 좋은 대접을 받고 있는 편이라고요…… 정말로, 불공평한 건 없어요…… 내가 하는 말이 거짓말 같으면, 장부를 보여 달라고 해요, 그럼 금방 알 수 있을 테니까……."

종잡을 수 없는 불안과 혼란 속에서 결국 남자는 꼼짝 못 하고 만다. 오늘따라 왠지 더 불안하다. 분명 적과 우방으로 구별되어 있었던 작전 지도가 뿌연 중간색으로, 수수께끼 그림처럼 정체를 알 수 없게 모호해지고 말았다. 생각해 보면, 고작 만화책 정도에 그렇게 흥분할 필요도 없었다. 멍청하게 히죽거리든 말든, 그런 것을 일일이 신경 쓰는 사람이 세상 어디에 있다는 말인가……. 딱딱하게 굳은 혀끝으로 더듬더듬 중얼거리기 시작한다.

"……뭐, 그…… 물론, 그렇지…… 그런, 남의 일 따위…… 그야, 그렇지……."

그러고서 아무런 맥락도 없이, 자기 자신도 뜻하지 않은 말이 멋대로 튀어나오고 말았다.

"우리, 화분이라도 하나 살까……."

스스로도 어이가 없었다. 그러나 그 이상으로 어쩔 바를 몰라 하는 여자의 표정에 점점 더 말을 거둬들이기가 어렵다.

"뭐 좀, 기분 전환이라도 해야지, 살풍경해서 어디 견딜 수가 있겠어……."

당황한 목소리로 여자가 겨우 대답한다.

"소나무가 좋을까요?"

"소나무? 소나무는 싫어…… 소나무만 아니면, 뭐든 좋아, 잡초라도 상관없고…… 곶 쪽에는 들풀도 꽤 많이 나 있는 것 같던데, 그게 무슨 풀이지?"

"갯방풍이거나 갯방동사니겠죠. 하지만 역시 나무가 좋지 않을까요?"

"나무? 나무라면 단풍나무나 오동나무처럼 가지가 가늘고 잎이 넓적한 게 좋겠는데…… 바람에 잎이 팔랑팔랑 흔들리는 그런 나무……."

잎이 팔랑팔랑 흔들리는 나무……. 도망치고 싶어도, 가지와 연결되어 있어 도망치지 못하고 팔랑팔랑 몸부림치는 잎사귀의 무리…….

기분과는 무관하게 호흡이 거칠어진다. 아무래도 울음이 터져나올 듯한 느낌이다. 황망히, 구슬이 쏟아진 봉당으로 몸을 굽힌다. 서투른 손길로 모래의 표면을 훑기 시작한다.

여자가 얼른 일어선다.

"괜찮아요, 내가 할게요…… 그런 거, 체에다 치면 금방이니까……."

30

어느 날, 구멍 가에 걸린 한 아름이나 되는 희뿌연 달을 올려다보면서 한참 오줌을 누는데, 갑작스런 오한이 남자를 덮쳤다. 감기에 걸린 것일까? ……아니 이 오한은 좀 성질이 다른 것 같다. 열이 나기 전의 오한은 몇 번 경험이 있는데, 그런 것과는 전혀 느낌이 다르다. 공기가 써늘하게 느껴지지도 않고 소름이 끼치는 기미도 없다. 피부의 표면이 아니라 골수 언저리가 떨린다. 바람이 불어 잔물결이 일듯, 중심에서 바깥을 향해 천천히 원을 그리며 퍼져 나간다. 욱신욱신, 묵직하게 뼈에서 뼈로 공명하면서, 전혀 그칠 것 같지 않다. 마치 녹슨 양철 깡통이 하나, 바람에 날려와 달그락거리며 몸속을 지나가는 듯했다.

그는 달의 표면을 보면서 그 떨림을 통해 무언가를 연상한다. 군데군데 거친 가루를 뿌린 상처 딱지처럼 꺼칠한 감촉…… 말라 비틀어진 싸구려 비누…… 아니 녹슨 알루미늄 도시락……. 그러고는 초점이 좁혀지고, 거기에 뜻하지 않은 상이 맺혔다. 하얀 해…… 만국 공통의 표지인 독의 문장…… 살충 병 속에 든, 가루를 뿌린 하얀 정제…… 그러고 보니, 풍화한 청산가리 정제와 달의 표면은 과연 감촉이 비슷했다. 그 병은 아직도, 문턱 가까이에 묻어 둔 그대로였나…….

심장이 깨진 탁구공처럼 불규칙하게 뛰기 시작한다. 하필이면 또 어쩌다 이렇게 불길한 연상을 한 것일까. 안 그래도 10월의 바람은 서글플 정도로 회한의 울림을 담고 있다. 껍질이 터져 알맹이가 튀어 나간 빈 꼬투리를 휘휘 울리며 지나간다. 달빛에 뿌옇게 테두리진 구멍을 올려다보면서, 이 타는 듯한 감정은 어쩌면 질투일지도 모르겠다고 생각했다. 거리와 통근 전철과 네거리의 신호등과 전봇대에 붙어 있는 광고와 고양이의 시체와 담배를 파는 약국, 그런 지상에 있는 모든 것들에 대한 질투일지도 모른다. 모래가 판자벽과 기둥의 내부를 파먹는 것처럼 질투가 그의 내부에 구멍을 뚫어, 불 위에 올려진 빈 냄비처럼 만들어 버렸는지도 모른다. 빈 냄비의 온도는 급격히 상승한다. 끝내는 그 열을 견디지 못해 자기 스스로를 방기할 가능성도 있다. 희망 운운하기 전에 이 순간을 과연 견뎌 낼 수 있을지가 문제였다.

아, 좀 더 가벼운 공기가 필요하다! 최소한 자기가 토해 낸 숨이 섞여 있지 않은 신선한 공기를 마시고 싶다! 하루에 한 번, 30분이라도 좋으니까 벼랑에 올라가 바다를 볼 수 있다면 얼마나 멋질까! 그 정도는 허락되어도 좋지 않은가. 어차피 부락의 경계는 엄중하기 그지없고, 지난 석 달 동안 착실하게 일한 태도를 고려하면, 아주 당연한 요구가 아닐까. 금고형을 받은 죄수도 운동 시간을 고수할 권리는 있다.

"정말 못 견디겠어! 이렇게 일 년 내내 모래와 코를 맞대고 있어야 하다니, 이거야 모래 절임이 아니고 뭐야. 가끔은 산책이라도 하면서 바깥바람을 쐴 수 없을까?"

그러나 여자는 성가시다는 듯 입을 다문 채, 마치 사탕을 떨어뜨리고 투덜거리는 아이를 어쩌지 못하겠다는 표정이다.

"안 된다고는 할 수 없겠지!"

남자가 갑자기 흥분한다. 기억에 엉켜 있는 께름칙함 때문에 자칫 말을 꺼내기가 어려웠던 새끼줄 사다리 얘기를 끝내 꺼내고 말았다.

"지난번에 도망치는 도중에 똑똑하게 봤다고…… 이 주변에도 몇 채는 새끼줄 사다리가 그냥 드리워져 있었어!"

"네에, 하지만……."

꾸물꾸물 변명을 하듯 여자가 말했다.

"그건, 대부분, 오래전부터 대대로 이곳에 눌러 사는 사람들네만 그런 거예요."

"그럼, 우리한테는 전혀 가망이 없는 일이냔 말이야!"

여자는 체념한 개처럼 고개를 힘없이 떨구었다. 남자가 바로 눈앞에서 청산가리를 입안에 털어 넣는다 해도 아마 똑같은 태도로, 아무 말 없이 보고만 있을 것이다.

"좋아, 놈들과 직접 교섭을 해 볼 테니까!"

물론 정말로 그런 교섭에 어떤 성과가 있으리라고 기대한 것은 아니었다. 그들의 딴전에는 이골이 나 있었다. 그래서 두 번째 삼태기를 나르는 청년들과 함께 예의 그 노인이 찾아와 신속한 반응을 보여 주었을 때는 오히려 너무 뜻밖이라 당황스러울 정도였다.

그러나 그 당황스러움도 반응의 내용에 비하면 거의 문제가 안 되는 것이었다.

"글쎄……."

노인은 머릿속으로 오래된 서류를 정리하며 말하는 것처럼 느릿느릿한 말투로 얘기했다.

"그야 뭐, 절대로 불가능한 일은 아니지만…… 예를 들어서 말이야…… 자네하고, 거 둘이서, 모두들 보는 앞에서 말이야…… 그, 그걸 보여 준다면, 명분이 있는 일이니까, 다들, 괜찮겠다고……."

"뭘 하라고요?"

"그거 있잖나, 왜…… 수컷하고 암컷이, 서로 뒤엉켜서…… 그거 말이야……."

주위에서, 삼태기를 운반하는 청년들의 미치광이 같은 웃음소리가 일었다. 남자는 포박이라도 당한 것처럼 꼼짝하지 않고 선 채, 천천히 그러나 극명하게 이해한다. 이해하고 보니 그 제안은 그리 놀랄 만한 것도 아니라는 생각이 든다.

손전등 빛이 한 줄기, 금빛 작은 새처럼 남자의 발치를 스치고 날았다. 그것을 신호로, 일고여덟 줄기가 일제히 빛의 접시가 되어 구멍 속을 기어 다니기 시작한다. 벼랑 위에 있는 남자들의 불탄 수지 같은 열기에 압도되어, 반발하기에 앞서 그 광기가 전염될 것만 같았다.

천천히 여자를 돌아본다. 방금 전까지 거기에서 부삽질을 하고 있던 여자의 모습은 사라지고 없다. 집으로 숨은 것일까? 문안을 들여다보며 부른다.

"어쩌지?"

바로 벽 뒤에서 숨죽인 여자의 목소리가 났다.

"그냥 놔둬요!"

"하지만, 밖에도 나가고는 싶으니까……."

"말도 안 돼!"

"뭐 그렇게 대단하게 생각할 필요……."

갑자기 여자가 숨이 가쁜 듯 헐떡거리면서 말했다.

"당신, 미친 거 아니야! 미쳤어…… 미쳤다고! ……어떻게 그런 일을, 난 용납 못 하니까…… 섹스광도 아니고!"

그럴까? ……난 미치고 만 것일까? ……여자의 강경함에 당황하면서도, 남자의 내부에서 뒤틀린 공백이 퍼져 간다. 이렇게까지 짓밟혔는데, 새삼스럽게 체면 따위 무슨 소용이 있을까? ……보여지는 것을 껄끄럽게 생각한다면, 보는 쪽에도 그 정도의 껄끄러움은 있을 것이다. 보여지는 것과 보는 것을 구별해서 생각할 필요는 없다……. 다소의 차이는 있지만, 나를 없애기 위한 간단한 의식이라고 생각하면 끝나는 일이다……. 더구나 그 대가로 얻을 수 있는 것도 생각해야지……. 지상을 자유롭게 걸어 다닐 수 있다! ……나는 이 썩어 빠진 수면에서 고개를 내밀고 마음껏 숨을 쉬고 싶다!

여자의 기척을 가늠해 온몸으로 돌진했다. 여자의 비명과 두 사람이 뒤엉켜 벽으로 쓰러지는 소리가 벼랑 위에 짐승 같은 열광과 홍조를 불러일으켰다. 휘파람, 손뼉 치는 소리, 추잡스런 웅성거림……. 사람 수가 늘어나 젊은 여자도 섞여 있는 듯했다. 문을 향하여 쇄도하는 손전등의 빛도 처음보다 세 배는 늘어났다.

불의의 습격이 효과가 있었는지, 아무튼 여자를 밖으로 끌어낼 수 있었다. 멱살을 잡힌 여자는 주머니처럼 축 늘어져 있었다. 구멍의 삼면을 빽빽하게 둘러싼 빛이 축제의 밤의 횃불 같았다. 그렇게 덥지도 않은데, 끈적끈적한 얇은 껍질 같은 땀이 겨드랑을 타고 흐르고, 머리카락도 물을 뒤집어쓴 것처럼 푹 젖어 있었다. 한 장의 판자로 압축된 이명과도 같은 환성이 커다란 검은 날개를 하늘 가득 펼치고 있다. 남자는 그 날개를 자기의 날개라고 착각했다. 벼랑 위에서 군침을 질질 흘리며 지켜보고 있는 사람들이 바로 자기라고 분명하게 느낄 수 있었다. 그들은 그의 부분이며, 그들이 흘리고 있는 누런 타액은 바로 그의 욕정이다. 그는 희생양이라기보다 오히려 대리 집행인이었다.

그러나 허리끈을 풀기가 의외로 곤욕스러웠다. 어두운 데다 떨림이 손가락의 굵기를 두 배로 불려 버린 것이다. 차라리 찢어 버리는 것이 낫겠다 싶어서, 엉덩이를 두 손으로 잡고 허리를 들어올리는 순간, 여자가 몸을 뒤틀어 남자를 떨쳐 냈다. 남자는 모래를 걷어차며 뛰어가 매달린다. 그러나 금방 또 무쇠 같이 억센 힘에 뒤집히고 만다. 남자는 매달려 애원했다.

"부탁이야…… 제발 부탁한다고…… 어차피 진짜로 하지는 못하니까…… 흉내만 내면 된다고……."

그러나 남자는 이미 매달리고 자시고 할 필요가 없었다. 여자는 도망칠 마음 따위 없었다. 헝겊이 찢어지는 듯한 소리가 나면서 동시에 온몸의 분노와 무게를 실은 어깨로 힘껏 남자의 아랫배를 쳐올린다. 남자는 허망하게 무릎을 껴안고 몸을 둘로 꺾는다. 올라타고 그 얼굴에 꽉 쥔 주먹을 날린다. 남자의 코에서 피가 터져 나왔다. 피에 모래가 들러붙어 남자의 얼굴은 모래 범벅이 되었다.

벼랑 위의 흥분도 살이 부러진 우산처럼 점점 쭈그러들었다. 불만과 실소와 격려의 성원, 세 가지가 목소리를 합해 봐야 이미 화음이 맞지 않고 빠진 음투성이다. 술에 취한 김에 내지르는 외설적인 욕지거리도 좌흥을 돋우는 데 아무런 도움이 되지 못한다. 뭔가를 던지는 자가 있었지만, 또 누군가에게 제지당했다. 시작이 갑작스러웠던 것처럼 끝 또한 갑작스러웠다. 말꼬리를 길게 늘어뜨리며 그만 일을 하자고 채근하는 소리가 들리고, 불빛의 행렬이 말려 올라가듯 사라진 후, 그저 어둡기만 한 북풍이 흥분을 찌꺼기 하나 남기지 않고 휘몰아 간다.

모래 범벅이 되어 얼어맞기까지 한 남자는 역시 모든 것이 각본에 쓰인 대로 진행되었다고, 축축한 속옷 같은 의식 한구석으로 멍하니 생각했다. 심장 소리만 아프게 인식되었다. 불처럼 뜨거운 팔이 겨드랑이에 느껴지고 여자의 체취가 가시가 되어 콧구멍을 찔렀다. 모든 것을 내맡긴 여자의 팔 안에서 자기는 미끌미끌하고 평평한 강가 모래밭의 자갈돌이 되는 것이라고 생각했다. 남은 부분은 액체로 변해 여자의 몸에 녹아들 것만 같았다.

31

아무 변함 없는 모래와 밤의 몇 주일이 또 지났다.

'희망'도 여전히 까마귀들에게 버림 받은 신세다. 하기야 미끼인 말린 생선은 이미 말린 생선이 아니다. 까마귀들은 무시해도 박테리아들은 무시하지 않았다. 어느 아침, 나무 막대기 끝으로 건드려 보니 생선은 껍질만 남기고 끈적끈적한 검은 액체로 변해 있었다. 미끼를 갈아 끼우는 김에 덫의 상태를 점검해 보기로 한다. 모래를 긁어내고 뚜껑을 열었다. 놀라웠다. 통 바닥에 물이 고여 있었던 것이다. 바닥에서 10센티미터 정도였지만, 투명하고, 매일 배급되는 쇳가루가 떠 있는 듯한 물보다는 한결 순수한 물에 가까웠다. 요즘 언제, 비가 내렸던가? ……아니다, 적어도 지난 반달 동안은 내리지 않았다. 그렇다면 반달 전의 빗물이 남아 있는 것일까? ……그게 가능한 일이라면? 그렇게 생각하고 싶었지만, 공교롭게도 이 통은 물이 샌다. 실제로 들어올리는 순간 물은 새어 나가기 시작했다. 그 깊이에 지하 수맥이라도 있지 않는 한 새는 만큼 어디선가 끊임없이 보급되었다고 생각하지 않을 수 없다. 적어도 이치상은 그렇다. 하지만 이 메마른 모래땅 어디에서 그런 물이 보급될 수 있다는 말인가?

남자는 밀려오는 흥분을 억누를 수가 없다. 가능성은 한 가지밖에 없다. 모래의 모관 현상이다. 모래의 표면은 비열이 작기 때문에 항상 말라 있지만, 조금만 파 내려가면 아래로 내려갈수록 젖어 있는 법이다. 표면의 증발 현상이 지하의 수분을 빨아올리는 펌프 작용을 하고 있음이 틀림없다. 그렇게 생각하면, 아침저녁 사구가 뿜어내는 저 방대한 양의 안개와 벽과 기둥의 재목을 썩히는 저 비정상적일 정도인 습도의 수수께끼가 모두 풀린다. 그러니까 모래땅의 건조 현상은 단순히 물의 결핍 때문이 아니고 오히려 물을 빨아올리는 모관 현상이 증발의 속도를 미처 따라가지 못하기 때문에 야기되는 듯하다. 바꿔 말하면 물은 끊임없이 보급되고 있다는 소리다. 다만 그 순환은 보통 땅에서는 상상도 할 수 없을 정도의 속도를 지니고 있다. 그리고 어쩌다 그의 '희망'은 그 순환의 고리 어딘가를 끊어 버린 셈이다. 아마도 우연히 통과 뚜껑의 틈새가 빨아올린 물을 증발시키지 않고 통 속으로 고이게 하는 위치와 관계가 있었던 것이리라. 어떤 위치와 어떤 관계인지는 아직 확실하게 설명할 수 없지만, 연구하기에 따라 다시 한번 똑같은 현상을 일으키게 할 수도 있을 것이다. 나아가 더욱 효율성이 높은 저수 장치를 고안해 낼 수도 있다.

만약 이 실험에 성공하면 물 때문에 허리를 굽혀야 할 일도 없어진다. 아니 이 모래 전체가 펌프인 셈이다. 빨펌프 위에 앉아 있는 것이나 다름없는 셈이다. 남자는 가슴을 진정시키기 위해 숨을 들이쉬고 잠시 꼼짝않고 있어야 할 정도였다. 물론 아직은 누구에게도 말할 필요가 없다. 언젠가를 위한 소중한 무기니까.

그런데도 웃음이 절로 배어 나온다. '희망'에 대해서는 침묵을 지킬 수 있겠지만, 들떠 있는 마음을 감추기는 역시 어려웠다. 남자는 괴성을 지르면서 잠자리를 살피고 있는 여자의 허리를 뒤에서 껴안았다. 여자가 뿌리치자 벌렁 나자빠져 다리를 퍼덕거리면서 웃는다. 가벼운 공기를 집어넣은 특제 종이 풍선이 위 언저리를 간지럽히고 있는 것 같다. 얼굴을 덮은 손이 그대로 둥실 공중에 떠 버릴 것 같다.

여자도 어쩔 수 없이 웃었지만, 그저 기분을 맞추기 위함이었으리라. 남자가 모래 사이사이를 뚫고 올라가는 은색 면실 같은 한없는 수맥을 떠올리고 있는 데 반해 여자는 이제 시작될 성교를 떠올리고 있음이 분명하다. 상관없는 일이다. 간신히 익사를 면한 조난자가 아닌 이상, 숨을 쉴 수 있다는 것만으로도 웃음이 터져 나오는 심리를 어떻게 이해할 수 있으랴.

여전히 구멍 속에 있다는 사실은 변함없는데, 마치 높은 탑 위에 올라 있는 듯한 기분이다. 세계가 뒤집혀, 돌기와 웅덩이가 반대로 되었는지도 모른다. 아무튼 모래 속에서 물을 파낸 것이다. 그 장치가 있는 한 놈들도 엉뚱한 짓은 못할 것이다. 물을 가지고 아무리 겁을 주어도 눈썹 하나 까딱하지 않을 수 있다. 놈들이 얼마나 야단법석을 떨지, 생각만 해도 웃음이 끓어오른다. 구멍 속에 있으면서, 이미 구멍 밖에 있는 것이다. 돌아보니, 구멍의 전경이 한눈에 들어왔다. 모자이크는 거리를 두고 보지 않으면 좀처럼 전체를 판단하기 어렵다. 오기를 부려 눈을 가까이 들이밀면 오히려 단편 속으로 헤매들고 만다. 하나의 단편에서 벗어난다 해도 다시금 또 다른 단편에 발목을 잡히고 만다. 어쩌면 지금까지 그가 본 것은 모래가 아니라 단순히 모래의 입자였는지도 모른다.

그녀와 동료들에 대해서도 똑같은 식으로 말할 수 있다. 지금까지 의식에 부상되었던 것은 유별나게 확대된 세부뿐이었다. 살집이 두꺼운 콧구멍…… 주름투성이 입술…… 편평하고 얇은 입술…… 평퍼짐한 손가락…… 뾰족한 손가락…… 눈속의 별…… 쇄골 아래, 실처럼 가는 사마귀…… 유방에 돋아 있는 연보라색 정맥……. 그런 부분만이 유독 가깝게 육박해 그를 구역질 나게 했던 것이다. 하나 광각 렌즈를 낀 눈에는 모든 것이 조그맣게, 벌레처럼만 보였다. 그곳을 꿈틀꿈틀 기어다니는 것은, 교무실에서 엽차를 홀짝거리는 동료들이다. 이쪽 구석에 들러붙어 있는 것은 눅눅한 침대 위에서 눈을 가늘게 뜬 채 담뱃재가 떨어지는데도 손가락 하나 까딱하려 하지 않는 그녀의 알몸이다. 하지만 그 조그만 벌레들을, 질투하는 마음 없이 과자 틀 같다고 생각한다. 과자 틀에는 윤곽만 있을 뿐 알맹이가 없다. 그렇다고 주문도 없는데 그 틀에 맞추어 과자를 구울 만큼 성실한 과자장이여야 할 필요는 없는 것이다. 설사 다시 한번 관계가 회복된다 해도, 그것은 이미 끝장난 다음의 일이다. 모래의 변화는 동시에 그의 변화이기도 했다. 그는 모래 속에서 물과 함께 또 하나의 자기 자신을 발굴해 냈는지도 모른다.

이렇게 해서 유수 장치를 연구하는 것이 새로운 일과에 포함되었다. 통을 묻는 위치…… 통의 형태…… 일조 시간과 유수 속도의 관계…… 기온과 기압이 효율에 미치는 영향 등을 숫자와 도형으로 기록해 나갔다. 그러나 여자는 남자가 왜 그렇게 까마귀 덫에 열중하는지 전혀 오리무중이다. 어차피 남자란 뭔가 몰두할 수 있는 취미가 있어야 하는 모양이라고, 그래서 마음이 풀린다면 잘된 일이라고 생각했다. 게다가 무슨 바람인지 그녀의 부업도 적극적으로 거들기 시작했다. 기분이 나쁘지는 않다. 까마귀 덫을 놓는 데 필요한 비용을 빼더라도 돈이 충분히 남는다. 그러나 남자 쪽에도 나름대로의 계산과 동기가 있었다. 장치는 몇 가지 조건이 구비되어야 했기에, 의외로 품이 많이 들었다. 자료의 수는 늘어났지만, 그 자료를 통일하는 법칙이 좀처럼 손에 잡히지 않았다. 나아가 좀 더 정확한 자료를 얻으려면 아무래도 라디오로 일기 예보를 확인할 필요가 있다. 라디오는 두 사람의 공동 목표가 되었다.

11월 초, 하루에 4리터를 기록한 것을 마지막으로 그다음에는 날마다 하강선을 그렸다. 아무래도 기온 탓인 듯했다. 본격적인 실험을 위해서는 봄을 기다려야 할 것 같았다. 마침내 모래와 함께 얼음 조각이 날아다니는 길고 혹독한 겨울이 찾아왔다. 그사이에 조금이라도 좋은 라디오를 살 수 있도록 여자의 부업을 열심히 거들기로 했다. 구멍 속은 바람이 불지 않는다는 장점은 있어도 거의 하루 종일 햇볕이 들지 않아, 지내기 수월한 환경은 절대 아니었다. 모래가 얼어붙는 날에도 날아다니는 모래의 양은 조금도 줄지 않아, 모래를 퍼내는 일도 손을 놓아서는 안 된다. 몇 번이나 손등이 트고 갈라져 피가 흘렀다.

그럼에도 그럭저럭 겨울이 지나고 봄이 왔다. 3월 초에 드디어 라디오를 사 지붕 위에 높은 안테나를 세웠다. 여자는 행복과 감동에 젖어, 반나절 내내 다이얼을 좌우로 돌렸다. 그 달 말에 여자가 임신을 했다. 그리고 또 두 달이 지나, 하얗고 커다란 새가 사흘에 걸쳐 서쪽에서 동쪽으로 날아간 다음 날, 갑자기 여자가 하반신을 피로 물들이며 격통을 호소했다. 친척 중에 수의사가 있다는 마을 사람 누군가가, 자궁 외 임신이라는 진단을 내렸다. 여자를 삼륜차에 태워 읍내 병원에 데리고 가기로 했다. 사람들이 올 때까지 남자는 여자 곁에서 한쪽 손은 여자에게 맡기고, 한쪽 손으로는 허리 부근을 계속 쓰다듬어 주었다.

마침내 삼륜차가 벼랑 위에 멈췄다.

반년 만에 새끼줄 사다리가 내려졌다. 여자를 번데기처럼 이불에 둘둘 말아 로프에 묶어 올려 보냈다. 여자는 시선이 닿지 않을 때까지, 눈물과 눈곱으로 거의 보이지도 않는 눈으로 애원하듯 남자를 바라보았다. 남자는 안 보는 척, 눈길을 돌렸다.

여자를 데리고 간 후에도 새끼줄 사다리는 여전히 매달려 있었다. 남자는 조심조심 손을 뻗어, 살짝 손가락 끝으로 만져 본다. 끌어올려지지 않음을 확인하고서, 천천히 오르기 시작한다. 바다는 누렇고 탁했다. 심호흡을 해 보았지만, 꺼끌거리기만 할 뿐 기대한 맛은 나지 않았다. 돌아보니 부락 어귀에 모래 먼지가 일고 있다. 여자를 태운 삼륜차겠지. ……아 참, 헤어지기 전에 덫의 정체만이라도 가르쳐 줄 것을 그랬다.

구멍 속에서 무언가가 움직였다. 자신의 그림자였다. 그림자 바로 옆에 유수 장치가 있고, 나무틀 한쪽이 비틀어져 있었다. 여자를 운반할 때 잘못해 밟은 것이리라. 고쳐 놓으려고 서둘러 돌아간다. 물은 계산상 예정되어 있는 대로 4까지 고여 있었다. 대수로운 고장은 아니었던 모양이다. 집 안에서는 라디오가 카랑카랑한 소리로 노래를 부르고 있다. 터져 나오려는 울음을 겨우겨우 참으면서 통의 물에 손을 담갔다. 물은 얼음처럼 차가웠다. 그대로 웅크리고 앉아, 꼼짝도 하지 않는다.

딱히 서둘러 도망칠 필요는 없다. 지금, 그의 손에 쥐어져 있는 왕복표는 목적지도 돌아갈 곳도 본인이 마음대로 써넣을 수 있는 공백이다. 그리고 그의 마음은 유수 장치에 대해 누군가에게 말하고 싶은 욕망으로 터질 듯하다. 털어놓는다면, 이 마을 사람들만큼 좋은 청중은 없다. 오늘이 아니면 아마 내일, 남자는 누군가를 붙들고 털어놓고 있을 것이다.

도주 수단은, 그다음 날 생각해도 무방하다.

실종 신고 최고장

부재자　니키 준페이
생년월일　1927년 3월 7일

위 부재자에 대해 니키 시노로부터 실종 선고 신청이 접수되었으므로, 부재자는 1962년 9월 21일까지 당 법원에 생존 신고서를 제출해 주시기 바랍니다. 신고가 없는 경우에는 실종 선고를 받게 됩니다. 또 부재자의 생사를 알고 있는 자는 아래 기일까지 당 법원에 신고해 주십시오.

1962년 2월 18일

가정 법원

판결

신청인　니키 시노

부재자　니키 준페이

1927년 3월 7일생

위 부재자에 대한 실종 선고 신청 사건에 대하여, 공시 최고 절차를 밟은바, 부재자를 1955년 8월 18일 이후 7년 이상 생사를 알 수 없는 자로 확인하고, 다음과 같이 판결한다.

주문

부재자 니키 준페이를 실종자로 확인함.

1962년 10월 5일

가정 법원

가사 심판권

작품 해설

모래가 인도하는 절대적인 세계의 구현

사막에는, 또는 사막적인 것에는 늘 뭐라 말할 수 없는 매력이 있다. 일본에 없는 것에 대한 동경이랄 수도 있겠지만, 나는 거의 사막과도 같은 만주에서 어린 시절을 보냈다. 어렸을 적 보고 자란 풍경을 그리는 노스탤지어라고 설명할 수도 있겠으나, 내 기억으로는 그렇게 사막적인 풍토에 에워싸여 있으면서도 사막을 동경했던 것 같다. 하늘이 암갈색으로 물들고 흙먼지가 풀풀 일어 숨이 막힐 것 같은 날, 바짝 마른 눈두덩 속으로 닦아도 닦아도 없어지지 않는 모래가 파고든다. 그 짜증스러운 기분의 이면에는 불쾌함이 아니라 일종의 들뜬 기대감이 담겨 있었다.

— 아베 코보, 『사막의 사상』 중에서

아지랑이가 가물가물 피어오르는 사막 한가운데를 죽어가는 여자를 껴안고 끌다시피 걸어가는 남자가 있다. 그 남자의 얼굴에서도 태양은 이글거리고, 굵은 땀방울이 모래와 뒤엉켜 시야를 가로막는다. 마치 물안개처럼 사방을 떠다니는 열기와 그리고 절대적인 단절에의 공포와 죽음을 끌고가는 허우적거리는 발걸음.

한때, 늘 이런 꿈을 꿨었다.

그 꿈은 나의 일상과는 아무 관련 없이 이미지로서만 홀로 살아 있었다. 그리고 꿈을 해석하는 나의 언어 앞에는 항상 '절대적'이란 수식어가 붙어 다녔다. 절대적인 고독, 절대적인 공포, 절대적인 사랑, 절대적인 단절, 절대적인 절망, 절대적인 폭력 등.

꿈이 잊히고도 한참이나 지난 훗날, 「듄」이란 영화에서 비슷한 장면을 보고는 경악했다. 잊고 있었던 꿈이 환기되고, 모래의 이미지가 갖고 있는 '절대성'에 대해서 다시 한번 생각하게 되었다. 그리고 인용문에서처럼 모래가 안고 있는 '뭐라 말할 수 없는 매력'이며 모래에 품는 '들뜬 기대감'은 바로 이 절대성에로의 인도가 아닐까 하고 생각하였다.

내게 『모래의 여자』는 모래가 인도하는 절대적인 세계로의 구현이다.

학교 선생인 한 남자가 어느 날, 곤충 채집을 위해 사구로 여행을 떠난다. 그 여행은 사구라는, 생명의 근접을 허용하지 않는 땅에서도 모질게 살아남은 곤충을 채집하여 '이 세상'

에 이름을 남기려는 바람에서 비롯된 것이었다. 그러나 결과적으로 그 여행은, 남자 스스로를 '생명의 근접을 허용하지 않는 땅에서 모질게 살아남은 곤충'으로 변신하게 했고, 이 세상에서 그의 이름은 실종되고 만다. 이 세상에 이름을 남기고자 한 그의 행위가 그 자신을 채집함으로써 완성되는 대신, 존재를 증명하는 이름이 이 세상에서 완전히 소멸되는 것이다.

이 작품 속에서 모래는 이처럼 절대적인 모순의 세계로 우리를 인도한다.

사구의 모래 구멍에 갇힌 남자의, 이 세상의 자유를 향한 몸부림과 절규는 이 모순을 각성시키려는 모래의 노래처럼 우리들의 귀를 간질인다.

너는 이 세상의 부자유와 답답함을 회피하려 2박 3일 간의 실종을 연기하지 않았느냐고. 왠지 덧없어 보이는 이 세상에서 너는 존재의 의미를 찾아, 네 이름을 뚜렷이 남길 수 있는 일을 찾아 여기로 오지 않았느냐고. 그러니 너의 실종을 완성시키고, 너 자신이 네 존재의 의미가 되어야 하지 않겠느냐고.

모래는 절대적인 단절과 폭력으로 복종과 수용만이 너의 존재를 유지시킬 수 있는 길임을 가르친다. 마치 사막에 사는 곤충들이 그 폭력과 단절을 수용하고 긴 시간을 두고 조금씩 자기를 변형시키면서 살아남을 수 있었던 것처럼. 그리하여 사막이 그들만의 자유로운 신천지가 될 수 있었던 것처럼.

모래의 여자의 생명력이, 살아남기만을 위한 본능이 그토록 빛을 발하는 이유도 여기에 있다. 그녀의 모래에 대한 복종과 수용은 곧 생명의 근접을 허용하지 않는 땅에 대한 저항이며 생명의 존속을 거부하는 모래에 대한 생명의 자유로운 구가이다. 그녀는 도시에 사는 여자들의 매끄러운 피부를 동경하고 도시의 소식을 들려주는 라디오를 소망하지만, 그녀가 사는 존재의 의미는 바로 '여기'에 있음을 알고 있는 것이다. 남자 또한 그 모순을 자각할 때 비로소 '여기서' 2박 3일의 실종을 이 세상으로부터의 영원한 실종으로 적극 수용하게 된다.

그러나 이때 '여기'란 모래 구멍 속 세계를 뜻하지 않는다. '여기'는 그 안에 있으면서 밖을 동경하고, 동경을 찾아 안을 버리면 그 밖이 다시 안이 되는 공간, 즉 뫼비우스의 띠처럼 안과 밖이 없는 공간이다.

따라서 모래로 양분되어 있는 것처럼 보였던 이 세상과 모래 구멍 속 세계는 실은 한 공간의 서로 다른 모습이며, 인간은 다른 세계를 꿈꾸느라 바로 여기가 다른 세계임을 자각하지 못하는 절대적 모순을 사는, 그리하여 늘 몸부림치지 않을 수 없는 존재인 것이다.

2001년 깊어 가는 가을
김난주

작가 연보

1924년　도쿄에서 태어났다. 본명은 아베 기미후사(安部公房)다. 아버지는 당시 만주 의대에 적을 둔 의사였다.

1925년　부모와 함께 만주 봉천시로 이주했다.

1936년　봉천 치요다 초등학교를 졸업하고 봉천 제2 중학에 입학했다. 검도와 장거리 선수로 활약하는 한편 에드가 앨런 포를 탐독했다.

1940년　중학교를 졸업하고 귀국하여 도쿄 세조 고등학교에 입학했다. 겨울, 군사 훈련 탓으로 폐 침윤에 걸려 휴학을 하고 봉천의 집으로 돌아와 휴양했다. 이 시기에는 도스토예프스키, 니체, 하이데거, 야스퍼스를 탐독했다.

1943년　9월에 고등학교를 졸업하고, 10월에 도쿄 제국대학(현 도쿄대학) 의학부에 입학했다. 곤충 채집을 좋아했고 기하와 수학에 발군의 실력을 보였으나, 신경 쇠약 증세를 보이기도 했다. 이 시기의 애독서는 릴케의 『형상시집』.

1944년 패전이 멀지 않았다는 소문을 듣고, 중학 시절 친구와 함께 폐결핵 진단서를 위조해 봉천으로 다시 돌아갔다.

1945년 자택을 이용해 병원을 차린 아버지의 일을 거들었다. 제2차 세계 대전이 8월에 종전됐다. 그해 겨울에 유행한 발진 티푸스로 진료에 임했던 아버지가 감염되어 사망했다.

1946년 봉천 시내를 전전하며 동생과 함께 사이다를 제조하여 생활하면서, 당분으로 셀룰로오스를 분해하는 실험에 열중했다. 연말에 귀환선을 타고 만주를 떠나 홋카이도로 향했다. 도항 중 콜레라가 발생했다. 이 당시의 체험이 훗날 장편 소설 『짐승들은 고향을 향한다』의 배경이 되었다.

1947년 1월 조부모가 계시는 홋카이도로 갔다가 어머니를 그곳에 남겨 두고 혼자 도쿄로 돌아가 대학에 복귀했다.

3월 오이타 출신으로 여자 미술 전문학교(현 여자 미술대학) 일본화과를 갓 졸업한 야마다 마치코와 결혼했다. 나카노, 네즈, 묘가다니 등을 전전하며 신혼 생활을 보냈다.

아방가르드에 눈을 뜨고 '세기의 모임'을 결성했다.

시집 『무명 시집』을 자비로 출판했다.

장편 소설 「끝난 길의 이정표로」를 고교 시절 은사인 아베 로쿠로에게 보였다. 아베 로쿠로는 이 작품을 하니야 유타카에게 소개했다.

1948년 『끝난 길의 이정표로』를 출간했다.

도쿄대학 의학부를 졸업했다. 의사의 길을 단념했다.

하나다 키요테루, 오카모토 타로, 하니야 유타카 등이 주재하는 '밤의 모임'에 참가했다. 특히 하니야 유타카의 영향을 받아 쉬르레알리슴에 관심을 갖게 되었다.

'근대 문학'의 동인이 되었다.

1949년 사상적으로 마르크스주의에 접근했다. 일본 공산당에 입당했다.

8월 《표현》에 「덴도로카카리야」를 발표했다.

1950년 12월 《인간》에 「세 개의 우화—빨간 누에고치, 홍수, 마법의 분필」을 발표했다.

1951년 궁핍한 생활 속에서도 열성적으로 문학 서클을 조직했다.

2월 《현대문학》에 「벽—S. 카르마 씨의 범죄」를 발표했다.

4월 「빨간 누에고치」로 제2회 전후문학상 수상.

7월 「벽—S. 카르마 씨의 범죄」로 제25회 아쿠다가와상을 수상했다.

10월 《문예》에 「시인의 생애」를 발표했다.

1952년 시마오 토시오 등과 '현재의 모임'을 결성했다.

노마 히로시, 스기우라 민페 등의 '인민 문학'에 참가했다.

노마 히로시, 세키네 히로시, 시이나 린조 등과 잡지 《열도》를 창간했다.

12월 『굶주린 피부』 『침입자』를 출간했다.

1954년 2월 『기아동맹』을 출간했다.

장녀 네리가 태어났다. 이 무렵부터 희곡을 왕성하게 발표하기 시작했다.

1955년 《문예》에 「막대기」를 발표했다. 이 작품은 희곡 『막대기가 된 남자』로 발전했다.

9월 첫 희곡집 『노예 사냥·쾌속선·제복』을 출간했다.

1956년 4월 신일본문학회를 대표해 프라하에서 열린 체코슬로바키아 작가 대회에 참가했다. 발칸 제국, 동독, 프랑스를 방문하고 6월에 귀국했다.

12월 『R62호의 발명』을 출간했다.

1957년 2월 여행기 『동구를 가다—헝가리 문제의 배경』을 출간했다. 이 여행기로 일본 공산당의 비판을 받았다.

4월 『짐승들은 고향을 향한다』를 출간했다.

라디오 드라마 「막대기가 된 남자」로 방송예술제 장려상을 수상했다.

12월 첫 평론집 『맹수의 마음에 계산기의 손을』을 출간했다.

1958년 6월 「유령은 여기에 있다」를 배우좌에서 공연했다.

7월부터 이듬해 3월까지 《세계》에 「제4 간빙기」를 연재했다.

여름에 하나다 키요테루 등과 함께 '기록 예술의 모임'을 결성하고 기관지 《현대 예술》을 창간했다.

「유령은 여기에 있다」로 기시다 연극상을 수상했다.

영화 예술론 『재판 기록』을 출간했다.

1959년 6월 『유령은 여기에 있다』를 출간했다.

뮤지컬 「귀여운 여자」를 공연했다.

10월 NHK 오사카에서 「일본의 일식」을 방영했다. 예술제 장려상을 수상했다.

1960년 6월 『돌의 눈』을 출간했다.

10월 「연옥」을 큐슈 아사히 방송에서 방영했다. 예술제 장려상을 수상했다.

1961년 4월 「타인의 죽음」(나중에 「관계없는 죽음」으로 제목을 바꿈)을 발표했다.

10월 '기록 예술의 모임'을 해산했다.

시나리오 「함정」으로 시나리오 작가 협회상을 수상했다.

1962년 6월 『모래의 여자』를 출간했다. 세계 각국에서 번역이 출간되었다.

일본 공산당에서 제명 처분을 당했다.

라디오 시나리오 「짖어라!」로 예술제상을, 텔레비전 드라마 「챔피언」으로 민족제상을 수상했다.

1963년 1월 『모래의 여자』로 요미우리 문학상을 수상했다.

6월 텔레비전 드라마 「벌레들은 죽어라」로 예술제 장려상을 수상했다.

1964년 2월 영화 「모래의 여자」를 완성했다. 칸 영화제 심사위원 특별상을 수상했다.

8월 소련 작가동맹의 초대로 이시카와 준 등과 함께 소련과 미국을 방문하고 10월 말 귀국했다.

11월 작품집 『관계없는 죽음』을 출간했다.

12월 작품집 『수중도시』를 출간했다.

텔레비전 드라마 「목격자」로 예술제 장려상을 수상했다.

『타인의 얼굴』을 출간했다.

1965년 7월 장편 소설 『가본무양(歌本武揚)』을 출간했다.

10월 에세이집 『사막의 사상』을 출간했다.

1966년 1월 「커브의 저편」을 발표했다. 훗날 이 작품은 「불타 버린 지도」로 발전했다.

4월 동붕(桐朋)학원 단기대학에 교수로 취임했다.

1967년 2월 작품집 『인간을 꼭 닮은』을 출간했다.

3월 「친구」를 청년좌에서 공연했다.

9월 『불타 버린 지도』를 출간했다.

희곡 「가본무양(歌本武揚)」을 극단 구름에서 공연했다.

12월 예술제상을 수상했다.

희곡 「친구」로 다니자키 준이치로상을 수상했다.

중국의 문화 대혁명에 항의 성명을 발표했다.

1968년 4월 작품집 『꿈의 도망』을 출간했다.

『모래의 여자』로 프랑스에서 최우수 외국문학상을 수상했다.

1970년 9월 희곡 『막대기가 된 남자』를 출간했다.

11월 동 희곡을 신주쿠 기노쿠니야 홀에서 직접 연출을 맡아 공연했다.

1971년 9월 희곡 『미필적 고의』를 출간했다.

11월 에세이집 『내면의 변경』을 출간했다.

「가이드 북」을 연출하고 공연했다. 16밀리 영화 「시간의 벼랑」을 제작했다.

1972년 5월 『아베 코보 전집』 전 15권이 2년에 걸쳐 출간되었다.

1973년 1월 연극 모임 '아베 코보 스튜디오'를 결성했다.

3월 『상자 사나이』를 출간했다.

5월 『사랑이란 안경은 색유리』를 출간했다.

6월 「사랑이란 안경은 색유리」를 공연했다.

1974년 4월 대담집 『발상의 주변』을 출간했다.

10월 희곡 『초록색 스타킹』을 출간했다.

11월 「초록색 스타킹」을 연출하고 공연했다. 요미우리 문학상을 수상했다.

1975년 5월 희곡 『웨(신 노예사냥)』를 출간했다.

11월 『웃는 달』을 출간했다.

1977년 새로운 스타일의 무대 예술 「이미지의 전람회」를 아베 코보 스튜디오에서 작곡, 연출, 공연했다.

장편 소설 『밀회』를 출간했다.

1978년 1월 미국에서 「친구」를 공연했다.

사진전 '카메라에 담긴 창작 노트'를 개최했다.

10월 「S. 카르마 씨의 범죄」를 연출하고 공연했다.

1979년 5월 아베 스튜디오를 인솔하고 도미했다.

「새끼 코끼리는 죽었다」를 뉴욕 등지에서 공연하여 호평을 얻었다.

7월 『아베 코보의 극장—7년의 발자취(부록, 연극 노트)』를 출간했다.

1980년 『도시로 가는 회로』를 출간했다.

1984년 11월 『방주 사쿠라호』를 출간했다.

1986년 4월 직접 고안하고 제작한 간이 탈착형 타이어체인으로 제10회 국제 발명가전 은상을 수상했다.

9월 에세이집 『죽음을 서두르는 고래들』을 출간했다.

10월 『아베 코보 영화 시나리오전』을 출간했다.

1988년 이시카와 준의 영결식에서 조사를 낭독했다.

1989년 스웨덴 영화 「친구」를 완성했다.

1990년 여름 감기에 걸려 두 달 동안 입원했다.

12월 《아사히 신문》을 통해 오에 겐자부로와 대담했다.

1991년 1월~7월 《신조》에 장편 소설 「캥거루 노트」를 연재했다.

11월 『캥거루 노트』를 출간했다.

1992년 12월 25일 하코네 산장에서 집필 도중 뇌내출혈로 의식 장애를 일으켜 응급실로 실려갔다.

1993년 1월 《신조》에 「여러 부류의 아버지—제1화 소멸」을 발표했다.

1월 16일 경과가 양호하여 일단 퇴원했다가, 20일 다시 악화되어 입원했다.

1월 22일 급성 심부전으로 사망했다.

2월 《신조》에 「여러 부류의 아버지—제2화 재생」이 발표되었다.

사후, 집필 중이던 소설 「나는 남자」 162매, 에세이 「두더지 일기」 240매가 발견되었다.

세계문학전집 55

모래의 여자

1판 1쇄 펴냄 2001년 11월 10일
1판 54쇄 펴냄 2021년 2월 23일
2판 1쇄 펴냄 2021년 11월 17일
2판 6쇄 펴냄 2024년 8월 8일

지은이 아베 코보
옮긴이 김난주
발행인 박근섭, 박상준
펴낸곳 (주)민음사

출판등록 1966. 5. 19. (제 16-490호)
서울특별시 강남구 도산대로1길 62(신사동) 강남출판문화센터 5층 (우편번호 06027)
대표전화 02-515-2000 팩시밀리 02-515-2007
www.minumsa.com

ISBN 978-89-374-6055-5 04800
ISBN 978-89-374-6000-5 (세트)

* 잘못 만들어진 책은 구입처에서 교환해 드립니다.

세계문학전집 목록

1·2 변신 이야기 오비디우스·이윤기 옮김 서울대 권장도서 100선
3 햄릿 셰익스피어·최종철 옮김 서울대 권장도서 100선 | 미국대학위원회 선정 SAT 추천도서
4 변신·시골의사 카프카·전영애 옮김 서울대 권장도서 100선
5 동물농장 오웰·도정일 옮김 미국대학위원회 선정 SAT 추천도서 | 《타임》 선정 현대 100대 영문소설
6 허클베리 핀의 모험 트웨인·김욱동 옮김 《뉴스위크》 선정 100대 명저
7 암흑의 핵심 콘래드·이상옥 옮김 미국대학위원회 선정 SAT 추천도서 | 《뉴스위크》 선정 10대 명저
8 토니오 크뢰거·트리스탄·베네치아에서의 죽음 토마스 만·안삼환 외 옮김 노벨 문학상 수상 작가
9 문학이란 무엇인가 사르트르·정명환 옮김
10 한국단편문학선 1 김동인 외·이남호 엮음 국립중앙도서관 선정 청소년 권장도서
11·12 인간의 굴레에서 서머싯 몸·송무 옮김
13 이반 데니소비치, 수용소의 하루 솔제니친·이영의 옮김 노벨 문학상 수상 작가
14 너새니얼 호손 단편선 호손·천승걸 옮김
15 나의 미카엘 오즈·최창모 옮김
16·17 중국신화전설 위앤커·전인초, 김선자 옮김
18 고리오 영감 발자크·박영근 옮김
19 파리대왕 골딩·유종호 옮김 노벨 문학상 수상 작가 | 《타임》 선정 현대 100대 영문소설
20 한국단편문학선 2 김동리 외·이남호 엮음
21·22 파우스트 괴테·정서웅 옮김 서울대 권장도서 100선 | 미국대학위원회 선정 SAT 추천도서
23·24 빌헬름 마이스터의 수업시대 괴테·안삼환 옮김
25 젊은 베르테르의 슬픔 괴테·박찬기 옮김 논술 및 수능에 출제된 책(1998~2005)
26 이피게니에·스텔라 괴테·박찬기 외 옮김
27 다섯째 아이 레싱·정덕애 옮김 노벨 문학상 수상 작가
28 삶의 한가운데 린저·박찬일 옮김
29 농담 쿤데라·방미경 옮김
30 야성의 부름 런던·권택영 옮김
31 아메리칸 제임스·최경도 옮김
32·33 양철북 그라스·장희창 옮김 노벨 문학상 수상 작가 | 서울대 권장도서 100선
34·35 백년의 고독 마르케스·조구호 옮김 노벨 문학상 수상 작가 | 서울대 권장도서 100선
36 마담 보바리 플로베르·김화영 옮김 서울대 권장도서 100선
37 거미여인의 키스 푸익·송병선 옮김
38 달과 6펜스 서머싯 몸·송무 옮김
39 폴란드의 풍차 지오노·박인철 옮김
40·41 독일어 시간 렌츠·정서웅 옮김
42 말테의 수기 릴케·문현미 옮김
43 고도를 기다리며 베케트·오증자 옮김 노벨 문학상 수상 작가 | 서울대 권장도서 100선
44 데미안 헤세·전영애 옮김 노벨 문학상 수상 작가
45 젊은 예술가의 초상 조이스·이상옥 옮김 서울대 권장도서 100선
46 카탈로니아 찬가 오웰·정영목 옮김
47 호밀밭의 파수꾼 샐린저·정영목 옮김 《타임》 선정 현대 100대 영문소설 | 미국대학위원회 선정 SAT 추천도서 | 《뉴스위크》 선정 100대 명저 | BBC 선정 꼭 읽어야 할 책
48·49 파르마의 수도원 스탕달·원윤수, 임미경 옮김
50 수레바퀴 아래서 헤세·김이섭 옮김 노벨 문학상 수상 작가 | 국립중앙도서관 선정 청소년 권장도서

51·52 **내 이름은 빨강** 파묵 · 이난아 옮김 노벨 문학상 수상 작가
53 **오셀로** 셰익스피어 · 최종철 옮김 서울대 권장도서 100선
54 **조서** 르 클레지오 · 김윤진 옮김 노벨 문학상 수상 작가
55 **모래의 여자** 아베 코보 · 김난주 옮김
56·57 **부덴브로크 가의 사람들** 토마스 만 · 홍성광 옮김 노벨 문학상 수상 작가
58 **싯다르타** 헤세 · 박병덕 옮김 노벨 문학상 수상 작가
59·60 **아들과 연인** 로렌스 · 정상준 옮김 《뉴스위크》 선정 100대 명저
61 **설국** 가와바타 야스나리 · 유숙자 옮김 노벨 문학상 수상 작가 | 서울대 권장도서 100선
62 **벨킨 이야기 · 스페이드 여왕** 푸슈킨 · 최선 옮김
63·64 **넙치** 그라스 · 김재혁 옮김 노벨 문학상 수상 작가
65 **소망 없는 불행** 한트케 · 윤용호 옮김 노벨 문학상 수상 작가
66 **나르치스와 골드문트** 헤세 · 임홍배 옮김 노벨 문학상 수상 작가
67 **황야의 이리** 헤세 · 김누리 옮김 노벨 문학상 수상 작가
68 **페테르부르크 이야기** 고골 · 조주관 옮김
69 **밤으로의 긴 여로** 오닐 · 민승남 옮김 노벨 문학상 수상 작가 | 미국대학위원회 선정 SAT 추천도서
70 **체호프 단편선** 체호프 · 박현섭 옮김
71 **버스 정류장** 가오싱젠 · 오수경 옮김 노벨 문학상 수상 작가
72 **구운몽** 김만중 · 송성욱 옮김 서울대 권장도서 100선 | 국립중앙도서관 선정 청소년 권장도서
73 **대머리 여가수** 이오네스코 · 오세곤 옮김
74 **이솝 우화집** 이솝 · 유종호 옮김 논술 및 수능에 출제된 책(1998~2005)
75 **위대한 개츠비** 피츠제럴드 · 김욱동 옮김 《타임》 선정 현대 100대 영문소설
76 **푸른 꽃** 노발리스 · 김재혁 옮김
77 **1984** 오웰 · 정회성 옮김 《타임》 선정 현대 100대 영문소설 | 《뉴스위크》 선정 100대 명저
78·79 **영혼의 집** 아옌데 · 권미선 옮김
80 **첫사랑** 투르게네프 · 이항재 옮김
81 **내가 죽어 누워 있을 때** 포크너 · 김명주 옮김 노벨 문학상 수상 작가
82 **런던 스케치** 레싱 · 서숙 옮김 노벨 문학상 수상 작가
83 **팡세** 파스칼 · 이환 옮김
84 **질투** 로브그리예 · 박이문, 박희원 옮김
85·86 **채털리 부인의 연인** 로렌스 · 이인규 옮김
87 **그 후** 나쓰메 소세키 · 윤상인 옮김
88 **오만과 편견** 오스틴 · 윤지관, 전승희 옮김 미국대학위원회 선정 SAT 추천도서
89·90 **부활** 톨스토이 · 연진희 옮김 논술 및 수능에 출제된 책(1998~2005)
91 **방드르디, 태평양의 끝** 투르니에 · 김화영 옮김
92 **미겔 스트리트** 나이폴 · 이상옥 옮김 노벨 문학상 수상 작가
93 **페드로 파라모** 룰포 · 정창 옮김
94 **차라투스트라는 이렇게 말했다** 니체 · 장희창 옮김 국립중앙도서관 선정 청소년 권장도서
95·96 **적과 흑** 스탕달 · 이동렬 옮김 국립중앙도서관 선정 청소년 권장도서
97·98 **콜레라 시대의 사랑** 마르케스 · 송병선 옮김 노벨 문학상 수상 작가 | BBC 선정 꼭 읽어야 할 책
99 **맥베스** 셰익스피어 · 최종철 옮김 서울대 권장도서 100선 | 미국대학위원회 선정 SAT 추천도서
100 **춘향전** 작자 미상 · 송성욱 풀어 옮김 서울대 권장도서 100선
101 **페르디두르케** 곰브로비치 · 윤진 옮김
102 **포르노그라피아** 곰브로비치 · 임미경 옮김
103 **인간 실격** 다자이 오사무 · 김춘미 옮김
104 **네루다의 우편배달부** 스카르메타 · 우석균 옮김

105·106 이탈리아 기행 괴테·박찬기 외 옮김
107 나무 위의 남작 칼비노·이현경 옮김
108 달콤 쌉싸름한 초콜릿 에스키벨·권미선 옮김
109·110 제인 에어 C. 브론테·유종호 옮김 BBC 선정 꼭 읽어야 할 책
111 크눌프 헤세·이노은 옮김 노벨 문학상 수상 작가
112 시계태엽 오렌지 버지스·박시영 옮김 《타임》 선정 현대 100대 영문소설 | 《뉴스위크》 선정 100대 명저
113·114 파리의 노트르담 위고·정기수 옮김 미국대학위원회 선정 SAT 추천도서
115 새로운 인생 단테·박우수 옮김
116·117 로드 짐 콘래드·이상옥 옮김 《뉴스위크》 선정 100대 명저
118 폭풍의 언덕 E. 브론테·김종길 옮김 미국대학위원회 선정 SAT 추천도서
119 텔크테에서의 만남 그라스·안삼환 옮김 노벨 문학상 수상 작가
120 검찰관 고골·조주관 옮김
121 안개 우나무노·조민현 옮김
122 나사의 회전 제임스·최경도 옮김 미국대학위원회 선정 SAT 추천도서
123 피츠제럴드 단편선 1 피츠제럴드·김욱동 옮김
124 목화밭의 고독 속에서 콜테스·임수현 옮김
125 돼지꿈 황석영
126 라셀라스 존슨·이인규 옮김
127 리어 왕 셰익스피어·최종철 옮김 서울대 권장도서 100선 | 《뉴스위크》 선정 100대 명저
128·129 쿠오 바디스 시엔키에비츠·최성은 옮김 노벨 문학상 수상 작가
130 자기만의 방·3기니 울프·이미애 옮김
131 시르트의 바닷가 그라크·송진석 옮김
132 이성과 감성 오스틴·윤지관 옮김
133 바덴바덴에서의 여름 치프킨·이장욱 옮김
134 새로운 인생 파묵·이난아 옮김 노벨 문학상 수상 작가
135·136 무지개 로렌스·김정매 옮김
137 인생의 베일 서머싯 몸·황소연 옮김
138 보이지 않는 도시들 칼비노·이현경 옮김
139·140·141 연초 도매상 바스·이운경 옮김 《타임》 선정 현대 100대 영문소설
142·143 플로스 강의 물방앗간 엘리엇·한애경, 이봉지 옮김 미국대학위원회 선정 SAT 추천도서
144 연인 뒤라스·김인환 옮김
145·146 이름 없는 주드 하디·정종화 옮김
147 제49호 품목의 경매 핀천·김성곤 옮김 《타임》 선정 현대 100대 영문소설
148 성역 포크너·이진준 옮김 노벨 문학상 수상 작가 | 퓰리처상 수상 작가
149 무진기행 김승옥
150·151·152 신곡(지옥편·연옥편·천국편) 단테·박상진 옮김 《뉴스위크》 선정 100대 명저
153 구덩이 플라토노프·정보라 옮김
154·155·156 카라마조프가의 형제들 도스토옙스키·김연경 옮김
157 지상의 양식 지드·김화영 옮김 노벨 문학상 수상 작가
158 밤의 군대들 메일러·권택영 옮김 퓰리처상 수상 작가
159 주홍 글자 호손·김욱동 옮김 서울대 권장도서 100선 | 미국대학위원회 선정 SAT 추천도서
160 깊은 강 엔도 슈사쿠·유숙자 옮김
161 욕망이라는 이름의 전차 윌리엄스·김소임 옮김
162 마사 퀘스트 레싱·나영균 옮김 노벨 문학상 수상 작가
163·164 운명의 딸 아옌데·권미선 옮김

165 모렐의 발명 비오이 카사레스·송병선 옮김
166 삼국유사 일연·김원중 옮김 서울대 권장도서 100선
167 풀잎은 노래한다 레싱·이태동 옮김 노벨 문학상 수상 작가
168 파리의 우울 보들레르·윤영애 옮김
169 포스트맨은 벨을 두 번 울린다 케인·이만식 옮김
170 썩은 잎 마르케스·송병선 옮김 노벨 문학상 수상 작가
171 모든 것이 산산이 부서지다 아체베·조규형 옮김 《타임》 선정 현대 100대 영문소설
172 한여름 밤의 꿈 셰익스피어·최종철 옮김 미국대학위원회 선정 SAT 추천도서
173 로미오와 줄리엣 셰익스피어·최종철 옮김 미국대학위원회 선정 SAT 추천도서
174·175 분노의 포도 스타인벡·김승욱 옮김 노벨 문학상 수상 작가 | 《타임》 선정 현대 100대 영문소설
176·177 괴테와의 대화 에커만·장희창 옮김
178 그물을 헤치고 머독·유종호 옮김 《타임》 선정 현대 100대 영문소설
179 브람스를 좋아하세요... 사강·김남주 옮김
180 카타리나 블룸의 잃어버린 명예 하인리히 뵐·김연수 옮김 노벨 문학상 수상 작가
181·182 에덴의 동쪽 스타인벡·정회성 옮김 노벨 문학상 수상 작가
183 순수의 시대 워튼·송은주 옮김 《뉴스위크》 선정 100대 명저 | 퓰리처상 수상작
184 도둑 일기 주네·박형섭 옮김
185 나자 브르통·오생근 옮김
186·187 캐치-22 헬러·안정효 옮김 《타임》 선정 현대 100대 영문소설
188 숄로호프 단편선 숄로호프·이항재 옮김 노벨 문학상 수상 작가
189 말 사르트르·정명환 옮김
190·191 보이지 않는 인간 엘리슨·조영환 옮김 《타임》 선정 현대 100대 영문소설
192 왑샷 가문 연대기 치버·김승욱 옮김 퓰리처상 수상 작가
193 왑샷 가문 몰락기 치버·김승욱 옮김 퓰리처상 수상 작가
194 필립과 다른 사람들 노터봄·지명숙 옮김
195·196 하드리아누스 황제의 회상록 유르스나르·곽광수 옮김
197·198 소피의 선택 스타이런·한정아 옮김 퓰리처상 수상 작가
199 피츠제럴드 단편선 2 피츠제럴드·한은경 옮김
200 홍길동전 허균·김탁환 옮김
201 요술 부지깽이 쿠버·양윤희 옮김
202 북호텔 다비·원윤수 옮김
203 톰 소여의 모험 트웨인·김욱동 옮김
204 금오신화 김시습·이지하 옮김
205·206 테스 하디·정종화 옮김 미국대학위원회 선정 SAT 추천도서 | BBC 선정 꼭 읽어야 할 책
207 브루스터플레이스의 여자들 네일러·이소영 옮김
208 더 이상 평안은 없다 아체베·이소영 옮김
209 그레인지 코플랜드의 세 번째 인생 워커·김시현 옮김 퓰리처상 수상 작가
210 어느 시골 신부의 일기 베르나노스·정영란 옮김
211 타라스 불바 고골·조주관 옮김
212·213 위대한 유산 디킨스·이인규 옮김 서울대 권장도서 100선 | BBC 선정 꼭 읽어야 할 책
214 면도날 서머싯 몸·안진환 옮김
215·216 성채 크로닌·이은정 옮김
217 오이디푸스 왕 소포클레스·강대진 옮김 서울대 권장도서 100선
218 세일즈맨의 죽음 밀러·강유나 옮김
219·220·221 안나 카레니나 톨스토이·연진희 옮김 서울대 권장도서 100선

222 **오스카 와일드 작품선** 와일드 · 정영목 옮김
223 **벨아미** 모파상 · 송덕호 옮김
224 **파스쿠알 두아르테 가족** 호세 셀라 · 정동섭 옮김 노벨 문학상 수상 작가
225 **시칠리아에서의 대화** 비토리니 · 김운찬 옮김
226·227 **길 위에서** 케루악 · 이만식 옮김 《타임》 선정 현대 100대 영문소설 | 《뉴스위크》 선정 100대 명저
228 **우리 시대의 영웅** 레르몬토프 · 오정미 옮김
229 **아우라** 푸엔테스 · 송상기 옮김
230 **클링조어의 마지막 여름** 헤세 · 황승환 옮김 노벨 문학상 수상 작가
231 **리스본의 겨울** 무뇨스 몰리나 · 나송주 옮김
232 **뻐꾸기 둥지 위로 날아간 새** 키지 · 정회성 옮김 《타임》 선정 현대 100대 영문소설
233 **페널티킥 앞에 선 골키퍼의 불안** 한트케 · 윤용호 옮김 노벨 문학상 수상 작가
234 **참을 수 없는 존재의 가벼움** 쿤데라 · 이재룡 옮김
235·236 **바다여, 바다여** 머독 · 최옥영 옮김
237 **한 줌의 먼지** 에벌린 워 · 안진환 옮김 《타임》 선정 현대 100대 영문소설
238 **뜨거운 양철 지붕 위의 고양이 · 유리 동물원** 윌리엄스 · 김소임 옮김 퓰리처상 수상작
239 **지하로부터의 수기** 도스토옙스키 · 김연경 옮김
240 **키메라** 바스 · 이운경 옮김
241 **반쪼가리 자작** 칼비노 · 이현경 옮김
242 **벌집** 호세 셀라 · 남진희 옮김 노벨 문학상 수상 작가
243 **불멸** 쿤데라 · 김병욱 옮김
244·245 **파우스트 박사** 토마스 만 · 임홍배, 박병덕 옮김 노벨 문학상 수상 작가
246 **사랑할 때와 죽을 때** 레마르크 · 장희창 옮김
247 **누가 버지니아 울프를 두려워하랴?** 올비 · 강유나 옮김
248 **인형의 집** 입센 · 안미란 옮김
249 **위폐범들** 지드 · 원윤수 옮김 노벨 문학상 수상 작가
250 **무정** 이광수 · 정영훈 책임 편집 서울대 권장도서 100선
251·252 **의지와 운명** 푸엔테스 · 김현철 옮김
253 **폭력적인 삶** 파솔리니 · 이승수 옮김
254 **거장과 마르가리타** 불가코프 · 정보라 옮김
255·256 **경이로운 도시** 멘도사 · 김현철 옮김
257 **야콥을 둘러싼 추측들** 욘존 · 손대영 옮김
258 **왕자와 거지** 트웨인 · 김욱동 옮김
259 **존재하지 않는 기사** 칼비노 · 이현경 옮김
260·261 **눈먼 암살자** 애트우드 · 차은정 옮김 《타임》 선정 현대 100대 영문소설
262 **베니스의 상인** 셰익스피어 · 최종철 옮김
263 **말리나** 바흐만 · 남정애 옮김
264 **사볼타 사건의 진실** 멘도사 · 권미선 옮김
265 **뒤렌마트 희곡선** 뒤렌마트 · 김혜숙 옮김
266 **이방인** 카뮈 · 김화영 옮김 노벨 문학상 수상 작가 | 미국대학위원회 선정 SAT 추천도서
267 **페스트** 카뮈 · 김화영 옮김 노벨 문학상 수상 작가 | 국립중앙도서관 선정 청소년 권장도서
268 **검은 튤립** 뒤마 · 송진석 옮김
269·270 **베를린 알렉산더 광장** 되블린 · 김재혁 옮김
271 **하얀 성** 파묵 · 이난아 옮김 노벨 문학상 수상 작가
272 **푸슈킨 선집** 푸슈킨 · 최선 옮김
273·274 **유리알 유희** 헤세 · 이영임 옮김 노벨 문학상 수상 작가

275 픽션들 보르헤스 · 송병선 옮김 서울대 권장도서 100선
276 신의 화살 아체베 · 이소영 옮김
277 빌헬름 텔 · 간계와 사랑 실러 · 홍성광 옮김
278 노인과 바다 헤밍웨이 · 김욱동 옮김 노벨 문학상 수상 작가 | 퓰리처상 수상작
279 무기여 잘 있어라 헤밍웨이 · 김욱동 옮김 미국대학위원회 선정 SAT 추천도서
280 태양은 다시 떠오른다 헤밍웨이 · 김욱동 옮김 《타임》 선정 현대 100대 영문 소설
281 알레프 보르헤스 · 송병선 옮김
282 일곱 박공의 집 호손 · 정소영 옮김
283 에마 오스틴 · 윤지관, 김영희 옮김
284·285 죄와 벌 도스토옙스키 · 김연경 옮김 미국대학위원회 선정 SAT 추천도서
286 시련 밀러 · 최영 옮김
287 모두가 나의 아들 밀러 · 최영 옮김
288·289 누구를 위하여 종은 울리나 헤밍웨이 · 김욱동 옮김 노벨 문학상 수상 작가
290 구르브 연락 없다 멘도사 · 정창 옮김
291·292·293 데카메론 보카치오 · 박상진 옮김
294 나누어진 하늘 볼프 · 전영애 옮김
295·296 제브데트 씨와 아들들 파묵 · 이난아 옮김 노벨 문학상 수상 작가
297·298 여인의 초상 제임스 · 최경도 옮김 미국대학위원회 선정 SAT 추천도서
299 압살롬, 압살롬! 포크너 · 이태동 옮김 노벨 문학상 수상 작가
300 이상 소설 전집 이상 · 권영민 책임 편집
301·302·303·304·305 레 미제라블 위고 · 정기수 옮김
306 관객모독 한트케 · 윤용호 옮김 노벨 문학상 수상 작가
307 더블린 사람들 조이스 · 이종일 옮김
308 에드거 앨런 포 단편선 앨런 포 · 전승희 옮김 미국대학위원회 선정 SAT 추천도서
309 보이체크 · 당통의 죽음 뷔히너 · 홍성광 옮김
310 노르웨이의 숲 무라카미 하루키 · 양억관 옮김
311 운명론자 자크와 그의 주인 디드로 · 김희영 옮김
312·313 헤밍웨이 단편선 헤밍웨이 · 김욱동 옮김 노벨 문학상 수상 작가
314 피라미드 골딩 · 안지현 옮김 노벨 문학상 수상 작가
315 닫힌 방 · 악마와 선한 신 사르트르 · 지영래 옮김
316 등대로 울프 · 이미애 옮김 《타임》 선정 현대 100대 영문소설 | 《뉴스위크》 선정 100대 명저
317·318 한국 희곡선 송영 외 · 양승국 엮음
319 여자의 일생 모파상 · 이동렬 옮김
320 의식 노터봄 · 김영중 옮김
321 육체의 악마 라디게 · 원윤수 옮김
322·323 감정 교육 플로베르 · 지영화 옮김
324 불타는 평원 룰포 · 정창 옮김
325 위대한 몬느 알랭푸르니에 · 박영근 옮김
326 라쇼몬 아쿠타가와 류노스케 · 서은혜 옮김
327 반바지 당나귀 보스코 · 정영란 옮김
328 정복자들 말로 · 최윤주 옮김
329·330 우리 동네 아이들 마흐푸즈 · 배혜경 옮김 노벨 문학상 수상 작가
331·332 개선문 레마르크 · 장희창 옮김
333 사바나의 개미 언덕 아체베 · 이소영 옮김
334 게걸음으로 그라스 · 장희창 옮김 노벨 문학상 수상 작가

335 코스모스 곰브로비치 · 최성은 옮김
336 좁은 문 · 전원교향곡 · 배덕자 지드 · 동성식 옮김 노벨 문학상 수상 작가
337·338 암 병동 솔제니친 · 이영의 옮김 노벨 문학상 수상 작가
339 피의 꽃잎들 응구기 와 시옹오 · 왕은철 옮김
340 운명 케르테스 · 유진일 옮김 노벨 문학상 수상 작가
341·342 벌거벗은 자와 죽은 자 메일러 · 이운경 옮김 퓰리처상 수상 작가
343 시지프 신화 카뮈 · 김화영 옮김 노벨 문학상 수상 작가
344 뇌우 차오위 · 오수경 옮김
345 모옌 중단편선 모옌 · 심규호, 유소영 옮김 노벨 문학상 수상 작가
346 일야서 한사오궁 · 심규호, 유소영 옮김
347 상속자들 골딩 · 안지현 옮김 노벨 문학상 수상 작가
348 설득 오스틴 · 전승희 옮김
349 히로시마 내 사랑 뒤라스 · 방미경 옮김
350 오 헨리 단편선 오 헨리 · 김희용 옮김
351·352 올리버 트위스트 디킨스 · 이인규 옮김
353·354·355·356 전쟁과 평화 톨스토이 · 연진희 옮김
357 다시 찾은 브라이즈헤드 에벌린 워 · 백지민 옮김
358 아무도 대령에게 편지하지 않다 마르케스 · 송병선 옮김
359 사양 다자이 오사무 · 유숙자 옮김
360 좌절 케르테스 · 한경민 옮김 노벨 문학상 수상 작가
361·362 닥터 지바고 파스테르나크 · 김연경 옮김 노벨 문학상 수상 작가
363 노생거 사원 오스틴 · 윤지관 옮김
364 개구리 모옌 · 심규호, 유소영 옮김 노벨 문학상 수상 작가
365 마왕 투르니에 · 이원복 옮김 공쿠르상 수상 작가
366 맨스필드 파크 오스틴 · 김영희 옮김
367 이선 프롬 이디스 워튼 · 김욱동 옮김 퓰리처상 수상 작가
368 여름 이디스 워튼 · 김욱동 옮김 퓰리처상 수상 작가
369·370·371 나는 고백한다 자우메 카브레 · 권가람 옮김
372·373·374 태엽 감는 새 연대기 무라카미 하루키 · 김난주 옮김
375·376 대사들 제임스 · 정소영 옮김
377 족장의 가을 마르케스 · 송병선 옮김 노벨 문학상 수상 작가
378 핏빛 자오선 매카시 · 김시현 옮김
379 모두 다 예쁜 말들 매카시 · 김시현 옮김
380 국경을 넘어 매카시 · 김시현 옮김
381 평원의 도시들 매카시 · 김시현 옮김
382 만년 다자이 오사무 · 유숙자 옮김
383 반항하는 인간 카뮈 · 김화영 옮김 노벨 문학상 수상 작가
384·385·386 악령 도스토옙스키 · 김연경 옮김
387 태평양을 막는 제방 뒤라스 · 윤진 옮김
388 남아 있는 나날 가즈오 이시구로 · 송은경 옮김
389 앙리 브륄라르의 생애 스탕달 · 원윤수 옮김
390 찻집 라오서 · 오수경 옮김
391 태어나지 않은 아이를 위한 기도 케르테스 · 이상동 옮김 노벨 문학상 수상 작가
392·393 서머싯 몸 단편선 서머싯 몸 · 황소연 옮김
394 케이크와 맥주 서머싯 몸 · 황소연 옮김

395 월든 소로·정회성 옮김
396 모래 사나이 E. T. A. 호프만·신동화 옮김
397·398 검은 책 오르한 파묵·이난아 옮김 노벨 문학상 수상 작가
399 방랑자들 올가 토카르추크·최성은 옮김 노벨 문학상 수상 작가
400 시여, 침을 뱉어라 김수영·이영준 엮음
401·402 환락의 집 이디스 워튼·전승희 옮김
403 달려라 메로스 다자이 오사무·유숙자 옮김
404 아버지와 자식 투르게네프·연진희 옮김
405 청부 살인자의 성모 바예호·송병선 옮김
406 세피아빛 초상 아옌데·조영실 옮김
407·408·409·410 사기 열전 사마천·김원중 옮김 서울대 권장도서 100선
411 이상 시 전집 이상·권영민 책임 편집
412 어둠 속의 사건 발자크·이동렬 옮김
413 태평천하 채만식·권영민 책임 편집
414·415 노스트로모 콘래드·이미애 옮김
416·417 제르미날 졸라·강충권 옮김
418 명인 가와바타 야스나리·유숙자 옮김 노벨 문학상 수상 작가
419 핀처 마틴 골딩·백지민 옮김 노벨 문학상 수상 작가
420 사라진·샤베르 대령 발자크·선영아 옮김
421 빅 서 케루악·김재성 옮김
422 코뿔소 이오네스코·박형섭 옮김
423 블랙박스 오즈·윤성덕, 김영화 옮김
424·425 고양이 눈 애트우드·차은정 옮김
426·427 도둑 신부 애트우드·이은선 옮김
428 슈니츨러 작품선 슈니츨러·신동화 옮김
429·430 세계의 끝과 하드보일드 원더랜드 무라카미 하루키·김난주 옮김
431 멜랑콜리아 I-II 욘 포세·손화수 옮김 노벨 문학상 수상 작가
432 도적들 실러·홍성광 옮김
433 예브게니 오네긴·대위의 딸 푸시킨·최선 옮김
434·435 초대받은 여자 보부아르·강초롱 옮김
436·437 미들마치 엘리엇·이미애 옮김
438 이반 일리치의 죽음 톨스토이·김연경 옮김
439·440 캔터베리 이야기 초서·이동일, 이동춘 옮김
441·442 아소무아르 졸라·윤진 옮김
443 가난한 사람들 도스토옙스키·이항재 옮김
444·445 마차오 사전 한사오궁·심규호, 유소영 옮김
446 집으로 날아가다 랠프 엘리슨·왕은철 옮김

세계문학전집은 계속 간행됩니다.